El apartamento olvidado

El apartamento olvidado

S. L. Grey

Traducción de
Ana Herrera

Rocaeditorial

Título original: *The Apartment*

Primera edición: julio de 2018

Av. Marquès de l'Argentera 17, pral.
08003 Barcelona
actualidad@rocaeditorial.com
www.rocalibros.com

Impreso por Liberdúplex, s.l.u.
Ctra. BV-2249, km 7,4, Pol. Ind. Torrentfondo
Sant Llorenç d'Hortons (Barcelona)

ISBN: 978-84-16867-37-0
Depósito legal: B. 10.512-2018
Código IBIC: FH

RE67370

1

Mark

El vino se me ha subido a la cabeza, me doy cuenta cuando entro tambaleándome en la cocina para coger otra botella. Me encuentro en ese estado chispeante perfecto en el que uno se siente cómodo y cálido, sin pensar en nada. Carla deja escapar su risa característica, ese cloqueo de bruja tan sonoro que es capaz de ahuyentar a los fantasmas. Y de fondo, tímidamente, bajo la vital y estridente carcajada de Carla, se oye también la risa de Steph, un sonido que no había vuelto a oír desde hacía semanas. Desde aquello.

Cojo otra bolsa de patatas fritas mientras intento ignorar el amasijo de cosas que se esconden en el estante inferior de la pequeña despensa y vuelvo de nuevo a la cocina. El acompañante de Carla ha traído un vino tinto bastante caro hoy. Mientras me lo ponía en la mano me ha dicho que no debíamos bebérnoslo esta noche, que teníamos que guardarlo para otra ocasión. Pero ahora mismo estoy seguro de que nos sentará muy bien. Abro la bolsa y me meto un puñado de patatas en la boca, y luego busco la botella en la encimera repleta de cosas justo en el preciso instante en que empieza a parpadear el nuevo foco activado por sensores del jardín. Levanto la vista y no acierto al coger la botella, que resbala y cae sobre un montón de vasos sucios y manda por los aires los cuchillos y tenedores amontonados en el plato que estaba encima de la pila.

Durante un segundo el estrépito es tremendo. Va en aumento y luego para, y los añicos y cubiertos aterrizan en mis pies y en el suelo a mi alrededor, pero yo soy incapaz de apartar los ojos de la ventana, mirando la luz, como si un foco pudiera mantener a raya a los monstruos.

En realidad es más de un segundo, porque cuando finalmente la luz se apaga, sin haber revelado nada, se hace el silencio a mi alrededor hasta que oigo que alguien se acerca a la puerta de la cocina, detrás de mí.

—¿Mark? —dice la voz de Steph—. ¿Estás bien, cariño?

Me espabilo con una sacudida.

—Sí. Lo siento, es que… se me ha caído algo.

Steph se acerca a mí, descalza por el suelo lleno de peligros.

—No… —le digo—. Te vas a cortar.

Ella me ignora, llega a mi lado de puntillas y mira hacia fuera, hacia la nada, al jardín oscuro.

—¿Has visto algo? —me pregunta en voz baja—. ¿A alguien?

—Debía de ser un gato.

—¿Seguro que estás bien? —me dice otra vez.

—Estoy bien —digo. Pero me avergüenza mi reacción, de modo que cojo el vino y guío a Steph hacia fuera, entre el estropicio, de nuevo en dirección al salón, como si ella necesitara que la guiase. Cuando la verdad es que ahora mismo, junto a esta mujer joven, firme y fuerte, soy yo el que me siento ciego y vulnerable.

—Vamos a bebernos esto mientras todavía podamos.

Steph me mira.

—Eso ha sonado muy lúgubre…

—Quería decir… mientras todavía seamos capaces de apreciarlo.

—Sí, de verdad, creo que deberíais dejarlo para un momento mejor. —He olvidado el nombre del último «amigo» de Carla, que está de pie frente a los altavoces, después de haber conectado su teléfono a ellos, eligiendo una canción suave y cínica—. Vuestro paladar va a perderse el famoso chocolate.

—¿Famoso, el chocolate? —dice Carla, desde su sitio en la mesa, fingiendo con mucho arte que no ha oído el desastre de la cocina—. Querrás decir notable... Ese Duiwelsfontein es un vino bastante difícil para hípsters aficionados. Y no te ofendas, querido Damon.

—En absoluto, Carla, encanto.

Me siento otra vez y miro a Damon, que vuelve a la mesa, preguntándome qué habrá entre Carla y él. ¿Sabe acaso que es el último de una larga serie de «gigolós» de Carla? ¿Qué sacará Carla de él? ¿Y él de ella? Debe de ser unos veinticinco años más joven que ella, pero claro, me regaño a mí mismo al recordarlo, yo también soy veintitrés años mayor que Steph. Lo olvido todos los días. No me siento como si tuviera cuarenta y siete años, no me siento de mediana edad. No puedo permitirme imaginar cómo me ve ella: barrigón, blando, patético, estropeado, desgraciado, desvaído, un extraño pelele.

Steph se encuentra de pie a mi lado, acariciándome los hombros, y ahora se inclina hacia mí y su pelo fragante, seguramente por algún champú de hierbas que usa y por las especias de la cena, me cae sobre la cara y detiene mi deriva hacia esos pensamientos.

—Voy a subir un momento arriba a ver cómo está Hayden —dice.

—Seguro que estará bien. El monitor está aquí mismo. La habríamos oído.

—Solo voy a echar un vistazo.

—Vale. De acuerdo. Gracias.

—Si las risas de Carla no la han despertado, no se despertará con nada —dice Damon a espaldas de Steph, como si hubiera visto alguna vez a nuestra hija, como si la conociera. Carla sonríe y pone los ojos en blanco. Sigo sin entenderlo.

Tomo un sorbo de vino (que no me sabe a chocolate de ninguna de las maneras) y me quedo escuchando el acento perezoso de la cantante, concentrándome al mismo tiempo en recuperar la agradable sensación de embotamiento.

—¿Qué tal os va? —me pregunta Carla—. De verdad.

Me encojo de hombros y suspiro, y echo una mirada a Damon.

—No te preocupes, lo sé —dice él—. Y lo siento muchísimo. A mi hermano le pasó lo mismo.

Steph vuelve y me lanza una mirada que me dice que Hayden está bien.

—Calla, Damon —dice Carla, mientras Steph se vuelve a sentar, pero Damon sigue dale que te pego.

—Este país es una mierda, te lo aseguro. En otros sitios es distinto. La gente quiere robar cosas, pero no sienten la necesidad de torturar y…

—Mira —digo entonces—, no tengo ganas de hablar de eso.

—Pero no tienes por qué hacerle callar solo por mí, Carla —añade Steph—. Ya soy mayor.

—Sí —le digo a Carla—. De hecho, Steph lo está llevando de maravilla.

Mejor que yo, pienso, aunque no lo digo, poniendo la mano en el muslo de Steph por debajo de la mesa. Ella me coge los dedos.

—Ay, lo siento —dice Damon, malhumorado—. No es asunto mío.

—No, da igual. Es que… bueno, ya sabes…

—Solo intentaba decir que lo entiendo —dice—. Esas cosas le pasan a tanta gente, por aquí… No está bien.

—Sí. Desde luego, claro.

—Vamos, Damon, cariño, si eres tan amable, cierra esa boquita tuya tan empática un momento, mientras habla mi amigo.

—Saldré un rato a fumarme un cigarrillo. Así tendré la boca cerrada. —Se pone en pie y se dirige a la puerta de entrada mientras yo contengo el impulso de decirle que no salga, que nos quedemos todos a salvo, dentro, encerrados. Desde su sitio en la cabecera de la mesa, Carla me toca la espinilla con los pies desnudos y luego baja al tobillo. No estoy seguro de lo que quiere decir con eso. Tengo que suponer que es un sustitutivo de un abrazo o una palmadita en el hombro, porque le ha dado pereza levantarse. Tengo que suponer eso porque Carla y yo hace siglos que no nos tocamos. A mi lado, Steph no se ha dado cuenta de nada.

—¿Y no le importa que le hables así? —pregunto a Carla.

Ella se encoge de hombros.

—Ya lo superará. Tiene que aprender modales.

—No te entiendo —digo.

Ella me ignora.

—¿Al menos vais a algún terapeuta o algo?

—¿Yo? —pregunto.

—Los dos. Todos. Ese tipo de trauma se queda grabado en los pequeños también. Podríais mandar a Hayden a que hiciera una terapia artística.

—No nos lo podemos permitir —dice Steph—, aunque pensáramos que pudiera ser útil.

—Pero la policía os habrá ofrecido algún tipo de consejos postrauma, ¿no?

—Sí —digo yo.

Sí, algo nos dijeron. El día después del ataque nos duchamos y nos pusimos la ropa nueva barata que compré en el supermercado y fuimos a la comisaría de Woodstock. Los policías fueron sorprendentemente amables y comprensivos, a pesar de que parecíamos extraterrestres, en medio de aquel grupo deprimente de hombres con la cabeza rota y mujeres con la ropa arrancada que esperaban en la recepción a que los atendieran. Nos acompañaron a una pequeña oficina, después de recorrer un pasillo largo. Por la ventana, al otro lado de un patio, vi las celdas de confinamiento, las ventanas de listones tapadas con trozos de tela desgarrada, las paredes desconchadas y llenas de grietas, como si todo el edificio hirviera, lleno de resentimiento, reducido a fango tóxico desde el interior. La terapeuta de traumas de la comisaría era encantadora, cálida y entusiasta, una de esas personas que no se dejan abatir por los embates de la horrible realidad, y nos dedicó todo el tiempo que quisimos. Mientras Hayden apilaba bloques en la alfombra, yo pensé que me habría gustado llevar un desinfectante para las manos, y mientras la terapeuta hablaba con Steph y le enseñaba una técnica de visualización meditativa para limpiar la energía, yo miraba el sucio cubículo de la ducha y el carrito de plástico lleno de muñecos preparado para el siguiente caso. No podía apartar los ojos, aunque aquella imagen hacía que de mi frente brotara sudor frío.

—Tuve la sensación de que tenían traumas peores de los que preocuparse que del atraco a una familia de clase media.

—Dios mío, Mark. Tienes que valorarte más a ti mismo.

—¿Valorarme a mí mismo? ¿Por qué?

Steph no dice nada, y da vueltas entre sus dedos inquietos a la copa de vino. Ahora Carla se inclina hacia mí, tintineando llamativamente, y pone la mano en el brazo de Steph.

—Vosotros dos tenéis que salir. Ir a algún sitio una temporada. Así mejorarán las cosas, seguro.

—¿Y adónde vamos? —dice Steph.

—A algún sitio exótico. Bali, Tailandia… O romántico. Barcelona, las islas griegas… París.

—¡Oooh, París! —casi chilla Steph—. Dios mío, Mark, ¿no sería estupendo?

—¿Con una niña de dos años? Superromántico.

Carla baja la vista hacia la mesa.

—Yo podría ofrecerme a… Pero no, no podría. No querría imponer a la pobre niña mis inexistentes instintos maternales.

—De todos modos, no nos lo podríamos permitir. Si ni siquiera podemos costear el arreglo del coche de Steph…

Steph suspira y asiente.

—Supongo —dice, y el momentáneo relámpago de luz que aparece en sus ojos me mata un poco. Ella merece tener lo que quiere. Merece algo mejor… que yo, que lo que yo puedo proporcionarle. Que, básicamente, no es nada. Todo lo que tuve momentáneamente se ha agotado.

—Ya se nos ocurrirá algún plan —dice Carla—. Tiene que salir algo. Vosotros necesitáis…

Cuando empiezan los chillidos estoy en medio de la habitación y me cuesta darme cuenta de lo que estoy oyendo.

Es la alarma de un coche que llega desde fuera, solo una alarma, pero mis músculos se han anticipado a mi cerebro pensante y, antes de poder tranquilizarme, he abierto la puerta de entrada de par en par y estoy mirando con los ojos muy abiertos, en la semioscuridad de la calle, con los oídos atentos para detectar cualquier roce. Lo que finalmente me devuelve a mí mismo es el humo del cigarrillo de Damon.

—Joder, Mark, ¿estás bien?

—Yo… sí, claro, solo comprobaba lo de esa alarma.

—Que ha dejado ya de sonar, y el tipo del número diecisiete ha puesto en marcha el coche y se aleja. Le grito algo tranquilizador a Steph.

—Estás muy sensible, ¿no? —dice Damon, tendiéndome el paquete de cigarrillos.

Cojo uno, sabiendo que probablemente así estaré más atento. No fumo, me pone malo, pero quizá las náuseas me ayuden a concentrarme en algo que no sean esos malditos monstruos invisibles.

Me tiende el encendedor y yo enciendo el cigarrillo, y luego soplo hacia el viento, notando la brisa caliente que viene de la montaña en el pelo y por detrás de las orejas.

—¿Te ha pasado alguna vez?

—No, gracias a Dios, pero supongo que estoy esperando turno. Les ha ocurrido a muchas personas que conozco. Te deja hecho polvo, ¿verdad?

Asiento, exhalando lentamente. La terapeuta de la comisaría de policía nos recomendó sustituir toda la energía negativa atrapada en nuestro interior por aire curativo, para poder exhalar el miedo tóxico. A mí me asusta librarme de mi miedo. Tiene un objetivo: mantenerme alerta.

Cuando apagamos las colillas en un tiesto vacío y volvemos dentro, Steph está diciendo:

—Siempre he querido ver el Musée d'Orsay, pero no tenemos dinero suficiente. Así de sencillo.

—¿Para qué? —pregunta Damon, captando el final de la conversación.

—Carla cree que es buena idea que nos vayamos al

extranjero de vacaciones, que eso curará nuestro trauma —digo—. Pero no tenemos dinero.

—¿Y si hacéis un intercambio de casa? —dice él—. Mis colegas y yo lo hicimos el año pasado. Hay una web para eso. Vas a casa de alguien y ese alguien viene a tu casa. Estuvimos en una casa enorme en Boston, y ellos vinieron a nuestra casa... les encantó. No pagas ni un céntimo de alojamiento. Puedes comer barato, si tienes cuidado, así que no te cuesta nada.

—Pero ¿meter a unos desconocidos en tu casa? —digo yo—. ¿Y si lo ensucian todo, o te roban tus cosas?

—Toda la gente que entra en la web está registrada y hay un seguimiento y una paga y señal. La pareja americana que vino, por ejemplo, había hecho ocho intercambios de casa antes, y todos los propietarios anteriores les habían puesto nota como huéspedes. Tienen un historial, de modo que sabes que puedes fiarte de ellos.

Steph sonríe.

—Ah, pues suena interesante... ¿Verdad, Mark?

Y entonces es cuando veo que sus esperanzas se han visto alimentadas por este tío. Lo más misericordioso que puedo hacer es cortarlas de raíz.

—No pagaríamos ni un céntimo —digo—, aparte del asunto insignificante de las tarifas aéreas, los visados, el transporte, las tasas de entrada y cientos de cafés y Dios sabe cuántas cosas más que tendríamos que pagar en París. —Veo la desolación en la cara de Steph, mostrando su entusiasmo desinflado. Eso sé hacerlo muy bien, ahogar las ilusiones de los jóvenes. Lo hago cada día en la universidad; es una de mis habilidades más rentables. Ella asiente, desilusionada, y yo deseo no haber dicho nada. Siempre subestimo la fuerza brutal de mi cinismo depresivo. Me olvido de que es joven, de que aún tiene algo de espíritu. Debería tener más cuidado con ella—. Pero suena interesante —añado, sin convicción—. La idea más factible que he oído hasta el momento.

Intento sonreír de nuevo, pero es demasiado tarde.

Después, me despierto de pie en el pasillo, con el corazón en la garganta y la pierna izquierda temblando, y el teléfono en la mano. En la pantalla roja de la alarma dice que son las 2.18. El alsaciano de la puerta de al lado ladra, y yo suelto un taco y oigo un golpe (¿otro golpe?) en nuestro lado de la pared que divide ambas propiedades.

Tendría que mirar por la ventana del estudio para comprobar si hay algo, o más bien alguien en el callejón, pero la alarma está puesta, el transpondedor pasivo escanea la habitación. No quiero desconectar el sistema, porque pueden estar esperando justamente a que lo haga, de modo que me quedo de pie en el pasillo, en medio de la casa, dando la vuelta con lentitud para que la tarima del suelo no cruja demasiado y no despierte a Hayden, escuchando y mirando a mi alrededor, como si tuviera una capacidad de audición supersónica, como si fuera Supermán con visión de rayos X. Pero no lo soy; estoy inmóvil e impotente.

Si hay alguien en el callejón lateral, los haces dispararán la alarma, me digo a mí mismo. Estamos bien, me digo a mí mismo.

El perro se tranquiliza y no oigo nada más, los haces luminosos de fuera no tropiezan con nada, de modo que finalmente me vuelvo a la cama. Steph está echada de espaldas, mirando al techo con resignación.

Me quedo de pie en la alfombra, junto a la cama.

—Tendría que quitar la alarma del estudio, pero les resultaría fácil entrar allí a través de la ventana emplomada.

—Sí, es mejor que esté conectado.

—Pero entonces no puedo mirar fuera.

—Los haces detectarían cualquier cosa que hubiera.

—Supongo que sí. —Dejo el teléfono de nuevo en la mesita de noche—. Creo que te están empezando a gustar estas conversaciones nocturnas nuestras. Nuestras bobadas. —Ella no dice nada, ciertamente, no se ríe, ¿por qué iba a reírse? Miro los números rojos en el reloj de nuestra mesita de noche—. Intenta dormir un poco. Es demasiado pronto para levantarse.

—¿Y tú?

No le digo que creo que uno de nosotros debería estar despierto siempre, por si vuelven, y que yo no tendría que haberme dormido, ya de entrada. Pero no serviría de mucho.

—Voy a relajarme un poco nada más, y enseguida vuelvo contigo.

—A veces odio esta casa, ¿sabes?

—Lo sé.

—¿No puedes pensar en lo del viaje? ¿No crees que sería agradable?

—Es que no creo que sea posible. Es un lujo que no nos podemos permitir.

Steph se incorpora sobre sus almohadas apoyadas en el cabecero y deja escapar un gemido bajo.

—Creo que no es un lujo. Creo que realmente es una necesidad. Creo que nos ayudaría mucho. Sobre todo a ti.

—¿A mí?

—Sí, a ti. —Ahora sí que se ríe, pero es una risita seca—. Me parece que salir fuera te daría cierta perspectiva, un poco de paz. ¿Quién sabe? Quizá incluso podría hacerte feliz.

No me siento cómodo metiéndome en esa discusión y permaneciendo de pie, como si tuviera autoridad sobre ella, de modo que me siento a los pies de la cama, sin mirarla, viendo solo un trocito de ella reflejado en el espejo del tocador.

—Aunque pudiéramos pagarlo, no quiero hacerlo porque tú creas que tengo problemas. No quiero ser una especie de caso clínico, obligarte a hacer sacrificios, gastar un dinero que no tenemos solo para que yo me sienta mejor, para no sufrir un ataque de nervios. No lo voy a hacer. Estoy bien. Me las voy arreglando.

Steph ni siquiera se molesta en estar de acuerdo o en desacuerdo con mi autodiagnóstico; me conoce demasiado bien.

—He estado pensando mucho y estoy segura de que Hayden se portaría muy bien. Duerme mucho mejor. Carla dice que se pueden alquilar sillitas de bebé y todo lo demás. Los niños de París van en cochecitos. Imagínate pasear por los parques, como una familia francesa...

Sé que eso no funcionaría nunca, pero veo su sonrisa soñadora, sin reservas, a través del espejo, y me digo que esta vez no quiero pinchar su burbuja. Ese viaje no se va a hacer, es solo una fantasía que la hace sonreír de nuevo, así que puedo dejar que sea feliz.

2

Steph

Tendría que haber protestado un poco más cuando Mark me dijo que Carla se había invitado ella misma a cenar aquella noche. Él se ofreció a posponerlo, porque sabía que las únicas personas a las que yo podía soportar después del robo eran mis padres, pero luego pensé que podríamos hacerlo y superarlo de una vez. Y ya iba siendo hora de que me enfrentase al mundo exterior. Mis amigos habían intentado arroparme, pero yo estaba asqueada de oír: «Bueno, al menos Hayden estuvo dormida todo el rato, y no te violaron», y otros tópicos estúpidos. Mark me rogó que no me complicara la vida, pero, como de costumbre, me esforcé demasiado para preparar la cena. Limpié la casa como una anfitriona neurótica de los años cincuenta, y despilfarré comprando en Woolworths unos ingredientes que no nos podíamos permitir. Siempre que venía Carla hacía lo mismo.

Carla me intimidaba. Ya lo he dicho. Poeta publicada, profesora, era todo lo que yo no era: confiada, chic, carismática, y delgada como un huso. Para mis adentros consideraba sus escritos indulgentes e ilegibles, pero había conseguido diversos premios locales e internacionales, mientras que las únicas publicaciones de las que yo podía presumir se limitaban a un par de críticas de libros que no cobré en una web literaria insignificante. Como muchos liberales de su generación, ella llevaba como una medalla sus impecables credenciales combativas, dejando caer anécdotas sobre su detención por la policía en la conversación cada vez que tenía oportunidad (aunque resulta difícil encontrar a una sola persona de mediana edad en estos tiempos, aparte de mis padres, que reconozca que durante el Apartheid no hizo nada). Y, por supuesto, Mark y ella tenían una historia juntos que era anterior a mí. Una historia que me excluía. Él negaba que hubieran tenido algo que ver en algún momento, pero yo no sabía ya qué pensar.

Pero no soy justa. Quizá Carla no me gustase, pero la verdad es que no era tan mala. Fue muy amable con nosotros los meses que Hayden tuvo cólicos, en esa época en que Mark y yo estábamos muy frágiles y quejumbrosos, después de meses sin dormir. Aparecía de repente para ver cómo estábamos y nos traía musaca de lentejas una vez a la semana. No nos la comíamos nunca; iba derecha al congelador, y creo que todavía sigue ahí.

Aquella noche, yo serví con diligencia el pollo deshuesado de Woolworths y las patatas al horno, puse generosas raciones de mousse de chocolate en unos cuencos, sonreí como una geisha y me escabullí de vez en cuando para encontrar algo de paz, con el pretexto de ir a ver cómo estaba Hayden. Seguí las convenciones, desconectando cuando fingía seguir la conversación, dominada por Carla y aquel hombre al que había traído con ella (es curioso, recuerdo aquella noche con todo detalle, aunque no puedo acordarme de su nombre). Pero captó mi atención la mención de un viaje al extranjero: la despreocupada sugerencia de Carla de que nos fuéramos de viaje durante un tiempo. Normalmente Mark estaba de acuerdo con todo lo que decía Carla, sobre todo para seguirle la corriente, así que cuando la hizo callar, al principio me gustó. Pero luego… París. *París.*

Vi una imagen de Mark y yo paseando por los Champs-Élysées, Hayden durmiendo en los brazos de Mark, los elegantes franceses sonriéndonos afectuosamente al pasar. Imaginé que parábamos a tomar café y cruasanes, sentados bajo un parasol en la encantadora terraza de un café; me imaginé que tomábamos sopa de cebolla y crepes para cenar, en un bistró curioso, y mi mente se fue llenando de un tópico tras otro. Pero no era solo el atractivo de aquel destino. Me sentía también atraída por el cambio de casa. Desde el robo, la atmósfera de nuestra casa había cambiado. Se había vuelto más oscura, de alguna manera, como si la luz del sol no pudiera encontrar su camino de entrada. Instalamos a toda prisa nuevas medidas de seguridad que no ayudaron nada: los barrotes antirrobo arrojaban sombras como dedos en el suelo, y la alarma saltaba cada vez que alguien abría la puerta, haciéndonos dar respingos constantemente. Supongo que pensaba que si se alojaba alguna otra persona en la casa, alguien que no fuéramos nosotros, quizá las malas vibraciones acabarían desapareciendo.

Mientras Mark y el gigoló de Carla intercambiaban opiniones sobre Jacob Zuma sin parar, yo me retiré a hacer café, sorprendida y desilusionada al ver que Carla me seguía a la cocina. Sospechaba que tenía alguna intención oculta. Y tenía razón.

—Mark necesita ayuda —me dijo en cuanto no pudieron oírnos—. Tiene que ir a ver a alguien. A un terapeuta. —Había una nota de acusación en su voz, como si fuera yo la que se lo impedía. Como si todo fuera culpa mía. Como si yo hubiera superado aquella noche con mayor facilidad que él, cuando en realidad la verdad era justamente lo contrario. Me alejé hacia el fregadero para que no pudiera verme la cara y aclaré la cafetera, aunque no era necesario—. Tú eres fuerte, Steph —continuó Carla—. Está claro que lo llevas bien. En cambio Mark es vulnerable al estrés postraumático. No ha pasado demasiado tiempo desde lo de Zoë... bueno, ya sabes. Una cosa como esta puede despertar cualquier trauma latente... —Bla, bla bla. No respondí, me limité a preparar el café y me concentré en tratar de que ella no viera que me temblaban las manos.

Cuando Carla se fue, me costó horas y horas dormirme, y luego Mark me despertó cuando saltó de la cama a las dos y media. No era raro que hiciera algo así. Desde la invasión, el menor ruido, una polilla golpeando contra la luz del baño, el ladrido distante de un perro del vecindario, nos despertaba de golpe. Me quedé esperando en la habitación, atontada, mientras él acababa su patrulla, con la boca seca, imaginando lo peor... un disparo, un golpe en la cabeza, el ruido de pasos dirigiéndose hacia la puerta del dormitorio... Sabía por experiencia que no me volvería a dormir hasta que empezara a haber luz de nuevo, de modo que esperé hasta que Mark se hubo dormido, cogí el portátil barato de recambio y me dirigí a la habitación de Hayden, el único lugar de toda la casa donde me sentía totalmente a salvo. Como de costumbre, los gemidos y crujidos de la casa enfriándose después de un día cálido se parecían demasiado al roce de un destornillador en una cerradura, o a unos pasos furtivos en el pasillo. Por mucho que me convenciera de que Mark había comprobado dos y hasta tres veces las cerraduras y la alarma, no me convencía: los hombres que invadieron nuestro hogar habían manchado la casa con sus sombras. Al pasar junto al baño, la toalla colgada encima de la puerta abierta formaba una figura con un cuchillo cruel; el cesto de la ropa sucia, abandonado descuidadamente en la parte superior de las escaleras, era un jorobado dispuesto a saltar. Cuando llegué a la seguridad de la habitación de Hayden notaba el corazón alborotado.

Ella siempre dormía torcida, con las piernas atravesadas en la cama y el edredón envuelto en torno a los pies, de modo que la volví a arropar con cuidado y luego me eché apretada contra ella, manteniendo el portátil en equilibrio sobre las rodillas. Mark quizá se mostrara reacio a hacer aquel viaje, pero yo no pensaba olvidarme. Tenía razón, no podíamos pagarlo, pero no veía que soñar hiciera ningún daño. Había cientos de webs de intercambio de casas, al menos el compañero de Carla tenía razón en eso. Elegí una con una foto de un chalet alpino en su portada y me registré para la prueba gratuita de treinta días. Tenía que poner tres destinos deseados por orden de prioridad («¡Sea flexible!», aconsejaban en la web). Puse París, luego Irlanda (que no requería visado) y por último Estados Unidos. Habríamos necesitado un visado para la mayor parte de los países de Europa, pero yo quería ir a París. La semilla ya estaba plantada. Mientras cargaba las fotos más favorecedoras de nuestra casa, que yo misma había tomado cuando casi la pusimos a la venta el año anterior, me sentía como si estuviera haciendo algo ilícito... como mandar un mensaje de correo a un amante.

Una vez cargadas las fotos, escribí la descripción que podía resultar más sugestiva para un posible parisino que quisiera hacer intercambio. «¡Casa cómoda e histórica en la soleada Ciudad del Cabo!» Lo de histórica era una exageración, aunque nuestra casa estaba situada en una calle en la que sobre todo había casas adosadas victorianas. Luego añadí: «segura», pero me sentí culpable y lo borré. Para ser justos, no era ninguna mentira. Mi padre vino desde Montagu la mañana siguiente al robo, armado con su soldador y con una camioneta llena de barras de hierro, y nuestras ventanas de guillotina ahora contaban con unas sólidas barras de acero antirrobo. Mark murmuró algo sobre la estética, pero no consiguió evitar que papá convirtiera nuestra casa en Alcatraz. No se atrevió. Aquel día se mantuvo fuera de la vista de mi padre, evitando la silenciosa acusación que flotaba en el aire: «Tendrías que haber protegido mejor a tu familia, idiota».

Después busqué vuelos. Air France tenía una oferta especial en febrero, mientras hiciésemos la reserva durante los tres días siguientes. Todas las piezas iban encajando. Decidí no contactar con nadie del intercambio de casas de inmediato. Lo dejaría en manos del azar, esperaría a saber primero algo de ellos. Dormí una deliciosa hora antes de que Hayden me despertara a las seis.

Como no quería arriesgarme a una pelea, aquella mañana no le dije a Mark que me había inscrito en la web. Otra mala noche le había puesto irritable, y se fue al trabajo sin decir apenas nada más que «cierra bien la puerta cuando me vaya». Le di sus cereales a Hayden y luego la senté delante de la tele a ver los Teletubbies. Yo no tenía hambre, pero saqué de la nevera la olla medio vacía con los restos de la mousse de chocolate y me lo fui comiendo a cucharadas mientras comprobaba los mensajes de correo. Dos del banco, avisándonos de que habíamos sobrepasado otra vez el límite de nuestro crédito; nada de la web de intercambio de casas, aparte de un mensaje de agradecimiento por habernos registrado.

Llamó mi madre, como hacía cada mañana para ver cómo estábamos, y tras oír sus habituales súplicas de que le llevara a Hayden para que se quedara con ella unos días, le conté la idea del intercambio de casas. Ella se entusiasmó de inmediato, sobre todo porque deseaba desesperadamente que saliéramos de Ciudad del Cabo, que ahora consideraba un lugar hostil y peligroso.

—¿Y qué piensa Mark?

—No está muy entusiasmado. Y en realidad no nos lo podemos permitir. —Intenté no ahondar en el hecho de que, si me hubiera preocupado por buscar algún trabajo, probablemente sí que tendríamos dinero suficiente.

—Debes obligarle a ir. Nosotros os podemos prestar el dinero para los vuelos, ¿verdad, Jan?

Papá murmuró algo gutural al fondo.

—No puedo consentirlo, mamá. —Su B&B funcionaba a trancas y barrancas, desde que lo habían comprado hacía un par de años.

—Encontraremos el dinero. Es hora de que Mark te ponga por delante de todo, niña.

—Ha sido muy duro para todos, mamá. Hace lo que puede.

Ella murmuró algo que no entendí, pero dejé correr el tema. Odiaba el enfrentamiento.

—¿Y qué tal el negocio, mamá? ¿Alguna reserva?

—Tenemos dos holandeses con nosotros durante una semana. Gays.

—¿Sabe papá que son gays?

—Claro, Steffie. No está completamente anclado en la Edad Media. Y luego lo tenemos todo vacío hasta marzo. —Hizo una pausa—. Si os vais, podemos cuidar a Hayden nosotros.

—Nos llevaremos a Hayden, mamá.

—Nos encantaría tenerla aquí. Ya lo sabes...

Dejé que continuara intentando convencerme y mientras

buscaba en Google «diez cosas que hacer en París en febrero», y comprobaba de vez en cuando el correo. Y entonces vi el mensaje de la web de intercambio de casas: «Hola, Stef198, Petit08 te ha enviado un mensaje. Pincha aquí para ver más...». Despedí la llamada y abrí el correo: «*Bonjour Stephanie et Mark*! ¡Vuestra casa parece preciosa! Ved la nuestra. Podemos ir cuando queráis. *À bientôt!!! De Mal et Junie Petit*».

Pinché en el vínculo que mandaba, se abrió la página de la casa de los Petit y vi un retrato pequeño de una pareja de treinta y tantos años. Estaban muy juntos, como si se estuvieran haciendo una *selfie,* con gafas de sol en la cabeza y los dientes muy blancos. Eran como un anuncio de ensueño, rubios y felices. Había seis fotos de su apartamento, tomadas sobre todo desde el exterior: la única foto del interior mostraba una bañera victoriana con patas, con una toalla color granate colocada encima del borde, junto con una descripción sucinta: «Estiloso y lujoso apartamento en un lugar fantástico de la ciudad del amor. Para dormir dos o tres personas». El edificio parecía antiguo y elegante, típicamente francés, con la puerta de madera grande y sólida y estrechas ventanas adornadas con balaustradas metálicas muy historiadas. No había reseñas, pero ¿qué más daba? Nosotros tampoco las teníamos. Quizá fuera la primera vez que intercambiaban su casa, igual que nosotros.

No dudé. Escribí: «*Bonjour!* ¡Qué agradable conoceros!».

3

Mark

El coche que tengo detrás se queja en el mismo instante en que cambia el semáforo, sacándome de otra vaga ensoñación de hombres enmascarados que gritan órdenes. Me tomo mi tiempo deliberadamente a la hora de soltar el freno de mano y arrancar. El hombre con traje que viene detrás de mí, un tipo de no más de veinticinco años en un Porsche descapotable, gesticula furioso, y yo represento el papel de vejete achacoso. Ciudad del Cabo tenía la reputación de ser apacible y calmada, pero ahora parece desbordante de tensos ejecutivos a los que les encantaría estar en Los Ángeles.

El tipo viene pegado detrás de mí todo el camino hasta los semáforos de la calle Buitengracht, y noto su mirada airada en el espejo retrovisor. No hace mucho se la habría devuelto, pero hoy en día apenas puedo soportar mirar a nadie: un puñetazo más de la vida y me desharía del todo.

Estoy cansadísimo. La ironía es que Hayden lleva las dos últimas semanas durmiendo mejor que nunca. Solo se despierta una vez, o incluso ninguna en toda la noche, pero aun así no puedo dormir, o no me lo permito a mí mismo. Racionalmente sé que permanecer despierto toda la noche no hace que estemos más seguros. Sé que no es bueno para mí, ni para Steph o para Hayden, que la atención o ayuda que puedan necesitar de mí, aunque sea en pequeñas cantidades, se convierta en una exigencia difícil porque estoy agotado. Me pongo irritable, y sé que no debería estarlo. Pero no puedo dormir. ¿Y si vuelven? Si estoy despierto, no llegarán hasta Steph.

Para intentar distraerme, pongo el reproductor del iPod del coche. El aleatorio selecciona «I'm a Funny Old Bear» y me veo catapultado siete años atrás, a la ceremonia de entrega de premios de primer curso de Zoë. Apretujado en el vestíbulo del colegio, con madres y padres que parecían perdidos y cuyos propios padres nunca se habrían molestado en asistir a una ocasión tan insignificante como aquella. Los niños cantaban una canción sobre Winnie-the-Pooh y eso me sorprendió: parecían felices. No sé cómo, mi hija había conseguido escapar al influjo solitario y huraño de mi propia niñez, y algo en ese simple hecho me estrujaba el corazón. Me eché a llorar mientras cantaban animadamente el estribillo. Era la primera ceremonia de entrega de premios a la que ella asistía.

Es un alivio, realmente, rascar la cicatriz de aquella consoladora pena antigua, en lugar de centrarme en un trauma más reciente. Miro de nuevo por el espejo retrovisor, imaginando que Zoë está sentada atrás, atada con sus correas. Pero claro, ahora no estaría ahí sentada. Tendría catorce años, iría en el asiento del pasajero. Dios mío.

Pasaron varios meses hasta que fui capaz de quitar el asiento infantil del coche. Hay dos agujeros en el sitio donde la tela del asiento se desgastó, y todavía quedan unas cuantas manchas de la comida que se le caía a medida que se iba haciendo mayor.

«¿Por qué estás triste, papá?», me imagino que la oigo decir.

«No lo estoy, cariño. Solo estoy… cansado.»

«¿Es por la niña nueva? ¿Tu Otra Hija?»

El tipo que va detrás de mí toca el claxon una vez más, interrumpiendo mi fantasía. No solo él, sino una hilera de coches que van detrás. Esta vez levanto la mano para disculparme y arranco. Compruebo de nuevo el retrovisor y veo que el asiento posterior sigue vacío. Pongo la radio matutina para ahogar las voces.

Una vez me he metido bien apretado en el diminuto espacio del aparcamiento, voy hacia los ascensores del campus de Melbourne. Cuando prescindieron de mí en la universidad de Ciudad del Cabo («El departamento se va a remodelar en áreas de estudio más relevantes y productivas, Mark, y, sencillamente, no necesitamos dos especialistas en literatura victoriana. Maeve ha tenido la suerte de poder recurrir a su currículum, y solo porque es más veterana que tú») me ofrecieron dos puestos en otros lugares. Elegí el trabajo del campus de Melbourne porque presentaba unos cursos más amplios, de estilo universitario. En aquel momento pensé que eso importaba, pero tenía que haber cogido el trabajo de CyberSmarts. Habría podido llevar mis tutorías, basadas en el aprendizaje memorístico y los resultados, en línea, desde la comodidad de mi estudio, y hacer pequeñas siestas entre mensaje y mensaje de correo.

Saludo a Lindi en la recepción y me dirijo al pasillo del sexto piso, siguiendo el letrero de Comunicaciones, Contactos y Correspondencia, hacia mi despacho tipo cubículo. El «campus», en realidad una serie anónima de oficinas y salas de juntas, se acondicionó hace no más de tres años, pero la puerta del despacho ya roza el suelo, y la moqueta se está levantando, de modo que cada mañana tengo que abrir a base de empujones con el hombro. Hay tres estantes sujetos a una pared, que contienen unos cuantos expedientes y documentos. Todavía no me he molestado en trasladar allí mis libros, y sé que es porque supondría algún tipo de compromiso. Veinticinco años de crípticos conocimientos de la era victoriana (por no mencionar la isabelina y la moderna temprana) yacen todavía cubiertos de polvo en sus cajas, en casa.

Voy a la pequeña cocina americana para llenar mi botella de agua. En realidad me gustaría tomar un café, pero solo hay café instantáneo barato, y todavía no me he mentalizado para comprarme una cafetera Bodum para la oficina. Al inclinarme hacia el grifo, noto que alguien se acerca por el estrecho espacio que está detrás de mí. La cocina es tan pequeña que tácitamente hemos establecido la norma de entrar de uno en uno, pero ahora noto una mano que me coge el brazo.

—¿Qué tal te va, Mark?

Me vuelvo con dificultades hacia Lindi, que ahora bloquea mi ruta de huida.

—Bien, gracias, ¿y tú? —digo, esperando que lo deje ahí.

Pero no lo hace.

—No, de verdad. Es algo terrible lo que os ha ocurrido a ti y a tu maravillosa familia. —Ella no conoce ni a Steph ni a Hayden y. por supuesto, yo no las traería aquí jamás.

—Gracias. Estamos bien. —No quiero mantener esta conversación. Mi maravillosa familia y las cosas terribles parecen ir siempre juntas. No quiero ni imaginar lo que haría Lindi si supiera lo de mi «primera» familia. Solo intenta ser amable conmigo, pero cuando hurga tanto, me siento acorralado e irascible, y no quiero ser desconsiderado con una de las pocas amigas que tengo aquí.

—Quiero que estés bien —me dice.

—Pues gracias —digo de nuevo, y me vuelvo hacia el fregadero, donde mi recipiente ya está lleno y el agua desborda patéticamente y cae por el desagüe.

Finalmente, Lindi capta la indirecta y se aleja.

Arrastrándome por el pasillo hasta el Aula C12 con la botella de agua en la mano, me doy cuenta de lo mucho que me he encorvado. Enderezo la espalda y levanto los hombros, preparándome para la arremetida de la clase de Literatura Universal del Nivel 1, que te deja agotado. Entro y saludo con un triste y forzado «¡Buenos días!», lleno de falsa animación. Mientras pongo la contraseña del proyector el nivel de las conversaciones apenas bajas. Cuando empiezo a hablar, la mayoría de los chicos me mira con una expresión que abarca distintos grados de odio y asco, como si fuera arena en su vaselina. Hoy toca poesía de guerra, pero podría ser cualquier otra cosa. Cuando era joven me interesaban estos temas (supongo que tenía profesores mejores que yo mismo), pero no puedo concebir ninguna forma de atraer a estos alumnos que me miran echando chispas, como clientes furiosos que no están consiguiendo aquello por lo que pagaron. Soy consciente de que mi voz suena monótona, y cuanto más hablo, más ansioso me pongo.

No sé cómo, al final llegan las diez en punto. Cuando vuelvo a mi despacho, compruebo mis correos, ignorando las circulares del departamento, y abro un mensaje de Steph. Después de todo ese tiempo, todavía me pongo de mejor humor cada vez que veo su nombre en mi buzón de correo.

> Hola, Mark:
>
> No te lo he dicho esta mañana porque quería sorprenderte, pero solo te quiero decir que he puesto una petición para un intercambio de casa. Aquí tienes los detalles de los que han respondido, ¡parecen muy guays, y son franceses!
>
> Mamá y papá nos prestarían el dinero con mucho gusto para los billetes de avión... ¡así que no hay excusa!
>
> Ya sé que en el fondo te encanta la idea, y que te convencerás... nos lo pasaremos muy bien y será muy bueno para nosotros.
>
> Te quiero,
>
> S.

Me sorprendo con un repentino brote de indignación. ¿Cómo ha podido hacer todo esto, cuando yo ya le había dicho que no? Pero veo cómo ha decaído nuestro matrimonio a causa de ese maldito robo, y sé que voy a tener que hacer un esfuerzo extraordinario para ser positivo. Reconozco los esfuerzos que está haciendo Steph, y además, ella sabe que me puede totalmente con ese «te quiero»...

Doy la vuelta en redondo a mi silla y me quedo mirando por la ventana la cuadrícula de aparatos de aire acondicionado en el tejado, el revestimiento plateado en los patios de atrás y detrás de todo la montaña, enorme, ante el fondo de cielo caliente y despejado. París... Ella me conoce bien: siempre he querido ir. No puedo echarle la culpa a Steph por que estemos en una situación financiera tan apurada.

Volviendo a la pantalla, hago clic en el vínculo que me ha enviado Steph. Parece uno de esos clásicos edificios parisinos en una callecita estrecha, con una pequeña plaza con árboles al final. El barrio parece agradable, no lejos de los lugares turísticos, pero también tranquilo, cerca de Montmartre, donde vivían los artistas y donde está esa enorme iglesia blanca.

En una vida diferente, sí que sería una buena idea. Pero no en esta, no ahora. Aunque pudiéramos aceptar el dinero de los padres de Steph para ir a pasarlo bien por ahí, llevar a Hayden a una ciudad extranjera no será tan romántico como puede parecer. Acarrear a una dócil niñita francesa en un cochecito por los parques parisinos puede sonar divertido, pero ambos sabemos cómo se pone Hayden cuando tiene que hacer pipí, cuando tiene hambre, cuando está cansada, cuando tiene calor, cuando tiene frío... y no es porque sea Hayden. Es natural en cualquier bebé. Steph no es realista.

Haciendo clic en el perfil de los que quieren intercambiar su casa, veo a una pareja joven y guapa que se llama Petit, y que ha puesto algunos vínculos turísticos en la descripción de su propiedad. Leo una lista de paseos literarios en París y sin darme cuenta han pasado veinte minutos. Me imagino paseando por las mismas calles empedradas que Hemingway y Gauguin, Monet, Balzac y Foucault... y Woody Allen. No sería lo mismo que pasear por las calles empedradas prefabricadas de 2008, en el centro comercial Canal Walk. Steph ha elegido bien... Siempre he querido ir, y se me acaba de ocurrir una forma de que el viaje funcione.

Cojo el teléfono y marco el número de los padres de Steph. Me alivia mucho que sea Rina la que conteste; Jan y yo no nos llevamos bien. Solo tiene cinco años más que yo, y no confía en que sepa cuidar de su hija, a pesar de que siempre la he tratado con amor y respeto. Como padre de hijas, sin embargo, comprendo por dónde va... a mí también me habría parecido fatal yo mismo.

—¿Cómo has podido, Mark?

Ha sido rápido. Acabo de volver con mi café diario de la

cafetería que hay abajo. Rina ha debido de llamar a Steph inmediatamente.

—Quería sorprenderte yo también. Pensaba que sería...

—Voy a llamar a mamá ahora mismo. Le voy a decir...

—Espera, Steph. Piénsalo un poco. —Me levanto y cierro la puerta del despacho, pero, aun así, sigo hablando en voz muy baja para evitar que alguien me oiga a través de estas paredes de cartón—. Si lo piensas un minuto, sabrás que llevar a Hayden a París con nosotros sería una mala idea. A ella no le gustaría nada.

—A veces eres muy distante con ella, Mark. Me pregunto si...

—No empieces. Por favor, cariño. Ya sabes lo que siento.

Porque yo amo a Hayden, todo lo que representa para mí. Porque aunque fue un accidente (yo suponía que Steph tomaba la píldora, y ella suponía que yo me había hecho la vasectomía) nunca olvidaré la sensación que tuve cuando Steph me dijo que estaba embarazada. La alegría enorme que sentí me cogió por sorpresa tanto como a Steph. Para variar, mis sentimientos sobrepasaban a mis dudas, y me costó un poco comprender por qué era tan feliz. Estaba muy enamorado de Steph, me parecía que el mundo entero brillaba gracias a ella. Era mi segunda oportunidad... una que nunca pensé que tendría, y que ciertamente no merecía... y el regalo de un bebé me parecía que era parte de mi redención. Por supuesto, la idea de un nuevo bebé se veía también teñida por la culpa y la tristeza, pero ayudaba mucho pensar que a Zoë le habría encantado tener una hermanita.

—Te resulta difícil decirlo, ¿verdad? Que quieres a Hayden.

Pienso en lo muy diferentes que son las dos niñas. Zoë, rubia y siempre chispeante y dispuesta al desafío, igual que su madre, y en cambio la oscura y pequeña Hayden quejumbrosa, dependiente, propensa a las pesadillas. Me pregunto si no fui yo mismo quien le contagió parte de esa oscuridad. Yo era un hombre distinto cuando nació Zoë, y la feliz confianza que sentía podía animar a una niñita a explorar, pero con

Hayden... Aun así, está claro que cuando Hayden tiene uno de sus momentos mágicos, elimina de un plumazo toda la mierda. Yo la quiero, pero no pienso responder a la pulla de Steph, sería demasiado fácil, de modo que sigo sin hacerle caso.

—Tus padres quieren ver a Hayden, y a Hayden le encanta estar en su casa. Es el plan perfecto. Y además, como ha cumplido ya dos años, pagaría todo el billete de avión entero si la llevásemos a Francia. Les ahorraremos ese dinero a tus padres.

Ella hace una pausa y veo que está empezando a escucharme.

—Tendrías que haberlo discutido primero conmigo.

—No habrías aceptado nunca.

—¿Abandonar a mi hija para que podamos irnos de vacaciones? Tienes razón, nunca lo habría hecho.

—Exactamente.

—Bueno, pues a la mierda. Ya no quiero ir. Tú pensabas que era una idea estúpida. Ni siquiera sé por qué de repente estás tan...

—Los billetes son no reembolsables.

—¿Ya has comprado los billetes? Pero...

—Bueno, lo ha hecho tu madre. No quería que al final nos quedásemos sin ir. Cree que es buena idea para los dos... para todos. Y yo estoy de acuerdo. A Hayden le encantará este descanso, igual que a nosotros.

—No quiero ir sin ella, Mark.

—Tú querías hacer este viaje, Steph. Sé que querías. Y Rina me ha convencido de lo mucho que lo necesitábamos. —No es justo culpar a Rina, ya lo sé, pero es que se ha mostrado realmente entusiasmada—. Piénsalo de esta manera: será la luna de miel que no hemos tenido nunca.

—Eres un gilipollas —dice ella, pero por su tono no parece demasiado enfadada. Se hará a la idea.

4

Steph

Todavía siento un poquito de culpabilidad (y resentimiento) cuando pienso en lo fácilmente que me manipuló Mark para que dejásemos a Hayden.

Sí, lo admito, una traicionera parte de mí misma se complació en la idea de liberarse de la rutina diaria durante unos días, trasnochar y visitar restaurantes y museos sin un bebé encima. Pero la idea seguía molestándome: «¿Por qué no quieres que venga nuestra hija con nosotros, Mark?». No es que se mostrase frío con ella exactamente, pero desde la invasión doméstica no podía evitar sentir que había aumentado la distancia en su relación.

Supongo que también estaba desconcertada por el cambio radical de idea de Mark acerca del viaje. La anticipación de ese viaje parecía haber despertado algo en su interior, algo que yacía dormido desde la noche que esos hijos de puta invadieron nuestra casa. Le dejé que se hiciera cargo de los pormenores y que conversara con los Petit (me leía en voz alta sus mensajes más hilarantes, obviamente traducidos con el Google Translator, cada noche en la cama), y se lanzó a hacer planes: reservar citas para el visado, descargar mapas, buscar en TripAdvisor recomendaciones de restaurantes baratos... Yo me preocupaba mucho de no hacer o decir nada que apagara su humor; incluso la casa pareció adquirir una atmósfera más ligera, como si supiera que pronto iba a albergar a un par de habitantes nuevos que no serían tan deprimentes. Todo iba ocupando su lugar, cayendo en las ranuras correspondientes. Pasamos las entrevistas para el visado sin una sola complicación, y Mark pudo pedir un permiso de una semana justo antes del semestre que empezaba a mediados de febrero.

Quizá no fuera gran admiradora de Carla, pero se sumó a la fiesta ofreciéndose a servir de contacto con los Petit y entregarles las llaves cuando llegaran. Un par de días antes de la fecha señalada para salir, apareció en casa y me puso un saco de plástico para ropa en los brazos. Abrí la cremallera y apareció un abrigo de cachemir de color chocolate.

—Te lo presto —dijo—. Supongo que te irá bien, es un par de tallas demasiado grande para mí. —A pesar del puyazo, agradecí mucho que hubiera pensado en ello. El abrigo era precioso.

Y todavía lo tengo.

Pero a medida que los días iban pasando y se acercaba la fecha de la partida, me agobié mucho. Pasé dos días preparando la casa frenéticamente y escribiendo páginas y páginas de instrucciones para todo, desde el sistema de alarmas al lavaplatos. El día anterior a la partida compré leche, mantequilla, pan, beicon y café recién molido para los Petit, de ese de comercio justo tan caro en el que jamás habría soñado comprar para Mark y para mí. Derroché en sábanas, cojines y toallas nuevas. Froté las paredes, limpié el baño con lejía y ordené perfectamente todos los cajones, intentando no pensar en los dedos siniestros y enguantados que habían registrado su contenido durante el asalto. Los suelos resplandecían, y todas las habitaciones olían a aceite de cedro perfumado. Estaba exagerando un poco, esperando que un interior inmaculado compensara el vecindario lleno de estudiantes alborotadores, los gemidos de los vagabundos que vivían bajo el puente de la autopista y los barrotes de las ventanas, que no aparecían en las fotos que había cargado en la web de intercambio de casas. Es irónico (o en realidad, trágico), pero lo único que pensaba era: «¿Y si los Petit se quejan de que la casa no aparecía bien retratada?».

Mis padres vinieron a recoger a Hayden la mañana que

nos íbamos, y cuando ayudé a atarla a su asiento del coche, me asaltó de pronto la certeza de que nunca volvería a verla. Tuve que contenerme para no chillar a mis padres que se detuvieran cuando arrancaron.

Mark me rodeó con un brazo mientras el coche desaparecía doblando la esquina.

—Estará bien, Steph.

—Sí.

Todo aquello era irracional. Y yo lo sabía. No le iba a pasar nada a Hayden. Juntos, Mark y yo habíamos pasado una buena cuota de penalidades: la muerte de Zoë, el cólico crónico de Hayden, el robo... ¿no nos merecíamos acaso un poco de buena suerte? Para suavizar las cosas, me tomé dos pastillas del Urbanol que el médico me había recetado para la ansiedad después del atraco (la visita al médico y los tranquilizantes eran mi pequeño secreto. Si hubiera sabido algo de ellos, Mark se habría preocupado mucho), y, atontada por los medicamentos, ayudé a Mark a hacer las maletas. Tenía que recordar que el viaje también era para él. «Será la luna de miel que nunca tuvimos.» Las cosas fueron tan deprisa desde que nos conocimos que no tuvimos tiempo suficiente para un gesto romántico de ese tipo.

Conocí a Mark el segundo día que trabajaba a tiempo parcial en la oficina del departamento de inglés de la UCT. Una compañera de piso me había conseguido aquel trabajo. Al haberme trasladado a Ciudad del Cabo para estudiar una licenciatura en inglés, necesitaba pagar el alquiler. Xoliswa, la secretaria del departamento, y yo, estábamos a punto de salir a comer cuando entró de repente en el despacho para usar la impresora un hombre parecido a Robert Downey Jr. con la cara arrugada y los pantalones también arrugados. Me ofrecí a ayudarle y él me sonrió... una sonrisa cálida, de esas dedicadas especialmente.

—¿Quién es? —le pregunté a Xoliswa en cuanto él estuvo lo bastante lejos para no oírme.

—Mark. Profesor de inglés. Es simpático.

—¿Y? —Esperaba que Xoliswa me informara más. Ninguno de los docentes que entraban en nuestro campo de acción escapaba sin algún cotilleo: el profesor veterano que no permitía que entraran alumnas en su despacho sin dejar la puerta abierta; el tutor que se acostaba con la profesora de lingüística, casada y bien casada; el académico que estaba en el armario y todavía vivía con su madre... Todo el mundo en el departamento tenía una historia escandalosa, y ella se las sabía todas.

—¿Y qué?

—Vamos, Xoliswa. Escupe.

Ella sonrió.

—He oído decir que se le murió una hija.

—Oh. Oh, Dios mío...

—Sí, muy triste. Tenía unos siete años. Su matrimonio se hundió.

—¿Y cómo murió?

—Pues no lo sé. —Chasqueó la lengua. No sabía si es que estaba disgustada por desconocer los detalles o porque lo sentía por Mark.

A lo largo de los días siguientes le fui echando el ojo. Iba remoloneando en la cola de la cafetería y por los pasillos del departamento (me enteré de que tenía una oficina temporal en la planta superior). Soñaba despierta con él; imaginaba que entraba en el despacho y que iniciábamos una conversación que nos llevaba a tomar unas copas, incluso a cenar. Ahora suena como si le acosara, porque incluso le googleé, registré Internet buscando críticas de sus trabajos académicos, y le busqué en Facebook. Intenté descubrir por qué había despertado aquel interés en mí. ¿Sería la tristeza que seguramente le acompañaba? Yo no era melancólica, no era una persona nerviosa, no tenía un pasado trágico, ni una gran pasión, ni el corazón roto. Mis dos relaciones previas habían acabado amistosamente. Pensaba en mí misma como una persona aburrida, equilibrada, controlada. Yo era la conductora en noches de fiesta, la cuidadora, la señorita Fiable.

A continuación me encontré con él en la presentación de un libro que se celebraba en una librería de la ciudad:

uno de los jefes del departamento publicaba un libro sobre Derrida o algo por el estilo, y era obligatorio asistir. El corazón me dio un vuelco al verle en el sótano de la librería cogiendo un vaso de vino en el bar improvisado. Ignorando los grupitos de gente que conversaba y se reía demasiado alto, él se dedicó a visitar la sección de poesía. Se bebía el vino demasiado deprisa.

Al cabo de solo un momento de duda, me excusé con Xoliswa, que me dirigió una mirada cómplice, y me acerqué a él, aunque nunca había sido tan atrevida.

—Hola.

Era obvio que le costaba situarme, y tuve que hacer un esfuerzo para ocultar mi decepción. En mi fantasía, yo había ocupado sus pensamientos tanto como él los míos. Me dedicó una sonrisa compungida.

—¿Es una de mis alumnas?

—No. Trabajo en la oficina.

—Ah, claro. Lo siento —se rio, violento.

Una mujer que llevaba demasiada joyería, vestida con lo que parecía un quimono (Carla, claro), se acercó a nosotros.

—Ah, aquí estás, Mark. Ven a conocer a Abdul. Es un gran admirador tuyo.

Mark intentó presentarme, cosa que resultaba un poco violenta, porque todavía no sabía mi nombre, pero Carla se alejó antes de que él pudiera acabar la frase. No creo que fuera simplemente por grosería. Era sensible: debió de notar que había saltado una chispa entre nosotros.

Durante el turno de preguntas, encontré un asiento en la parte trasera de la sala, unas cuantas filas por detrás de él. Él se volvió a mirarme una vez, como si notara mis ojos en su espalda, y me dedicó una pequeña sonrisa. Me inventé excusas para quedarme un poco más mientras Xoliswa y mis amigos se dirigían a Long Street a tomar algo, pero fue inútil: Mark quedó absorbido en un grupito en torno a Carla y yo no tuve valor para introducirme a la fuerza en aquel grupo. Después de gastar demasiado dinero en unos libros que ni necesitaba ni quería, me fui. Pero mi coche, el destartalado Fiat que había heredado de mi madre, ya no estaba en el sitio donde lo había aparcado. Con un nudo en el estómago, y esperando contra toda esperanza recordar mal dónde lo había dejado, subí y bajé por la calle a todo correr, registrando incluso las calles laterales. Había desaparecido. Me rodeó un pequeño grupo de desconocidos que fumaban en la puerta de la librería.

Me quedé allí más de un minuto, con las llaves del coche colgando inútiles en la mano.

Alguien me tocó el brazo.

—Hola otra vez.

Era Mark. Le miré y me eché a llorar.

Me acompañó a la comisaría a poner una denuncia, y luego me llevó en coche a casa. Nos quedamos sentados en el coche hablando, delante de mi casa, durante horas. Aquella noche nada parecía prohibido. Le hablé de mi niñez, de mi miedo a no ser lo bastante buena para ser escritora, que era lo único que había querido ser siempre, y él me contó la larga enfermedad de su esposa y su divorcio. Fue la única vez que habló conmigo con franqueza de Zoë. De su culpa, su dolor, su lucha por vivir en un mundo que seguía como si nada hubiese pasado. Ahora sé que solo se abrió a mí porque en aquel momento éramos prácticamente unos desconocidos. Después, solo mencionaba a Zoë si algo lo provocaba, pero ella estaba en nuestras vidas, no mencionada, invisible, cada segundo de cada día.

Dos días después de aquello, nos acostamos por primera vez. Tres semanas después me había ido a vivir con él. Al cabo de otros dos meses me quedé embarazada.

Los dos nos sentimos aliviados en el momento en que subimos al avión, y recuerdo haber pensado: «Estamos a salvo, aquí no nos pueden coger». Ninguno de los dos durmió: pasamos el viaje bebiendo demasiados gin-tonics y hablando de lo que veríamos, de adónde iríamos… yo fantaseaba con pasear a lo largo de los Champs-Élysées, comprar un vestido francés muy elegante a Hayden, y también con nuestros planes de dormir hasta tarde y salir a comer fuera. Llegamos a la estación Charles de Gaulle exhaustos, pero optimistas. Ni siquiera la primera sensación gélida de helado viento invernal o la imagen inesperadamente deprimente de la ventanilla del vagón (un montón de casuchas destartaladas pegadas a las vías del tren, grafitis feos, edificios utilitarios) consiguieron abatir mi ánimo. En la primera parada, subió a bordo un hombre robusto con un micrófono en la mano que arrastraba un altavoz con un carrito. Balbució algo en francés, apretó un botón del altavoz y sonó una música sintetizada de «Sorry Seems to Be the Hardest Word», que inundó el vagón. Le dirigí a Mark una mirada de soslayo mientras el hombre empezaba a cantar. No tenía mala voz, pero le costaba pronunciar las palabras, especialmente «sorry», y parecía que se iba inventando la letra al ir cantando. Mark se inclinó hacia mí, sonrió y susurró:

—Sogggy, Steph.

Y ambos nos echamos a reír incontrolablemente. Me corrían las lágrimas por las mejillas. Era un buen comienzo, un comienzo feliz. Salimos del metro en la ajetreada plaza Pigalle y seguimos colina abajo hasta un laberinto de edificios de pisos. Detrás de una pequeña plaza llena de cafeterías y con muchas motos alineadas, giramos hacia la izquierda por una calle más estrecha que parecía ser más bien un callejón sin salida. La mayor parte de los edificios eran de un blanco uniforme en el exterior, con pesadas puertas de entrada pintadas de vivos colores. Muchas de las ventanas estaban cerradas, pero aquí y allá veíamos un amago del carácter y el encanto que podían esconderse dentro: jardineras de colores, alguna balaustrada de latón pulido, con la luz dorada introduciéndose entre los listones...

El viaje empezó a amargarse un poco cuando dimos con nuestro apartamento.

—El nuestro es el número 16 —dijo Mark, mirando los números que estaban incrustados junto a los porteros automáticos, al lado de cada puerta.

Encontramos el 15, el 17 y el 18, pero no el 16. Después de volver por nuestros pasos, decidimos que la única opción era una enorme puerta verde con un desvaído cartel de «*à louer*» clavado en ella. Empujamos, esperando encontrarla cerrada, pero se abrió, y reveló un sombreado patio detrás, con los ladrillos muy manchados por el verdín. Una hilera de buzones de madera con etiquetas pegadas se encontraba alineada en una pared, y buscamos allí el nombre de los Petit. Según su último mensaje de correo, las llaves estarían dentro del buzón. No resultó difícil de encontrar: los demás nombres estaban desdibujados y resultaban ilegibles. Una vez recogidas las llaves, nos dirigimos hacia un par de puertas de cristal llenas de manchas en el extremo más alejado del patio, y Mark tecleó la combinación de cifras de los Petit en el interfono. Las puertas se abrieron y entramos en un estrecho vestíbulo, con una polvorienta sillita infantil plegada contra la pared, subimos un par de escalones con baldosas de un beis sucio y llegamos a los pies de una escalera estrecha, que hacía espiral. Aspiré el olor espectral a comida pasada y moho.

—Tercer piso —dijo Mark, cogiendo ambas maletas.

Yo apreté el interruptor de la luz, pero el hueco de la escalera por encima de nosotros siguió negro como la noche. Mark tuvo la sensatez de encender la linterna de su móvil. El único sonido que se oía era el roce de nuestros pasos en los escalones de madera. Sin saber por qué hablaba entre susurros.

—Un poco siniestro, ¿no?

—Las zonas comunes siempre son así —jadeaba Mark por el esfuerzo de llevar el equipaje, que le dejaba sin aliento. Nos dirigíamos hacia arriba, pero me dio la sensación de que estábamos descendiendo, como si el aire fuera más pesado a cada paso. Mientras yo sujetaba el teléfono, Mark luchó con la cerradura de la puerta. Después de varios minutos frustrantes, se abrió.

Me gustaría decir que noté que algo iba mal en cuanto entré por la puerta, pero en realidad, después de buscar el interruptor de la luz (porque las ventanas estaban cerradas y no había luz natural alguna en el apartamento), lo único que sentí al principio fue una decepción profunda. Los Petit parecían jóvenes y llenos de vida, y yo me había imaginado un apartamento lleno de estilo y renovado, con paredes blancas, grabados de buen gusto y muebles minimalistas y elegantes. Por el contrario, parecía que la decoración de aquel lugar era de los años setenta, y que después habían dejado que se fuera pudriendo. El sofá era de pana marrón, con los brazos de un naranja raído, el televisor, una reliquia de principios de los noventa; un par de cajas de cartón selladas con cinta de embalar estaban apoyadas contra la pared, y un calcetín sucio yacía debajo de la mesa de centro, como si los Petit se hubieran ido con algo de prisa. Al menos hacía calor… demasiado calor. Me quité enseguida el abrigo de Carla.

—No puede ser que este sea el sitio. Es una mierda. —Yo todavía susurraba.

—Las llaves abrían bien. Y dice 3B.

—Quizá los apartamentos tengan todos la misma llave…

—Espera. Lo comprobaré otra vez.

Me quedé de pie en el centro de la habitación mientras Mark volvía al pasillo. Un solo cuadro enmarcado en la pared, encima del sofá, captó mi atención: la foto de una mujer joven, con pecas y unos mechones de pelo negro azabache despeinados, azotando sus mejillas. Sonreía, pero sus ojos no tenían expresión. Al inspeccionarla más de cerca, resultó ser uno de esos grabados producidos en serie para rellenar los marcos.

—Definitivamente, este es el sitio —intentó sonreír—. Bueno, no está tan mal…

—¿En serio? —Sonreí para demostrarle que apreciaba su intento de revivir la levedad que antes hubo entre nosotros.

—Es bastante grande. La mayoría de los pisos de París son del tamaño de una caja de zapatos.

Rocé el suelo con un pie.

—Podían haberse molestado en barrerlo.

—Sí, no les habría costado demasiado. —Se sentó en el sofá y sacó el iPad.

—¿Qué estás haciendo?

—Buscando el wifi. ¿No te parece? ¿Quieres que haga alguna otra cosa?

—Tengo que orinar.

—Bueno, ¿podrás hacerlo tú solita? —bromeó.

—Ja, ja.

El baño, en efecto, contenía la misma bañera con patas que se veía en las fotos, junto con lo que parecía ser la misma toalla color burdeos, y un solitario pelo púbico gris pegado junto al desagüe; era tan decepcionante como el salón. Las paredes estaban cubiertas de baldosas blancas que parecían de hospital, la porcelana del lavabo estaba agrietada y manchada de óxido, y una parte del techo tenía manchas de moho negras. El inodoro mismo estaba sucio de sarro y, aunque el asiento parecía limpio, yo no pensaba entrar en contacto con él hasta haberlo desinfectado, de modo que me incliné por encima del asiento, con los muslos doloridos. Había un solo y escaso rollo de papel higiénico basto, como el que teníamos en el colegio. Con una punzada de resentimiento pensé en el paquete de doce rollos de doble capa que había comprado en Woolsworths para los Petit.

El *jet lag* empezaba a hacer de las suyas conmigo: sentía un mareo que emborronaba mi vista, y el suelo parecía inclinarse. Fui andando inestable hasta el salón. Mark miraba el iPad, con el ceño fruncido. Intenté enviar otro mensaje a mi madre, pero no funcionó.

—No lo cojo. Lo he puesto en itinerancia antes de subir al avión. Igual es que aquí no hay señal o algo.

Mark no levantó la vista.

—Estamos en el centro de París. ¿Cómo es posible que no haya señal?

—Al menos habrá wifi, ¿no?

—No.

—¿Cómo? Tiene que haber. ¿No nos dieron el código los Petit?

—He mirado la lista. No está el nombre de usuario. El

único que tiene una señal fuerte está codificado. Debe de pertenecer a algún otro vecino.

—Fantástico.

—A lo mejor hay que reiniciar el módem.

—¿Y dónde está?

—Tiene que estar por aquí, en alguna parte.

Los estantes en torno al antiguo televisor estaban vacíos, de modo que comprobé el dormitorio (los armarios estaban cerrados) y luego la cocina, un espacio tan desastrado y abandonado como el baño: linóleo desconchado, una antigua nevera que emitía gruñidos, y unos armarios de madera oscura e inquietante. Los únicos aparatos que conseguí encontrar fueron una tetera rota, una plancha y una cafetera desportillada.

—No hay módem, a menos que esté encerrado en algún sitio. ¿Cómo voy a llamar a mis padres?

—Quedémonos aquí de momento, hagamos una siesta y luego ya planearemos algo, ¿vale? —Sin esperar a que yo asintiera, se quitó los zapatos y se metió en el dormitorio. Yo le seguí.

—Pero ¿y si hay una emergencia? ¿Y si Hayden se pone enferma? ¿Y si necesitan ponerse en contacto con nosotros urgentemente? —El miedo había vuelto.

—La niña está bien, Steph. Sabes que tus padres la van a mimar y malcriar. —Mark se echó de espaldas en la cama y dio unos golpecitos al colchón—. No está mal. Las sábanas están limpias. —Cogió una de las almohadas y la olió—. Algo mohosa. —Entonces dejó escapar un enorme bostezo. Una mala idea… me enfureció.

—Mark, ¿es que no me escuchas, joder? ¡Tengo que llamar a Hayden! —Sabía que me estaba poniendo quejica e irracional, pero no podía evitarlo. No me había dado cuenta de lo exhausta que estaba por el viaje, y que Mark me dijera cómo tenía que sentirme con respecto a mi hija era la gota que colmaba el vaso. Era como si la diversión del viaje hubiera sido solo una ilusión y esta bruja paranoica fuera mi auténtico yo.

En lugar de responderme, él parpadeó, se puso de pie y me rodeó con sus brazos.

—Eh... —Me acarició el cuello, como hacía cuando nos conocimos. Su camisa apestaba a sudor y a comida de avión, pero no me importó—. No le pasa nada. Hayden está bien. Encontraremos un café con wifi en cuanto hayamos tomado una ducha y echado una siesta. Te lo prometo. Me pondré en contacto con los Petit y averiguaré qué demonios está pasando aquí, y tú podrás llamar a tus padres.

Me aparté de él.

—No lo sé, Mark. Este sitio... ¿realmente queremos pasar una semana aquí? —Miré mi reflejo en el espejo de cuerpo entero que estaba pegado a la puerta del armario. Parecía más gorda y más bajita que de costumbre, con el pelo grasiento, la cara hinchada y pálida. Como un trol—. La puerta de entrada del edificio... cualquiera puede entrar aquí. Ni siquiera estaba cerrada.

Él hizo una mueca al oír aquello.

—Venga, Steph. Descansemos un poco. Ya veremos cómo nos encontramos después. Siempre podemos irnos a un hotel. —Pero sabía tan bien como yo que no podíamos permitírnoslo.

Se echó de espaldas en la cama de nuevo y dio unos golpecitos en el espacio que estaba a su lado.

—Ven.

Yo dudé, y luego hice lo que me pedía. El colchón era cómodo, y eso ya era algo. Mark buscó mi mano a tientas. Al cabo de unos segundos estaba roncando bajito y yo me quedé mirando fijamente el techo manchado.

No recuerdo haberme quedado dormida, pero sí que recuerdo lo que me despertó: el sonido de un puño golpeando la puerta del apartamento.

5

Mark

—Vale. Vale —susurro a Steph, poniéndole la mano en la cadera para que no se levante y salga corriendo hacia ellos, que esperan en el pasillo—. Iré a ver a Hayden. —Solo cuando ya llevo un momento en el suelo y mi espinilla choca contra el borde obtuso de una mesita de centro baja que no debería estar ahí, recuerdo que no estamos en casa. Pero sigo sin ver nada, y no recuerdo exactamente dónde estamos, por el momento.

—¿Dónde está? —dice Steph, detrás de mí, en algún lugar de la oscuridad total. Oigo que trastea, que algo cae al suelo y al mismo tiempo voy tocando las paredes poco familiares, que están pegajosas, debido a un sudor helado. Encuentro un interruptor, pero cuando lo aprieto no ocurre nada. Mi mano choca con el marco de un cuadro y luego con una chimenea, y, al final, Steph encuentra el teléfono y la luz que surge de él nos sobresalta.

Recordamos dónde estamos a la vez y Steph deja escapar el aliento que está reteniendo.

—¿Por qué está tan oscuro? —dice.

—Las luces habrán saltado.

Me encuentro sujetando con fuerza mi teléfono, como vengo haciendo desde el atraco. Es mi arma de emergencia, que se supone que debe salvarme. Son las 11.08 de la mañana, pero está negro como la tinta. Abro una de las pesadas cortinas, pero las ventanas están selladas con unos sucios listones de metal que no dejan entrar la luz.

—¿Qué ha sido ese ruido?

—No lo sé. Probablemente una puerta que se ha cerrado de un portazo, el viento o algo.

Ayudándome con la escasa luz de mi móvil, me acerco a la puerta de entrada, y escucho. Lo único que oigo es mi propio aliento y la sangre que me late en los oídos, de modo que me doy la vuelta.

—Podría ser cualquier cosa, en un edificio como este. Hay muchísimas…

Me deja helado un golpe resonante, después otro. No es que llamen a la puerta, es como si hubiera un animal que intentase abrirse paso a través de ella. Doy tres pasos lentos hacia atrás, hacia la mesita de centro de nuevo, y me quedó de pie, apuntando mi luz minúscula hacia la puerta.

Durante un momento me siento fuerte, confortado, al notar que Steph se acerca un poco por detrás de mi hombro, pero la sensación se evapora cuando ella coge aliento con fuerza y se dirige hacia la puerta, dejándome atrás, y me demuestra cómo se tienen que hacer las cosas. Pero se ha olvidado del segundo cerrojo que hay en la parte superior de la puerta, así que yo me acerco también y lo abro, y giro el pomo ante ella. Pequeñas victorias del hombre de mediana edad. Miramos juntos el pequeño rellano, y yo salgo por la puerta, por delante de ella. Si alguien tiene que servir de escudo soy yo. La escalera tampoco tiene ventanas ni luces, solo los apagados círculos de luz de nuestros teléfonos abren un pequeño camino ante nosotros. Durante un segundo no hay movimiento ni sonido alguno, pero luego se oye un paso en las escaleras, por encima de nosotros, y alguien sube corriendo a toda prisa los escalones. Envalentonado por el hecho de que los pasos se alejan, en lugar de acercarse a nosotros, permito que mi conmoción se transforme en rabia. «No he venido nada menos que hasta París para que me acose algún pequeño delincuente.»

—Espera aquí —le digo a Steph, y el miedo que impregna mi voz debe pasar por valentía, porque ella duda—. No puedes salir así —añado.

Ella se mira y entonces ve que solo lleva las bragas, los calcetines y el jersey que llevaba en el viaje de llegada hasta aquí, y luego me mira a mí otra vez. Me lanza una mirada de desafío como diciendo: «¡Puedo llevar lo que me dé la gana!», pero no hace movimiento alguno para alejarse del quicio de la puerta. Probablemente se ha dado cuenta ya de lo mismo que yo: las pisadas son ligeras y se alejan de nosotros. El propietario de esos pies no nos va a matar ni a torturar

Saco la cabeza por el estrecho ojo de la escalera y llamó en voz alta:

—¡Espere! *Excusez-moi!*

Intento recordar las pocas palabras de francés que conozco. Oigo que los pasos crujen en los gastados escalones de madera, otro piso por encima, y eso me empuja: nos han despertado y luego han salido corriendo. Si es algún niño que juega, tendría que saber que no tiene gracia. Subo por las escaleras, ignorando a Steph, que dice: «Mark, no», detrás de mí. Paso por el siguiente rellano, y luego por el siguiente, apretando el interruptor con temporizador en cada nivel, pero no se enciende ninguna luz, y lo único que tengo es la débil luz del teléfono. Miro debajo de cada puerta a ver si hay luz (no hay nada), me detengo brevemente a escuchar si hay movimiento en aquel aire estancado y mohoso, y segundos más tarde oigo que se cierra de golpe una puerta en el nivel que tengo por encima.

El rellano del piso de arriba es incluso más pequeño que cualquiera de los anteriores, y dos puertas pequeñas se encuentran encajadas, muy apretadas, en el declive en ángulo del techo. Un cubo de arena muy oxidado se encuentra debajo de un soporte vacío de extintor. La moqueta del suelo está completamente desgastada. Cuando me acerco, se me clava una astilla de las resecas tablas de madera en el pie desnudo. Una luz apagada surge de debajo de una de aquellas dos puertas torcidas, con la superficie pintada de rojo descascarillado. No hay número, solo una pequeña etiqueta escrita a mano que dice: ROSNER, M. Llamo con el lado del puño, pam,

pam. Espero. No hay movimiento. Doy entonces una patada a la puerta. «A ver si te gusta, gilipollas», pero al instante lo lamento, porque mi pie congelado choca contra la superficie sólida y me hago daño.

Mi estúpido brote de ira queda olvidado al momento y me apoyo en la pared, frotándome los dedos de los pies e inspeccionando la planta, donde se ha introducido la astilla. Con la luz del teléfono veo la larga línea negra que se va debilitando a medida que se mete en la planta del pie, y ahora, que los efectos del frío y de la conmoción empiezan a desaparecer, me está doliendo mucho.

Me aparto y bajo dos escalones como un héroe herido que vuelve de la batalla, pero entonces oigo una voz al otro lado de la puerta. Se oye un chasquido de cadenas y el cerrojo da dos vueltas. Me ataca un chorro de palabras en francés que no entiendo, y al volverme veo a una mujer baja, con el pelo gris cortado a cepillo y la cara cenicienta, con unas manchas rojizas y febriles bajo los pómulos. Está iluminada por detrás por la luz débil y amarillenta de velas o linternas del interior. Atisbo unos lienzos apoyados contra una pared y una mesa cargada de recipientes rebosantes de pinceles, trozos de tela y lápices y pilas de papel de colores, y una vaharada de olor acre emerge con la mujer, mezclado con un hedor intenso a orina, aceite y pescado, y un cierto olor químico, como de cera. La mujer lleva un pañuelo raído y un abrigo como si fuera una alfombra vieja y fea, todavía salpicado de aguanieve medio fundida. Ahora que veo quién es mi monstruo me resulta casi divertido, pero no del todo... ella es muy desagradable.

Levanto las manos y digo:

—No entiendo lo que está diciendo, así que pare, por favor... —Y me alejo. No tiene sentido seguir allí.

Al bajar los primeros escalones, ella coge aliento y dice, con un tono deliberado, retumbante:

—No debe entrar aquí, en mi casa, y tratarme con tan poco respeto.

Estoy de muy mal humor por el sueño interrumpido y

el brote de adrenalina que me corre por las venas. Sé que debería irme sin más, pero digo:

—¿Respeto? Es usted la que ha venido a golpear mi puerta sin motivo alguno, a menos que tenga algún adolescente por aquí con problemas de conducta.

Eso la hace callar. Como si hubiera dado a un interruptor, todo el fuego de su rostro desaparece.

—No, no hay ningún niño.

—Bueno, ¿me puedo ir entonces? —digo, consciente de que soy quien ha venido a perseguirla hasta aquí, de entrada.

Ella retrocede hacia el apartamento.

—Debe tener cuidado aquí. No es para vivir.

No sé lo que quiere decir con eso, pero no puedo criticarla: el inglés de esta mujer es mucho mejor que mi francés. Bajo cojeando las escaleras, y ahora los dedos y la astilla me duelen ya mucho. Steph está en la puerta cuando bajo al tercer piso, pero se ha puesto los vaqueros y los zapatos.

—Era solo... una mujer que vive arriba —digo, violento. Debo de haber parecido un verdadero idiota, reaccionando de esa manera, lanzándome hacia la oscuridad lleno de rabia.

Para mi alivio, Steph sonríe cansada.

—Ya lo sé. Lo he oído. He pensado que era mejor dejártelo a ti. Habría subido a rescatarte, si te hubiera oído chillar.

Le acaricio el brazo.

—Gracias. ¡Era tan gruñona! —río—. Una artista o algo así.

—Entonces seguro que está loca.

—Claro. Para dar sabor local... tenemos nuestra propia artista en una buhardilla.

—La loca del ático. —Aunque Steph está bromeando, la imagen me da escalofríos; conjura humo, muerte, locura y sangre. Recuerdo el olor a vela ardiendo, en el piso de arriba.

Cuando Steph se quita los zapatos y se sienta en el sofá veo que el apartamento está bañado en una luz eléctrica segura y estéril.

—Eh, ¿has arreglado la corriente?

—Sí, el tablero se ha disparado. Está ahí. —Señala la hilera de interruptores detrás de la puerta de entrada, que está abierta—. Útil para referencias futuras.

—Qué bien. Voy a ver si hay café. ¿Quieres?

—No, primero tengo que hablar con Hayden.

No es la primera vez que a lo largo del día me alivia haber insistido tanto y que Hayden no esté aquí.

—Estoy seguro de que estará bien.

—Sí, pero no lo sabes. —Empieza a trastear con el teléfono, murmurando en voz baja mientras intenta encontrar una señal libre en la larga lista de *routers* que puede captar. Mediante la intensa luz del tubo fluorescente de la cocina, me resulta fácil localizar la vieja cafetera de filtro barata y estropeada, en un rincón atestado de la encimera. Averiguo cómo enchufarla y llenarla (dejo correr el agua del fregadero un minuto entero hasta que se aclara y deja de escupir) y luego revuelvo entre los trastos que hay en el armarito de encima, buscando unos filtros y algo de café. Hay una pátina de moho en el café molido, de modo que quito la capa superior de la lata, lo tiro al fregadero y luego lleno la máquina. Tendrá que valer, porque tengo una aguja de hacer punto clavada en el cerebro que sé perfectamente que es la privación de cafeína, aunque nunca he dejado que pasara el tiempo suficiente para sufrir el mono. El agua caliente matará los restos de moho que queden. Además, no es probable que cojamos ninguna enfermedad tropical, con ese clima tan frío. Cuando el vapor empieza a susurrar y expandir el olor a café por la cocina, todo empieza a resultar mucho más afable. Sí, estoy en un apartamento en París. El sitio ha visto tiempos mejores, pero bueno, aquí estamos.

Estaría mucho más convencido de su existencia si en realidad pudiera ver París, de modo que levanto la persiana de la cocina, pero solo revela otro de esos postigos gruesos de metal con listones, hinchado por el óxido y groseramente pintado por encima. Sin embargo, tiene que abrirse… vive gente en este piso, y seguramente no vivirán como topos en una cueva. Voy siguiendo el marco del postigo para ver dónde están separados el óxido y la pintura, debido al movimiento, pero no veo ninguna señal de que ese postigo se haya abierto jamás. Lucho con la manija, pero no se mueve. Estoy hurgando en el borde con un cuchillo del pan cuando Steph se acerca a mí por detrás.

—Hay decenas de señales en las que pone «libre», pero no puedo conectarme a ninguna de ellas. Tendremos que salir fuera a buscar una red wifi. —Steph olisquea el aire—. ¿Puedo tomar un poco?

—Claro. Pero no hay leche.

—Da igual. Solo un traguito, antes de irnos. —Al menos nuestra adicción compartida es una manera segura de conectarnos cada día: yo no podría vivir con alguien que bebiera té de hierbas. Aclaro un vaso del armario y le sirvo café—. Debemos acordarnos de ponernos en contacto con Carla también —dice.

—¿Por qué quieres hablar con Carla?

—Pues para saber si los Petit han llegado a nuestra casa, por ejemplo.

—Ah, claro. Eso.

—Dios mío…

—Lo siento. Mi cerebro todavía está en tránsito.

—Le habría enviado un mensaje de texto, pero la itinerancia de datos sigue sin funcionar.

Steph bebe un poquito de café, lo olisquea, luego lo deja.

—No es ninguna maravilla, ¿no? —digo yo.

—Podemos comprar algo de leche y un café decente en alguna tienda.

Me gusta mucho oírla usar el «nosotros». Desde el ataque, los dos andamos de puntillas uno en torno al otro, con los ritmos familiares trastocados. Yo no he sabido qué hacer con Steph y tampoco sé lo que espera ella de mí. Esta mañana siento que volvemos a hacer las cosas de nuevo como un equipo.

—¿Estás preparada para salir? —digo. Aunque sea solo a tomar un café y buscar una red wifi, me emociona la perspectiva. No quiero perder ni un solo momento más de nuestro primer día en París encerrados en este piso deprimente.

—Voy a darme una ducha rápida. Me siento muy sucia.

Steph se quita los pantalones en el dormitorio y se dirige hacia el baño. Yo me quedo junto a la puerta viéndola andar, trazando la curva de sus caderas y sus hombros con los ojos, intentando registrar atentamente el expresivo golpe de su melena. Ella se contonea con la típica inhibición de los veinticuatro años. No cree ser bella, ni siquiera se da cuenta de que está en el punto álgido de su perfección. Probablemente ese es el motivo por el que está aquí, ahora, conmigo, en lugar de estar en la habitación de un hotel de cinco estrellas con algún magnate o con una estrella del fútbol multimillonaria. Podría haber elegido, pero no lo sabe.

Me instalo en el sofá del salón y miro la pared manchada de humedad por encima del televisor, mientras intento vanamente quitarme la astilla del pie. Alrededor de la herida se ha formado un halo rojo, la punta está rota y no sobresale nada para poder extraerla, aun en el caso de que tuviéramos unas pinzas. Saco un par de calcetines limpios y me pongo los zapatos, esperando a que Steph acabe.

Hemos pasado directamente del cálido verano de Ciudad del Cabo al húmedo frío del invierno parisino. A pesar de once incómodas horas en un avión, y de estar de pie haciendo cola y esperando unas cuantas más, la transición me sigue pareciendo milagrosa, como el teletransporte. Después de perder demasiados años viajando por la misma ruta suburbana para ir y volver del trabajo, esta mañana ya me ha bombardeado una superabundancia de imágenes, sonidos y aromas nuevos. Ayer estábamos en casa; hoy estamos en otro lugar totalmente distinto.

Si pudiera abrir esos malditos postigos… Me dirijo hacia la ventana más alta que hay en el salón, tiro de la manilla y la muevo con fuerza, hasta que al final me doy cuenta de que se trata de una guillotina con contrapeso que se abre hacia arriba y abajo, y no hacia los lados. El gancho de cierre que está en la parte superior del marco está tan atascado como si no lo hubiesen abierto desde hace años, pero cojo el cuchillo del pan de la cocina y lo golpeo con el mango, tan fuerte que el gancho empieza a moverse.

Al final la ventana se libera y unos cuantos golpes más, bien colocados, parecen soltar algo de polvo en el marco y empieza a moverse hacia arriba. Voy tirando, levantando el marco un centímetro más a cada tirón, y me apoyo contra la pared para salir disparado por la ventana cuando finalmente se abra. Preocupado por el ruido, paro un momento, pero, extrañamente, el ruido penetrante como un lamento continúa. Sacudo el marco del postigo cerrado: no es la ventana ya la que hace el ruido. El sonido viene del exterior, no está lejos. Se convierte en algo que no esperaba oír: el desolado llanto de un niño.

6

Steph

Nuestra búsqueda de wifi acabó en un Starbucks en el bulevar Haussmann. No habíamos planeado llegar andando tan lejos; fue casi una decisión inconsciente apartarnos de Pigalle y coger las estrechas calles laterales en cuesta, al azar. Quizá no fuera el pintoresco bistró que yo había imaginado, pero había una cierta comodidad en su interior familiar y estéril, después de la decepción del apartamento. Y estaba calentito. No había secador de pelo en el piso, y, a pesar de secarme durante varios minutos vigorosamente con una toalla, llevaba el pelo todavía húmedo y el aire frío me congeló el cuero cabelludo en cuanto puse un pie en la calle. Mark estuvo distraído durante el paseo. Decía que la astilla que tenía en el pie le irritaba, pero yo habría podido asegurar que había algo más que le molestaba. Apenas me había dicho una sola palabra mientras yo me secaba el pelo, y miraba todo el rato la ventana cerrada del salón.

Mientras Mark pedía unos cafés, ignoré mis mensajes de correo y entré directamente en Skype, sin preocuparme de que el grupito de ruidosos adolescentes americanos que estaban en la mesa que teníamos al lado pudiera oír mi conversación. Mi móvil era de segunda mano y todavía no me había acostumbrado bien a él. Mi fiable y antiguo iPhone y mi MacBook habían desaparecido en la mochila de uno de los atracadores, y sin duda acabaron en el mercado negro de Harare o Brazzaville.

Mamá no estaba conectada, de modo que no tuve más remedio que llamar a su móvil, aunque con eso gastara todo el crédito de Skype. Sonó durante siglos antes de que cogiera la llamada.

—¿Sí? Rina al habla. —Siempre respondía el teléfono con dudas, como si esperase que el que llamaba le lanzara un torrente de insultos.

—Mamá, hola...

—¡Stephanie! ¿Estáis bien?

—Sí, gracias. ¿Y Hayden, cómo está?

—Ah, muy bien. Hemos salido, estamos en esa granja interactiva nueva de Barrydale. Y no te preocupes, que le he puesto a la niña toneladas de crema para el sol. Hace mucho calor hoy. ¿Qué tal el apartamento?

Le dije que era fabuloso, mejor de lo que habíamos esperado. La mentira me dio ganas de llorar.

—¿Puedo hablar con Hayden, mamá?

—Claro, claro.

Se hizo el silencio durante unos segundos, y luego:

—¿Mami?

—¡Hayden! Mamá te echa mucho de menos. ¿Te estás portando bien?

Ella habló a toda prisa, pasando de los animalitos y cachorros que había visto a lo que había tomado para comer.

Mark volvió con dos cafés con leche.

—Hayden, papá está aquí.

—¡Papá!

Capté un chispazo de consternación en sus ojos al cogerme el móvil, pero me convencí de que era porque odiaba hablar por teléfono.

—¿Te lo estás pasando bien con la abuela y el abuelo, Haydie? —Su voz estaba llena de jovialidad artificial—. ¿Qué pasa, pollito? ¿Eso has hecho? —Pausa—. Qué bien. Sé buena, ¿eh? —Me devolvió el teléfono con obvio alivio. Mamá volvió a ponerse. Le expliqué los problemas que teníamos con el wifi y ella prometió que estaría en casa a la mañana siguiente para poder usar la cámara web.

—Hayden parece muy contenta —dijo Mark, cuando colgué, haciendo una mueca al quemarse la lengua con el café.

—Sí.

Volví a mis mensajes de correo para no tener que mirarlo. Había un par de la web de intercambio de casas, uno titulado: «¡Disfrute de su viaje!», otro animándome a actualizar mis datos de registro, y uno más de Carla, enviado media hora antes, y que también llevaba copia para Mark.

> Hola a los dos:
>
> Os he mandado mensajes de texto. Estaba delante de vuestra casa a las 9.30 como convinimos, pero no había ni rastro de los huéspedes. No sabía en qué vuelo venían, o sea, que no he podido comprobar si es que iba retrasado. Me he quedado hasta las 11. Les he dejado una nota con mi número de teléfono. Si os enteráis de algo, hacédmelo saber.
>
> Espero que París sea *magnifique*. Besos.

—Mark, Carla nos ha enviado un *mail*...

Él estaba mirando por la ventana, siguiendo con los ojos el progreso de una mujer esbelta con pantalones de esmoquin y una chaqueta entallada. Todavía llovía, pero ella llevaba gafas de sol. El efecto era chic, en lugar de pretencioso, y en comparación no pude evitar sentirme hinchada y sosa.

—¡Mark!

Él se estremeció.

—Lo siento. Estaba ausente.

—Carla dice que los Petit no han aparecido.

Me escuchaba con atención.

—¿Cómo que no han aparecido?

—Los estuvo esperando en casa y no han llegado aún. Acababa de mandar ese *mail*. Tenían que haber llegado hace cinco horas.

—A lo mejor su vuelo se ha retrasado...

—¿Cinco horas?

—¿Por qué no? Ocurre muchas veces. Podrían haberlo cancelado, incluso. O a lo mejor lo han perdido.

—¿Sin decirnos nada? Sería un poco desconsiderado, ¿no?

Él se encogió de hombros.

—A lo mejor lo han intentado. Tu itinerancia no funciona, ¿no? Y sabemos que no son las personas más fiables del mundo. El apartamento no es como lo describían. No hay wifi, para empezar.

Yo asentí, pero otras explicaciones más oscuras para su ausencia empezaban a tomar forma: un accidente camino del aeropuerto, o de camino hacia nuestra casa en su coche alquilado. Un secuestro.

—Era hoy, ¿no? ¿No cogerían la fecha equivocada?

—Era hoy, desde luego. —Dio otro sorbo de su café ardiendo.

—¿Sabes?, apostaría a que no viven en ese apartamento.

—¿Quieres decir que podría ser una segunda propiedad, o una inversión?

—Sí. No parece que nadie viva en él. No es como nuestra casa.

—No dijeron nada semejante cuando hablaste con ellos, ¿verdad?

—No. Aunque con la traducción de Google, probablemente hubo malentendidos.

—¿Te dieron un número de móvil?

—No, pero ellos tienen el nuestro. Mándales un *mail*. Y pregúntales dónde está el módem, ya que estamos.

Hice lo que me sugería, y escribí algo como: «Hola, solo quería saber si estabais bien. Estamos en el apartamento, ¿podríais decirnos, por favor, dónde está el módem? Por favor, mandadme un correo cuando recibáis este. Gracias». El tono era ligero, pensando que, por muy enfadados que estuviéramos con los Petit por habernos engañado con lo de su apartamento, era mejor no causar fricciones.

—¿Otro café? —preguntó Mark.

—Claro —dije yo, consciente de que los dos íbamos posponiendo el momento de abandonar el calor y el anonimato del Starbucks. «¿Qué hicisteis en vuestro viaje a París? Pues ya sabes, visitar todas las franquicias globales.»

Respondí a Carla, disculpándome por las molestias. Esta vez Mark volvió del mostrador con un bollo relleno de chocolate y un cruasán grande. Nos quedamos en silencio una vez más. La lluvia iba amainando y en la distancia había aparecido una incitadora franja de cielo azul. Me bebí el café con leche, lamentando al momento haberlo pedido. Si no tenía cuidado, los efectos de la cafeína acabarían en un ataque de pánico con todas las de la ley. Me clavé las uñas en las palmas. Como de costumbre, la ausencia de mi anillo de compromiso en la mano izquierda me sobresaltó. Nunca he sido una persona de llevar joyas, porque siempre me ha parecido horrible la comercialización de la industria nupcial, pero me encantaba aquel anillo: una esmeralda rodeada por unos delicados diamantes, montados en un esbelto aro de platino. Incluso me negué a quitármelo cuando estaba en el hospital dando a luz a Hayden, y la enfermera al final le puso una tira de esparadrapo estéril por encima. La madre de Mark se lo dio justo antes de morir. Y había sido a su vez de su propia madre. ¿Me sentía tan apegada a él porque la primera mujer de Mark nunca lo poseyó, como si aquella reliquia familiar de alguna manera me legitimara, como si simbolizara que yo no era la débil y despreciable segunda esposa? Era una racionalización molesta, que probablemente procedía de haber leído demasiado a Daphne du Maurier.

Me esforcé por tragar un trocito de cruasán, esperando que aquello me distrajera y mi mente, ahora centrada en el anillo, dejara de ir adonde no debía.

Pero no lo conseguí.

Es tarde. Mark y yo estamos en el sofá del salón, viendo un episodio de *Homeland* en televisión. Yo me duermo y me despierto a ratos, intentando convencerme de que debo levantarme e irme a la cama. De vez en cuando el monitor del bebé suena, cuando Hayden ríe en sueños.

Un golpe. Un roce.

—¿Has oído eso, Mark?

—No. —Él también se está quedando dormido.

—Probablemente deberíamos pensar en…

La puerta se abre de golpe y tres hombres con las caras ocultas con pasamontañas irrumpen en la habitación. En sus manos brilla algo metálico: cuchillos de trinchar, como los que nosotros tenemos cuidadosamente colocados en la encimera de la cocina.

No chillamos ninguno de los dos, pero nos ponemos de pie de un salto. Un instante de incredulidad (esto no está ocurriendo) seguido por una potente oleada de terror.

—Están dentro de casa, Mark —me oigo decir a mí misma, demasiado tarde.

Luego pienso: «El auténtico miedo es frío como el hielo». Y luego: «Hayden, Hayden, tengo que llegar a Hayden».

Lo único que consigo decir es un patético:

—Por favor…

El hombre más bajo ladra:

—No hables. ¿Dónde está la caja fuerte?

—No hay caja fuerte.

—¿Dónde está la caja fuerte?

—No tenemos caja fuerte.

Mark no habla. Lo siento tan lejos de mí como si estuviera en otra habitación.

«Haz lo que te dicen —pienso—, no causes problemas». Otro hombre se acerca tanto a mí que huelo el jabón en su piel, los cigarrillos en su aliento. Me registra las orejas rudamente buscando pendientes y luego me tira de la mano izquierda. ¿Qué está haciendo? Entonces me doy cuenta: está intentando quitarme el anillo del dedo. El cuchillo que lleva en la otra mano es de sierra; he oído contar que han cortado dedos. Aparto la mano, balbuceo:

—Ya lo hago yo. —Me lo quito de golpe, haciéndome daño en el nudillo, y se lo entrego. Estoy patéticamente ansiosa por complacerle. «No me violes, no hagas daño a mi hija. No me violes, no hagas daño a mi hija. Haré lo que quieras.»

—¿La caja fuerte? ¿Dónde está la caja fuerte? —vuelve a decir el más bajito. Se muestra más confiado y menos nervioso que los otros, e imagino que tiene que ser el líder. No puedo mirarle a los ojos.

—No hay caja fuerte —me oigo decir. Mark sigue sin hablar.

—¿Caja fuerte? ¿Dónde está la caja fuerte? —Su voz suena más bajo ahora, y me doy cuenta de que su acento no es sudafricano.

—No hay caja fuerte.

Los tres hombres se comunican entre ellos en silencio.

—Siéntate. —El líder hace un gesto a Mark. Él hace lo que le dicen; de golpe, su rostro está flácido por la conmoción.

—Vamos. —Uno de los hombres me coge de la muñeca, el roce basto de su guante de lana me da dentera. Empieza a empujarme hacia la puerta, con un segundo hombre cerca, detrás de él.

—No —susurro. Intento hacer señas a Mark de que haga algo, que evite que le separen de mí, pero él no se mueve ni mira en mi dirección.

El hombre que va delante, que es delgado y parece joven y nervioso, me empuja como si fuera un perro, y el que va detrás no se aleja a más de un paso de mi espalda. Nos dirigimos hacia la escalera, hacia Hayden, hacia el dormitorio. Otro brote de pánico frío como el hielo, seguido por una decisión firme: si parece que me van a violar, o que intentan hacer daño a Hayden, lucharé. Lucharé hasta la muerte. Subimos las escaleras y yo me preparo para escabullirme y emprenderla a golpes mientras el delgado abre la puerta de Hayden.

—Por favor —gimoteo. Él entra, duda y luego por suerte cierra de nuevo la puerta, despacio.

Lo peor ha pasado. El alivio es inmenso, aunque siguen

arrastrándome hacia mi dormitorio. ¿Me irán a violar ahora? ¿Será allí donde ocurra? «Por favor, no te despiertes, Hayden. Por favor, cariño, no te despiertes.» Uno se queda pegado a mi brazo mientras el otro registra los cajones del dormitorio, arrojando la ropa interior y los calcetines al suelo. No le miro a los ojos. Ni una sola vez. Nunca. Me miro el esmalte azul desconchado de las uñas de los pies. El delgado murmura algo a su compañero y coge mi iPhone, quita la tarjeta SIM con dedos expertos y se lo mete en la mochila. A continuación es el turno de mi MacBook y del reloj de Mark. Solo quiero que esto termine.

Volvemos a bajar las escaleras, escalón a escalón. Tropiezo y el hombre que va detrás de mí me sujeta. Casi le doy las gracias. Idiota. Luego siguen veinte minutos tediosos mientras ellos registran todos los cajones y armarios de la cocina. No pienso en Mark ni en lo que puede haberle hecho el líder; mis sentidos están todos pendientes de que Hayden no se despierte. Vamos por el pasillo hasta el comedor, y allí pasa algo curioso: me doy cuenta de que estoy aburrida de todo esto. «Acabad ya de una vez», quiero gritar. La violación, el apuñalamiento, lo que venga a continuación.

El que va conmigo me arrastra hacia el salón, donde Mark sigue sentado en el sofá en la misma postura, con la cara blanca.

—¿Estás bien? —gruñe.

Asiento.

—¿Hayden?

—Durmiendo.

—Arriba —dice el líder a Mark, que está tan tembloroso y falto de coordinación por el miedo que tiene que apoyarse en las manos para poderse poner de pie. Nos llevan de nuevo a la cocina y a la despensa. Los tres intrusos hablan entre sí rápidamente en un idioma que no entiendo.

—Quedaos aquí hasta la mañana —dice el líder, bajito.

Se va, cerrando la puerta de la despensa, y nos quedamos a oscuras. Segundos después la puerta se abre de repente. Nos está probando.

La puerta se cierra una vez más. No tiene cerradura.

Yo estoy temblando; noto un sabor de boca extraño, como si hubiera estado bebiendo sangre. Nos hemos librado sin muchos problemas, no nos han atado, no nos han cegado ni torturado ni violado. Para los estándares sudafricanos, hemos tenido suerte.

Pasa el tiempo. No puedo soportarlo más. Aprieto el oído contra la puerta... ¿se habrán ido?

—¿No deberíamos...?

—Sssh —dice Mark—. Te oirán.

—Pero tenemos que ir a buscar a Hayden.

—Sssh —vuelve a decir.

Cuando salgo de la despensa para correr a buscar a mi hija, él se queda.

—¿Steph? —La voz de Mark me sacó del recuerdo, de revivir aquella noche, ese tipo de pensamientos que la terapeuta de la policía me ha dicho que debía evitar. Seguía tocando el espacio vacío en mi dedo anular. Él levantó la mano para tocarme, pero yo retiré la mía—. Te compraré otro, Steph. Otro anillo.

—Sí. Algún día. —No era tan fácil como sustituir un ordenador portátil o una cámara.

—Pronto, lo prometo. Eh, igual podríamos comprar uno aquí...

—¿Tal como está el cambio? Sería una locura, Mark. —Pero le sonreí—. No necesito anillos.

Me miré el regazo. El abrigo estaba cubierto por un montón de migas, y los dos pasteles habían desaparecido. No recordaba habérmelos comido.

Él miró su teléfono.

—Hay un museo de cera muy cerca de aquí. Se supone que está en un antiguo teatro. ¿Te apetece hacer algo kitsch y divertido?

—Quizá mañana. —Por aquel entonces lo único que quería era aire libre—. Vayamos a pasear un rato.

—Buena idea. —Notaba que se sentía mal por su reticencia a hablar con Hayden por teléfono.

Las horas siguientes fueron bastante agradables. Aparté de mi mente la preocupación por los Petit y me recordé a mí misma que Hayden estaba bien. Desde luego el apartamento era muy feo, pero estaba caliente y seco, y, no nos engañemos, era gratis. Paseamos cogidos del brazo por los amplios bulevares e hicimos una pausa para admirar el teatro de la ópera. A continuación fuimos mirando escaparates a lo largo de la Rue Royale, fingiendo que éramos el tipo de personas que pueden permitirse bolsos de lujo y bombones hechos por encargo. Dejé que la ciudad me sedujera. Las mujeres pasaban junto a nosotros envueltas en pieles y pañuelos; hombres esbeltos pasaban a nuestro alrededor con unos zapatos brillantes que nadie que no fuera un ferviente hípster se atrevería a llevar en nuestra ciudad.

El cielo se iba oscureciendo y a Mark le dolía el pie.

—Volvamos —sugirió—. Descansamos una hora o así, y luego vamos a Montmartre a cenar algo. Echemos la casa por la ventana. Pasémonos del presupuesto. —Me atrajo hacia él—. ¿Qué tal te suena?

Compartimos una sonrisa y en aquel momento pensé: «Sí, para esto precisamente hemos venido a París». Usando la cúpula del Sagrado Corazón como guía, fuimos subiendo a través de unas callecitas empedradas brillantes por la lluvia, haciendo pausas para leer los menús colocados en el exterior de unos bistrós muy atractivos. Un escaparate atrajo mi atención: maniquíes de tamaño infantil con ropa elegante y llena de color, con mariposas bailando a su alrededor.

—¡Oh! ¿Podemos entrar?

Él dudó.

—Claro.

La elegante morena que estaba detrás del mostrador nos saludó cordialmente. Probé a usar unas cuantas palabras vacilantes de francés, y ella inmediatamente me respondió en inglés. Mark se quedó en la puerta, mientras yo miraba un montón de camisetas hechas a mano, sin atreverme a consultar el precio.

—A Hayden le encantaría esta. —Llamé a Mark, sujetando una decorada con un dinosaurio diseñado con extravagancia.

Él me dirigió una sonrisa tensa.

—Bueno, va, ¿se la compramos?

—Tú decides.

La dependienta me sonrió al tenderle la tarjeta de crédito, y empezó el proceso laborioso de envolver la camiseta en papel de seda. Intenté no sentirme culpable por el precio, cincuenta y cinco euros, que era exagerado para algo que se le quedaría pequeño a Hayden en un par de meses.

Tecleé mi número PIN y la dependienta frunció el ceño.

—Lo siento. No pasa.

Nerviosa, lo intenté de nuevo. La rechazó una vez más. Llamé a Mark.

—¿Podría llamar quizá a su banco? —dijo la mujer, educadamente. Mark le preguntó si podía usar su wifi, y ella amablemente le dio la clave de seguridad. Él consultó el número de atención al cliente del First National Bank, pero enseguida la llamada se cortó y tuvo que intentarlo de nuevo. Una pareja muy mona que llevaba un bebé dormido entró en la tienda y la dependienta se dirigió a ellos. Mientras Mark susurraba en su teléfono, yo comprobé mis mensajes de correo. Había uno de Carla: «Vale, no os preocupéis. Estáis ahí para relajaros. Preguntaré desde aquí. Probablemente sea algún malentendido. En fin… Besos».

Mark colgó y negó con la cabeza.

—Teníamos que haber autorizado la tarjeta antes de salir.

—Oh, mierda… —La pareja nos miraba nerviosamente—. Pero se puede arreglar, ¿no?

—No desde aquí. Puedo intentar llamar por teléfono a nuestra sucursal mañana, pero no parece que haya esperanzas.

—¿Y cuántos euros tenemos?

—Unos 350.

Si no podíamos usar la tarjeta, sería muy justo para seis días. Debíamos tener cuidado. Ni pensar en lujosas y románticas cenas, y, ciertamente, nada de comprar camisetas para Hayden. Era tentador arremeter contra él, culparle por aquel inconveniente con la tarjeta, pero me mordí la lengua. «Esto no habría ocurrido si tú tuvieras tu propia cuenta bancaria y tu salario», me susurró la voz de la culpabilidad.

Con la cara ardiendo me acerqué a la dependienta.

—¿Hay algún problema?

—*Oui*. Lo siento mucho. —Y sí que lo sentía. Ella se mostró muy amable, cosa que no hizo más que empeorar la situación.

Desinflados, nos paramos en un supermercado y compramos lo más básico: más café, leche, mantequilla, queso y una baguette, una cena escasa, así como algunas tiritas para el pie de Mark. Ninguno de los dos decía nada que no fuese necesario. Volvimos al apartamento con su aura de comida antigua y de sufrimiento. La mujer del piso superior tenía la música muy alta, los compases de una balada pop de los años ochenta que no podía situar flotaban hasta nosotros. ¿Duran Duran? ¿David Lee Roth? Algo así. Fuera lo que fuese, no le pegaba nada a aquel edificio.

Mark lanzó los zapatos por los aires en cuanto entró por la puerta, se arrojó en el sofá y se quitó los calcetines. Encogí la nariz ante el intenso olor a pies que brotaba de sus zapatos, pero él no lo notaba. Levantó el pie izquierdo y se lo puso encima de la otra rodilla para inspeccionar los daños.

—Mierda. Se ha puesto fatal.

El único daño que se veía en la planta del pie era un diminuto punto negro.

—Ahí no se ve nada, Mark.

—Me duele mucho.

Le besé la frente.

—Aaay, sana, sana, culito de rana. —Me retiré hacia la cocina para guardar la compra. La puerta del frigorífico se quejó al abrirla, liberando una bocanada de aire pútrido.

La nostalgia de mi casa me invadió, cogiéndome por sorpresa. Después de que irrumpieran en ella aquellos hombres, ya no me parecía un hogar.

De nuevo mi mente derivó hacia los Petit. ¿Y si les había ocurrido algo? Quizá fueran poco fiables y desconsiderados, pero probablemente no conocían a nadie en Sudáfrica. ¿No éramos en parte responsables de ellos Mark y yo?

—¿Mark? ¿Puedes mirar en el dormitorio, a ver si está el número de teléfono de los Petit escrito en alguna parte? A ver si puedes encontrar una llave del armario. Yo miraré en la cocina.

—Claro.

Empecé a registrar el cajón superior, junto al fregadero, que estaba repleto de cucharas oxidadas y tenedores con los dientes torcidos. Mark me gritó que había encontrado la llave del armario en uno de los cajones junto a la cama, pero yo estaba demasiado enfrascada en lo que estaba haciendo para responderle. Había un trozo de papel metido en el fondo, en un rincón. Lo saqué y lo desenvolví con mucho cuidado. Parecía un trozo roto de un trabajo escolar. La página rasgada estaba llena de una escritura infantil con bolígrafo azul, salpicada de correcciones en rojo. La única palabra que entendía era «bien».

—¿Steph? —Mark apareció en la puerta de la cocina. Había algo raro en su lenguaje corporal.

—¿Qué?

—Será mejor que vengas a ver.

7

Mark

Es una especie de broma enfermiza. Alguien está jugando conmigo.

—¿Qué es?

Steph se acerca al dormitorio y entonces me doy cuenta de que he cometido un error haciendo que venga. No quiero que esté aquí. No quiero que toque eso… puede haber pulgas, ácaros, la rabia.

—No es nada. ¡No entres!

Pero ella da un paso en el interior de la habitación y frunce el ceño, impaciente.

—Pero ¿qué es, Mark?

Suelto una mentira que sé que la mantendrá alejada.

—Nada, un ratón muerto.

—Uf, madre mía… Te encargas tú, ¿vale? —Ella vuelve a la cocina y me quedo escuchando hasta que la oigo registrar los cajones otra vez.

No puedo creer que casi haya dejado que Steph vea esto. La imagino inclinándose hacia el armario, curiosa, asqueada de inmediato, queriendo retroceder pero al mismo tiempo incapaz de apartarse de aquellos cubos.

Tres cubos de plástico de veinte litros, repletos de pelo. Pelo humano. Haciendo un esfuerzo para mirar un poco más, intento parpadear, intento convencerme de que lo que veo puede ser lana, o algodón, o muestras de tela, como las que tiene esa mujer del piso de arriba en su piso. Quizá los Petit sean artistas también. A lo mejor la mujer del piso de arriba guarda los materiales que no le caben aquí. Pero no... es pelo. Enormes cantidades de pelo, procedentes de muy distintas cabezas: rizado, liso, negro, castaño, rubio y gris, todo junto, como no debería estar nunca el pelo humano.

¿Para qué demonios será eso?

Freno en seco. ¿Cómo que para qué? No me importa para qué pueda ser. Tengo que tirarlo.

Pero si Steph me pilla, no puedo ni imaginar su reacción.

«No podemos hacerlo. No es nuestro. ¿Y si lo necesitan?»

Miro los mechones enmarañados en los cubos y, atraído hacia ellos, caigo de rodillas y acerco más la cara, intentando imaginar qué puede agazaparse en su interior, la caspa que se liberará a medida que se vaya desintegrando el pelo. Cada vez acerco la cara más y más, es como la atracción del abismo. Tengo la nariz casi metida, aspiro su olor.

El alivio me aclara la mente. No huele a suciedad ni a nada parecido. Quizá haya una explicación. Quizá hagan muñecas. O a lo mejor se dedican a hacer pelucas.

Seguramente es una paranoia pensar que ellos (quienesquiera que sean) me conocen y saben algo de Odette y de Zoë. Pero acabo de aspirar el olor de cubos llenos de pelo muerto en el apartamento de mis vacaciones. No puedo fingir que en este piso se puede vivir, de ninguna manera. Hemos gastado un dinero que no tenemos para volar hasta aquí y acabar en este asqueroso agujero. Tendría que haber alguna responsabilidad, tendría que haber un mínimo básico de decencia en el plan del «cambio de casa». Steph compró a esa gente sábanas nuevas, por el amor de Dios... A cambio tenemos una madriguera siniestra con «cubos con pelo humano» en el armario.

Quiero clamar y chillar y pedir que les den su merecido, pero a nadie le importa. Fuimos nosotros los que nos metimos en este embrollo a ciegas, y es un error solo nuestro: error mío también, por haber insistido tanto. Pude haber desechado la idea por completo, nada más empezar.

Podríamos, pudimos, debimos... Pero no lo hicimos.

Voy corriendo a la cocina y cojo un rollo de bolsas de basura de la oscuridad que hay bajo el fregadero y vuelvo allí, pero antes Steph me dice:

—¿Para qué necesitas todo eso? Es solo un ratón.

Yo hago una mueca.

—Parece que lleva mucho tiempo ahí. He pensado envolverme las manos con unas bolsas, para recogerlo.

—Ecs... Es extraño que no huela —sonríe—. Gracias por limpiarlo, Mark.

—No te preocupes —le digo—. No es nada.

Pero no es verdad que no sea nada.

No sé ni cómo empezar a explicarle a Steph lo que significa todo esto sin que suene morboso y extraño. Por supuesto, ella sabe lo que les ocurrió a Zoë y a Odette, lo fundamental, pero no los detalles. ¿Cómo empezar siquiera?

De vuelta en el dormitorio, pongo una bolsa encima de la boca del primer cubo, con el mayor cuidado posible para no tocar nada, y lo vuelco entero.

De nuevo miro por encima del hombro para ver si Steph se acerca y me sorprende en el acto, pero parece que sigue hurgando en los cajones de la cocina.

Con cuidado, vacío cada uno de los cubos en las bolsas de basura, las ato bien y vuelvo a guardar los cubos en el armario. A pesar del cuidado que he tenido, algunos pelos sueltos me tocan la cara. Me hormiguean los brazos y las manos cuando noto ese contacto en mi piel, mucho después de haberme limpiado. Noto... cosas, cosas que andan por encima de mí. Cosas diminutas e invisibles. Microbios. Intento no pensar en eso; si pienso demasiado, noto un dedo helado que me toca la columna vertebral. Sacaré esas bolsas y luego tomaré una larga ducha.

Me pongo los zapatos, sin molestarme en ponerme el abrigo, y salgo a escondidas del apartamento, con la truculenta carga golpeándome suavemente las piernas. Grito que voy a sacar la basura y luego bajo por las estrechas escaleras, con el teléfono en la mano izquierda iluminando el camino, y las tres bolsas negras en la mano derecha extendiendo el brazo todo lo posible, agarradas como si llevara tres cabezas humanas enormes. Fuera, en el patio, la lluvia helada se filtra desde el pequeño rectángulo de cielo sulfuroso. Había unos cuantos contenedores verdes con ruedas aparcados allí antes, pero ahora han desaparecido. Pienso en sacar las bolsas a la calle y tirarlas allí, pero no querría tener que explicarme si alguien me pide que lo haga.

Hay que hacer lo que se debe hacer. Es lo único que quiero, y la maldita invasión de nuestra casa sigue dándome vueltas en la cabeza. ¿Hice lo correcto? Dejé que esos hijos de puta se llevaran lo que quisieran sin intentar actuar como un héroe. Eso es lo que te aconsejan siempre. «No te hagas el héroe. No luches.» Si se hubieran enfadado, podían haber utilizado la violencia. De modo que me quedé allí sentado mientras recorrían nuestro hogar como si fuera suyo. No dije nada. No hice nada. Steph me echa la culpa por eso, lo sé, pero en resumidas cuentas, ni ella ni Hayden sufrieron ningún daño... así que hice mi trabajo. No quiero preguntarme a mí mismo qué habría hecho si hubieran intentado hacer daño a Steph... ni se me ocurre pensar en ello. Las cosas no fueron así, y al final todo resultó bien.

Hay una puerta de trastero desgastada, situada en medio de la pared de mampostería rústica, a unos pocos pasos de distancia, con sus listones de madera que en tiempos fueron verdes y ahora están pelados y descascarillados. Miro por la ventana baja, pero no veo nada a través de sus cristales sucios. Se me está quedando la cara entumecida por el frío, y se me cansan los músculos por mantener las bolsas apartadas del cuerpo, de modo que las suelto y no me lo pienso demasiado, como habría debido, abro la puerta y entro en el cuarto.

Miasmas de moho oscuro, húmedo y frío me golpean al buscar infructuosamente el interruptor de la luz. Al proyectar la patética luz de mi móvil alrededor, en el espacio de techo bajo y abovedado como una despensa, veo un montón de cajas viejas y lo que parecen muebles almacenados bajo una capa gruesa de polvo. Una escala basta, de madera, manchada de pintura, con los peldaños podridos, se apoya contra la pared de ladrillos vistos y mohosos de la pared más alejada. Me doy la vuelta para irme, pero casi noto, más que oírlo, un leve gemido en el rincón más alejado de aquel espacio. Es solo un ratón o una rata, me digo a mí mismo, intentando excusarme una vez más por mi cobardía y mi instinto de conservación, pero hay algo tan familiar en el tono de aquel sonido que no puedo darme la vuelta e irme sin más. Es como el llanto suave y triste de un niño. Avanzo por el suelo frío y granulado, siguiendo el sonido, hasta una alcoba que forma un arco a un lado de la habitación. Veo un colchón desnudo echado en aquel hueco, cubierto con unas sábanas sueltas, marrones ya por la suciedad antigua y salpicadas de lo que parecen vetas de moho. Todavía oigo los gimoteos, ahora más cerca, que vienen de algún lugar de ese nicho. Con el corazón martilleando, paseo mi luz por el rincón, donde veo un rebullo de ropa manchada que en tiempos fue de vivos colores, congelada durante años en una forma que me resulta familiar… simplemente, arrojada al suelo, como haría cualquier niño. Un par de botas de plástico de colores con un dibujo de Scooby-Doo.

No hay nadie allí, pero se sigue oyendo el sonido de llanto, ahora casi un jadeo entrecortado. Tengo que hacerlo. Me inclino y arranco la sábana del colchón, entre un chaparrón de polvo y caspa. Retrocedo dos pasos tambaleantes, despejando el aire ante mí con el brazo. Nadie llora bajo esa sábana; la habitación está vacía, me digo a mí mismo, porque no quiero mirar demasiado las manchas oscuras y terribles del colchón.

Antes de que mi mente empiece a hacer demasiadas preguntas me voy corriendo, acordándome de recoger las tres bolsas con la mano izquierda. Al final, corro hacia la entrada y veo los dos contenedores verdes con ruedas en un hueco detrás de la puerta. Levanto la tapa y sin mirar dentro echo allí las bolsas. El golpe de la tapa resulta ofensivo, en aquel espacio sepulcral. Me expulsa hacia la puerta y al frío aire exterior de nuevo. Jadeando en el aire fresco de la noche y volviéndome hacia el vestíbulo, me encuentro de frente con alguien que sale de las sombras del callejón.

—Oh, *pardon* —digo, una de esas palabras que se aprenden enseguida aquí para disimular tu conmoción o tu consternación.

A la loca del ático (cuanto más me digo a mí mismo que no debo pensar en ella de esa manera, más se incrusta la frase en mi mente) se le ha caído la bolsa de la compra y está arrodillada, jadeando y chasqueando la lengua mientras recoge los comestibles. Dos naranjas se han ido rodando desigualmente por los guijarros hacia la alcantarilla.

—Lo siento, déjeme ayudarla —le digo, agachándome junto a ella mientras noto en el pie un pinchazo de dolor que me perfora. Ella se pone de pie y abre la bolsa de la compra para que pueda meter las naranjas—. Lo siento.

—¿Qué busca por aquí? —pregunta ella, indicando el trastero.

No sé por qué, me siento como si fuera un intruso que ha cometido un allanamiento de morada.

—Solo intentaba encontrar un contenedor de basura.

Ella se encoge de hombros. Al menos no me chilla. Podría ser mi oportunidad de averiguar algo más sobre este edificio, de modo que intento calmarme. Quiero saber por qué este edificio, justo en medio de ese vecindario tan apetecible, está vacío, pero cuando empiezo a decir: «¿Sabe usted…?», la noche se ve perforada por un grito estrangulado de dolor y angustia. Durante un segundo, la mujer se encoge como asustada, y su máscara de autocontrol se resquebraja y cae, dejando en su lugar el terror desnudo de una niña. Solo un relámpago, como una pequeña nube que pasara ante el rostro de la luna, y luego ella vuelve. Un gato sale de una alcantarilla y pasa por delante de nosotros, moviendo el rabo en el aire, y deja escapar un sonido que parece un chillido humano cuando se va.

—Ah, Lalou —dice la mujer, y murmura algo al despreocupado gato en francés.

No puedo preguntarle a esta mujer todo lo que quiero saber, y ya se está alejando de mí, o sea, que acabo diciendo apresuradamente:

—¿Conoce bien a los Petit?

—*Excusez?*

—Los que viven en el apartamento 3B. ¿Dónde están?

—No. No hay *petits* —contesta ella.

No sé si es mi pronunciación o es que simplemente no entiende lo que le pregunto, pero por enésima vez el día de hoy tengo la frustrante sensación de que hablo sin lengua.

—No importa —digo—. Gracias.

Me vuelvo hacia la puerta del vestíbulo, pero ella, por detrás de mí, dice con absoluta claridad:

—Aquí no hay niños. Esto no es para vivir.

Sigo avanzando, aprieto el paso, notando que esa frase repetida me persigue mientras me alejo; subo corriendo las escaleras, a pesar de que me duele el pie, como un niño pequeño intentando correr más que la oscuridad en un pasillo negro como la noche. De vuelta en la seguridad del hogar, de la familiaridad. Me siento helado, hasta los huesos, hasta el alma, y ahora mismo necesito que Steph me mime.

Pero cuando llego a nuestro piso, el rellano está oscuro y la puerta cerrada. Busco en mi bolsillo y me doy cuenta de que no he cogido las llaves. Llamo a la puerta. Me duelen los nudillos de lo dura que está. Si Steph está en el baño, no me oirá llamar en la vida. Pero entonces me acuerdo de los golpes que nos han despertado antes. Golpeo la puerta hasta que noto una satisfactoria reverberación en el marco.

—Steph —llamo—. Steph.

Y ahora, por detrás de mí, la mujer loca sube por las escaleras en la oscuridad, y llega a nuestro rellano con la bolsa de la compra en el brazo. Vuelvo la luz del teléfono en su dirección y noto su mirada acusadora mientras sigue avanzando obstinadamente en la oscuridad superior.

—No tendrían que estar aquí —dice en medio de la oscuridad, al irse, y sus palabras me llegan como un reguero de tinta—. Aquí no hay nada bueno.

No estoy seguro de lo que quiere decir, pero estoy demasiado cansado para averiguarlo. La luz de mi teléfono se apaga y lo dejo, apoyándome en la puerta. Si Steph está en casa, me habrá oído; si ha decidido salir mientras yo estaba abajo, en aquel trastero, no puedo hacer otra cosa que esperar su regreso. Ahora que el ruido se ha detenido y se ha apagado la luz del teléfono, la oscuridad resulta bastante pacífica. Me he acostumbrado enseguida a los crujidos y gemidos del edificio, y a la música lejana que se filtra por él, como un recuerdo distante.

Cierro los ojos y no hay diferencia entre lo que puedo ver, pero me pesan los párpados y dejo que la barbilla se me apoye en el pecho, permitiendo que la tranquilidad me envuelva. Doy cabezadas cuando la puerta detrás de mí desaparece y caigo hacia atrás entre un vivo resplandor, mirando las piernas desnudas de Steph.

Otro día podría haber sido divertido, pero esta vez simplemente pasa por encima de mí, sujetando bien la toalla de baño que la envuelve.

—Ah, has vuelto —dice—. ¿Qué estabas haciendo ahí fuera? Has tardado siglos.

—Nada.

Me doy la vuelta y me levanto, las articulaciones me crujen y los músculos me dan tirones.

Me pongo de pie y voy cojeando hasta la entrada del dormitorio, desalentadamente excitado al ver que Steph se viste y se pone el jersey más informe que tiene. En mi fantasía, ella habría dejado caer la toalla, me habría empujado hacia la cama y estaríamos haciendo el amor en el romántico París.

—Este sitio es un asco, realmente —digo.

Ella se sienta a los pies de la cama, con aire cansado.

—¿Qué te pasa, Mark? ¿Por qué haces esas cosas tan raras? Por favor, cuéntamelo.

Quiero despacharla con otro «nada», pero veo que está preocupada por mí de verdad. Le debo algo, así que intento decirle la verdad.

—Había pelo en el armario del dormitorio. Lo estaba tirando.

Ella se muestra incrédula.

—¿Pelo? ¿Como pelucas y cosas de esas?

—No. Pelo cortado. Como los restos que se encuentran en el suelo de una peluquería. Cubos enteros.

—Espera, o sea, ¿que el armario estaba lleno de pelo cortado además del ratón muerto? —dice, y durante un segundo no sé de qué está hablando, porque me había olvidado de mi mentira.

—Sí. Un ratón y pelo. —Suena ridículo.

—¿Y por qué no me has dicho lo del pelo cuando lo has encontrado?

—No quería preocuparte. Este apartamento ya es lo bastante raro.

Ella bufa, pero parece aceptarlo.

—Pues a lo mejor no tendrías que haberlo tirado, Mark. Aunque sea raro, les pertenece a ellos. ¿Y para qué crees que lo usarían?

—Yo qué sé.

—A lo mejor fabrican pelucas. O son peluqueros… Eso es. Parecían muy modernos en las fotos, ¿verdad? Quizá lo necesitan para… para…

—¿Para qué, Steph? ¿Para hacer experimentos genéticos? Quizá construyan un ejército de clientes clonados para poder…

—¿Por qué me estás contando todo esto? ¿Qué te ha entrado?

—¿A mí? Tú eres la que crees que hemos dado con la colección secreta de pelo de Vidal Sassoon.

—Es igual, Mark. —Se levanta como si quisiera irse al

baño enfadada, pero no puedo dejar que se vaya. No tendría que haberle contado lo del pelo. Esta discusión es culpa mía. Tengo que arreglarlo.

—Espera. Lo siento.

Ella duda y se vuelve a sentar.

—Realmente tenía muchas ganas de hacer este viaje, Steph.

Ahora ella coloca su mano encima de la mía.

—Ya lo sé.

—Y ahora siento mucho haberte obligado a venir.

—Yo quería venir, ya lo sabes. —Retira la mano, la cara apartada de nuevo—. Pero quería venir con Hayden. Todavía creo que habríamos sido más felices.

—A lo mejor tienes razón. —¿En serio? ¿Después de todas las cosas que han pasado hoy?—. Pero me alegro al menos de que no haya sido ella la que ha encontrado ese pelo. Imagínate que hubiera empezado a jugar con él o algo…

Ella se encoge de hombros y se pone de pie.

—¿Quieres un café?

—Es un poco tarde, ¿no crees? —Ahora que las cosas se han arreglado entre nosotros, solo quiero ducharme e irme a dormir.

—¿Por qué? ¿Qué hora es? —Steph mira su teléfono. Son casi las once—. Dios mío… —dice—. Había perdido totalmente la noción del tiempo. Es como si hubiéramos perdido un día.

—Y esos postigos no ayudan.

Después de ducharme hasta que el agua se queda fría, me meto en la cama, ignorando el olor a moho de las sábanas. Medio dormida, Steph pone la pantorrilla tocando mi pierna, y es muy agradable volver a tener su amistad. Sé que debería dejarla en paz, que duerma, pero algo en mi interior necesita compartir lo que he visto en ese trastero.

—¿Sabes?, cuando he bajado para buscar el contenedor… —Estaba a punto de contárselo todo, pero la imagen de ese colchón manchado, las ropas de niño, me cierran la garganta.

—¿Mmm? —susurra medio dormida—. ¿Qué?

—Pues nada… mientras estaba tirando la basura, lo que me preocupaba era que el contenedor fuera para reciclar. Qué burgués, ¿verdad?

Ella no responde. Pienso en algo ingenioso que decir para hacerla reír otra vez. «Quizá el contenedor fuera para reciclar materia orgánica después de todo…» Pero no me siento ingenioso.

—No ha sido un gran comienzo, ¿verdad?

—Mmm.

—Mañana será mejor.

8

Steph

El segundo día en el apartamento me desperté de golpe, convencida de que alguien me había sacudido por el hombro. Aún amodorrada y desorientada, me incorporé, intentando agarrarme a los últimos restos de sueños vívidos sobre Hayden, y sin conseguirlo. En algún momento de la noche me había quitado la camiseta, y tenía el cuerpo empapado de sudor y el pelo enmarañado. El calor en la habitación era opresivo y el aire, muy húmedo. Había tomado dos duchas el día anterior, una nada más llegar, y otra mientras Mark tiraba el ratón y aquel pelo (una conducta inusualmente obsesiva), y ahora me volvía a sentir sucia. Me desperecé, dándome cuenta de que el espacio que ocupaba Mark a mi lado estaba vacío.

Un sonido como de rascar procedía del salón. Rac, rac, rac.

—¿Mark?

No hubo respuesta.

Aparté las mantas, cogí otra camiseta y me la puse, y me dirigí al salón.

Ahora que había conseguido abrir la ventana del salón, estaba emprendiéndola con el postigo exterior con un cuchillo.

—¿Mark?

Él dio un salto cuando le toqué el hombro y dejó salir una risita violenta.

—Me has asustado…

—¿Qué hora es?

—Temprano. No puedo abrir los malditos postigos.

—¿Por qué te molestas? No importa. —Atisbé entre uno de los listones metálicos mirando hacia abajo, al patio—. Está lloviendo otra vez.

Él dejó el cuchillo en la mesa de centro y se secó las manos en los tejanos.

—Eh, ¿y si voy a buscar unos cruasanes? Y a ver si puedo contactar otra vez con el banco.

—Yo iré contigo. Puedo llamar a Hayden desde el Starbucks. Espera a que me duche.

—Has pasado mala noche. ¿Por qué no te quedas hasta tarde en la cama y yo te traigo el desayuno? Podemos salir los dos más tarde.

—Solo tardaré unos minutos.

—Y yo solo estaré fuera una hora, más o menos. Vamos, deja que te mime un poco, por una vez…

Yo tenía la impresión de que quería pasar un tiempo a solas, y decidí no discutir. Él se puso el abrigo, como si tuviera mucha prisa, y, dejándome la llave en la mesita de centro «por si acaso», salió corriendo del apartamento. Y la verdad es que me pareció bien pasar un poco de tiempo a solas también. El día anterior Mark se había comportado de una manera muy rara. Tardó muchísimo más de lo normal en ir a tirar la basura, y cuando volvió actuaba como un hombre que oculta una infidelidad: se mostraba muy precavido, irritable, inquieto. En cuanto se fue, acaricié la idea de bajar a ver los cubos de la basura y ver el pelo, porque sabía que me mentía en algo… pero no lo hice. Decidí confiar en él. Qué idiota. ¿Quién sabe lo que podría haber encontrado en ellos?

Por el contrario, tomé una larga ducha, frotándome el cuerpo hasta que me quedó la piel de los muslos y el vientre de color rojo vivo. A continuación estuve trasteando con la cafetera, pero al final me rendí porque fui incapaz de hacer que funcionara aquel maldito trasto. Maté el tiempo volviendo a limpiar la encimera de la cocina, lavé los platos, barrí el suelo y froté bien el fregadero. Por aquel entonces

Mark llevaba fuera más de una hora y empecé a inquietarme. Le dije a mamá que la llamaría a las 12.30, hora de Sudáfrica, al cabo de menos de una hora, y no podía irme del apartamento: solo teníamos una llave, y Mark no podría entrar si volvía.

Si quería wifi, solo había una opción: una visita a la loca de Mark en el ático. Alguien que vivía muy cerca tenía una red de wifi, así que tenía que ser ella. No me gustaba especialmente tener que ir a verla, porque Mark me había dicho que era un auténtico bicho raro, pero así tendría algo que hacer. Lo peor que podía pasar, razoné, era que me mandara a la mierda. Me guardé las llaves y me decidí a probar suerte.

La música que bajaba desde el piso superior aquella mañana era otro gran éxito de los años ochenta, y este lo reconocí de inmediato: «99 Red Balloons». (Se me quedaría pegado el resto del día.) Cuanto más subía, mis pies resonando en los escalones de madera, más fuerte sonaba la música, hasta que finalmente llegué a un pasillo estrecho con dos puertas torcidas. Me dirigí a la de la música y llamé.

La puerta se abrió de par en par con fuerza. La mujer que me abrió era de ese tipo de personas que Carla habría encontrado interesantes: rasgos marcados, sin maquillaje, vestida con una bata informe que podía ser un híbrido entre kimono y hábito de monje, y con un cigarrillo liado a medio consumir colgando del labio inferior. Llevaba el pelo muy corto, y no pude evitar pensar que quizá hubiese donado su pelo a la infame colección de los Petit. No habló, simplemente se quitó el cigarrillo de los labios y, sin quitarme los ojos de encima, lo aplastó bajo sus sandalias. Llevaba las uñas de los pies largas y amarillas.

Le dediqué una de mis mejores sonrisas.

—*Bonjour*. Siento molestarla. ¿Habla usted inglés… *anglais*? —Mark me había dicho que hablaba inglés con bastante corrección, pero no quería parecer presuntuosa.

—¿Qué quiere usted?

Con toda la educación y la calma que pude, aunque tenía que elevar el tono de voz por encima de la música, le expliqué el problema que tenía con el wifi y le pregunté si nos dejaría usar el suyo.

—Se lo pagaríamos, por supuesto.

Ella apenas parpadeaba, cosa que contribuía a su aire de intensidad. Bufó y dijo:

—*Viens*. Venga dentro. —Retrocedió y me hizo señas de que entrara en su apartamento, que realmente era solo una habitación. El espacio estaba dominado por montones de lienzos, pero también entreví un sucio fregadero con platos apilados en un rincón, así como un futón con una colcha india llena de manchas y un pequeño infiernillo de camping. ¿Estaría allí de okupa? Ciertamente, eso parecía. La habitación apestaba a ropa sucia, humo y trementina. No vi baño por ninguna parte, y tampoco había dónde sentarse. Cohibida (todavía me miraba con intensidad), fui entrando en la habitación. La mayor parte de los lienzos estaban vueltos contra la pared, pero uno, en el que posiblemente estaba trabajando, estaba apoyado en un caballete en el centro de la habitación. Entre un fondo turbio de marrones y verdes espesamente aplicados, sobresalía el retrato a medio concluir de una cara infantil, que conseguía ser a la vez perturbadora y kitsch. Me recordaba esos cuadros de niños de ojos grandes que fueron tan populares en los años setenta.

—Muy interesante —mentí—. ¿Vende usted sus cuadros?

Otro bufido.

—*Oui*.

Me correspondía a mí intentar iniciar algún tipo de conversación; o eso, o salir pitando de allí.

—Lo siento, no me he presentado. Soy Steph.

—Mireille. —Un nombre bonito, como de pájaro, que no le pegaba nada. La canción que sonaba ahora era «Tainted Love», y me di cuenta de que la música salía de un MacBook Pro y unos altavoces colocados en equilibrio encima de una caja de embalaje vuelta del revés, en el extremo más alejado del futón, cosa que no pegaba nada con la miseria que reinaba en la habitación.

—¿Quiere un café? —aulló ella.

Sí que quería, pero las únicas tazas parecían estar apiladas en el fregadero, con una sartén grasienta chorreando aceite encima de ellas.

—No, gracias.

Esto pareció complacerle, no sé por qué motivo. Por fortuna se dirigió al ordenador y apagó la música.

—Mireille, ¿puedo hacerle una pregunta?

—*Quoi?*

—Mark, mi marido... decía que usted no conocía a los Petit, la gente del apartamento en el que nos alojamos.

Ella resopló como si no entendiera lo que le estaba preguntando.

—*Quoi?* —volvió a decir.

—Los Petit. —No podía recordar su nombre de pila ni aunque me matasen—. Estamos alojados en su apartamento. En el tercer piso. —Era consciente de que repetía mis palabras muy despacio como cualquier turista gilipollas.

—*Non*. Ahora no vive aquí nadie. Solo yo.

—Pero nuestro apartamento pertenece a alguien...

—No deberían estar aquí. Se lo dije a su marido.

—Es que no tenemos otra opción.

—¿De dónde son? ¿De Inglaterra?

—No. De Sudáfrica. *Afrique du Sud*.

Asintió de manera cansina.

—Vayan a un hotel.

—No tenemos dinero. —A menos que consiguiéramos desbloquear la tarjeta de crédito. Esperaba que Mark hubiera sido capaz de arreglar ese asunto.

Ella estrechó los ojos, suspiró y luego asintió.

—*Bien*. Lo de Internet me parece bien. Me deben diez euros al día.

—Claro. Gracias, Mireille —dije, aunque aquello haría una mella en nuestro menguado presupuesto si no podíamos utilizar la tarjeta.

—*D'accord*. Le escribiré la contraseña. —Buscó un bolígrafo y un trozo de papel, dándome así la oportunidad de examinar la habitación sin que lo notara. Una botella medio vacía de vodka y una pila de papeles Rizla estaban colocados junto al lecho. Un libro vuelto del revés se encontraba escondido bajo las sábanas mugrientas. Encima de las almohadas había ropa interior y de calle, amontonada. Ella me tendió el trocito de papel y luego me cogió la muñeca. Tenía las uñas manchadas de pintura... o de algo peor—. No se queden aquí. *C'est mal ici*. Malo.

—¿Malo? —Suavemente me retiré de su contacto. Era extraño pero, a pesar de su actitud, ella no me intimidaba. Tenía algo que estaba justo debajo de la superficie y que casi se podría definir como una profunda tristeza.

Ella meneó la cabeza.

—*C'est mal.*

—¿Y por qué se queda usted?

—Soy como ustedes. No tengo ningún sitio adonde ir. Y ahora, adiós. Tengo que trabajar.

Ella me empujó hacia fuera y unos segundos más tarde la música empezó a sonar de nuevo. Me preguntaba, y todavía me pregunto, si Mireille la ponía para intentar desterrar la maldad que según creía infestaba el edificio. Como si la Kylie Minogue de sus comienzos y Duran Duran fueran una especie de talismanes horteras contra el mal.

De vuelta en el apartamento me conecté a Internet, introduje la contraseña y luego llamé a mamá por Skype. Faltaba aún media hora, pero estaba esperándome con Hayden en el regazo.

—Eh, monito... —dije, notando un nudo en el estómago al verla.

—¡Mamiiii!

—Mami estará pronto en casa, te lo prometo.

Ella balbuceó algo de un regalo de Nama, se bajó del regazo de mi madre y luego apareció otra vez, colocando una muñeca de la princesa Elsa justo delante de la pantalla.

—¡Mira, mami!

Yo había pensado comprarle aquella muñeca para su cumpleaños, y mamá lo sabía, pero intenté ocultarle mi irritación. Hayden extendió los brazos como si pudiera tocarme a través de la pantalla, y noté esa horrible sensación desfalleciente de que no volvería a verla nunca más. Hablamos unos minutos más de la excursión que había hecho el día anterior para ver los animales pequeñitos, y luego me dijo:

—Tengo que irme, ¡adiós! —Y se escurrió y se fue. Mamá intentó llamarla para que volviera, pero no tuvo éxito. Verla tan feliz sin mí de alguna manera era mucho peor que si hubiera estado preocupada y rogándome que volviera a casa.

Mi madre me sonrió tímidamente.

—La estás malcriando, mamá.

—Ah, es mi princesita. ¿Eso que veo al fondo es el apartamento?

No quería que mamá viera su verdadero estado, así que cambié de tema y, cuando quedó bien claro que Hayden no iba a volver a hablar conmigo colgué, y planeé llamar después de la hora de la siesta de Hayden.

Comprobé mis mensajes de correo. No había nada de los Petit, pero Carla se había puesto en contacto conmigo otra vez: «Sigue sin haber señales de vuestros huéspedes. Yo misma he comprobado las llegadas de los vuelos. No hay retrasos de ningún avión de París a Joburgo. Lo mismo con los vuelos locales de Joburgo a Ciudad del Cabo. También he llamado a los hospitales locales, por si acaso. No ha entrado ningún turista francés. ¿Quieres que vaya a la policía para que comprueben las listas de embarque? Espero que a vosotros os vaya todo bien. Besos».

Respondí a Carla dándole las gracias por todo lo que estaba haciendo, y pidiéndole que probara con la policía, aunque dudaba de que quisieran ayudar. A continuación mandé un mensaje de correo a la web de intercambio de casas, explicando nuestra situación con los Petit, y preguntándoles si tenían un número de emergencia registrado. ¿Dónde demonios estaría esa gente? El último mensaje que les había enviado era exageradamente educado, demasiado. Les envié otro, breve, de una sola línea, insistiendo en que contactaran conmigo de inmediato.

Pensé de nuevo en todas las posibles explicaciones, pero la paranoia iba en aumento. ¿Era aquello una especie de broma destinada a asustar a una pareja cualquiera, al azar? La prueba A era el pelo que encontró Mark en el armario. Eché un vistazo a las cajas de cartón que estaban en un rincón del salón, preguntándome si en su interior habría algo igual de raro: un muñeco de resorte, por ejemplo. Un payaso de porcelana agazapado y esperando para saltar. Una pila de muñecas con la cara rota. Una calavera humana, o una colección de extravagantes juguetes sexuales. Hasta llegué a considerar que podían estar filmándonos para algún canal estrafalario de *realities*, e incluso busqué en la habitación las posibles señales reveladoras de cámaras ocultas, hasta que lo dejé correr, riñéndome por ser tan estúpida.

Habían pasado casi dos horas desde que Mark se había ido para intentar contactar con el banco y empezaba a preocuparme. Para matar el tiempo de nuevo, googleé «usos para el pelo humano». Di con todo tipo de cosas, desde la fabricación de pelucas a la brujería. Intenté escribir, pero no podía concentrarme. Volví a la cocina, recuperé el trozo de papel que había desenterrado del cajón y lo tecleé en una app de traducciones. La app desbarató un poco la estructura del fragmento, pero desde luego era un trozo de una redacción escolar.

> Lo que hicimos el domingo. Me gusta ir a casa de mi abuela, porque se está tranquilo y no se oyen los ruidos ni los gritos de mi padre. Él está siempre muy triste. Dice que mamá se puso muy enferma después de que yo cogiera una enfermedad de Luc, en el colegio, y se infectó también porque no tiene el pecho muy fuerte.

(La ortografía de *tranquille* la había corregido en el original alguien que la había marcado.)

> Me gustaría vivir en casa de mi abuela siempre, pero no puedo porque no es la misma zona donde está mi escuela. Es lo único que tengo que decir ahora de mi familia. Fin.

No me parecía probable que hubiera vivido ningún niño en el apartamento de los Petit, porque, para empezar, solo tenía un dormitorio.

Se oyó un golpe en el exterior de la puerta principal que me dio un susto. Suponiendo que era Mark que volvía, me levanté de un salto y abrí la puerta de par en par. El vestíbulo estaba vacío y oscuro, y la única señal de vida era la música amortiguada de «Do They Know It's Christmas?» desde el piso de Mireille.

—¿Hay alguien ahí?

Me esforcé por oír el sonido de pasos subiendo o bajando las escaleras.

Nada.

Juraría que alguien llamaba a la puerta. ¿Realmente estaba desocupado el resto del edificio? Solo teníamos la palabra de Mireille de que éramos los únicos inquilinos. Quizá era hora de averiguarlo... Salí del apartamento, recordando en el último momento coger las llaves, y me dirigí al piso de enfrente, que lógicamente era el único lugar al que el fantasma que llamó a nuestra puerta pudo llegar antes de que yo saliera al rellano. Apreté el oído contra la puerta. Silencio. Llamé, esperé, volví a llamar. Recordando algo que había visto en una película, pasé los dedos por la parte superior del dintel y mis yemas rozaron algo de metal... una llave oxidada. La miré hipnotizada unos segundos; en realidad no esperaba encontrar nada.

Entonces, antes de que me diera tiempo a cambiar de opinión, la introduje en la cerradura y abrí la puerta, exclamando un «hola» dubitativo, aunque Dios sabe lo que habría hecho si hubiera encontrado a alguien allí. Mi primera impresión (probablemente debido al hedor a moho) era que acababa de entrar en un mausoleo. Era más grande que el piso de los Petit, con un salón abierto con zona de cocina, pero daba la misma sensación de anticuado. Un conjunto de sofás floreados ocupaba el centro de la habitación, en un ángulo torcido, y la mesa estaba puesta con unos platos polvorientos y una ensaladera que contenía una sustancia negra y reseca... ¿los restos de una cena, quizá? Un ejemplar de *Le Monde* que databa de 1995 estaba arrugado encima de la mesa de centro que había ante el sofá. Miré en el dormitorio principal. La cama tenía las sábanas puestas, y un par de zapatos masculinos se encontraban uno junto al otro cerca de la puerta. El otro dormitorio estaba despojado de cualquier objeto personal salvo por dos colchones individuales desnudos y montones de estrellas de plástico de las que brillan en la oscuridad pegadas al techo. A pesar de la luz del sol que entraba por las polvorientas ventanas, todos los nervios de mi cuerpo me gritaban que saliera enseguida de allí. No podía evitar la sensación de que me había metido en una especie de escena del crimen.

Salí corriendo, tras dejar la llave en su sitio, agradecida por una vez de poder volver a la relativa normalidad del escueto apartamento de los Petit. La sangre me latía en los oídos, y estaba a punto de tomarme otra tableta de Urbanol cuando oí la voz de Mark, seguida por un golpe en la puerta. Corrí a abrirle, tan obsesionada con lo que había visto que no me fijé en su estado hasta que pasó a mi lado y se dejó caer en el sofá. No podía dejar los ojos quietos y se humedecía los labios sin parar.

—Mark... ¿qué ha pasado?

—Nada. —Intentó sonreír, una exhibición muy poco convincente—. Nada, de verdad. Es que estoy muy cabreado con el banco. No quieren desbloquear la tarjeta.

Pero había algo más. Parecía traumatizado. Intenté convencerle de nuevo de que me dijera qué era lo que le había enfadado tanto, pero siguió insistiendo en que no pasaba nada. Al final me rendí.

Todavía no sé qué fue lo que le afectó tanto aquel día. Nunca me lo contó, ni siquiera cuando ya no tenía nada que perder.

9

Mark

En el momento en que piso la calle me siento más ligero. Me gustaría decir que es porque he salido de ese edificio opresivo y ese piso asfixiante, pero me pregunto si también me siento aliviado por estar un rato alejado de Steph. Parece desleal pensar así, pero han pasado siglos desde la última vez que estuvimos tanto tiempo juntos, los dos solos... siempre nos interrumpían el trabajo o Hayden, y supongo que nos hemos acostumbrado a eso; una ausencia de una hora no tendrá otro efecto que unirnos todavía más.

Al fin estoy en París; es muy familiar y al mismo tiempo abrumadoramente exótico, todo a la vez. Esta calle tan normal, con sus paredes grises llenas de pintadas y sus estrechas aceras sembradas de colillas y de mierdas de perro y chicles pegados, es maravillosa para mí. Cada diez pasos hay algo nuevo: la entrada a un apartamento, un hotel o un colegio; una verdulería, una panadería, un bistró, la tienda de un diseñador de ropa, un café, una tienda que solo vende miel, una tienda que solo vende jamón ibérico, una tienda que solo vende paté; miro los mariscos colocados en unas bandejas con hielo en la pescadería, las conchas de vieira, las langostas azules, el pescado de un rosa vivo; hay ristras gigantescas de ajos y cebollas, salamis, chorizo. Podría caminar kilómetros enteros en un barrio residencial de Ciudad del Cabo sin ver nada nuevo, pero aquí cada cincuenta metros están atestados de una vida entera de sensaciones. Esta callecita, con sus ángulos desenfadados y sus paredes con ventanas y bonitos balcones y el aire fresco y limpio que viene del río, debe parecer vulgares a sus residentes, pero para mí es una alegre celebración del sabor y de la vida.

Sonrío y asiento y digo *bonjour* a los tenderos y a las mujeres serias que caminan por la acera y a los jubilados con sus carritos de la compra y a los niños inmaculadamente vestidos con abrigos, bufandas y botas y modales tranquilos y contenidos. Dios mío, a Zoë le habría encantado todo esto. Ya a los siete años Zoë estaba resultando tan rara y obsesiva como yo. Una vez, cuando tomamos un tren para ir a Simonstown, me pedía que le enseñara el reloj todo el rato y yo me preguntaba por qué hasta que me di cuenta de que escribía el nombre de cada estación en su diario, junto con el tiempo que nos habíamos detenido allí. Esa niña dulce, valiente e inquisitiva estaba destinada a tener una vida llena de viajes. Durante meses, sus historias favoritas para ir a dormir fueron páginas del atlas de *World Fact File*. No solo conocía perfectamente la mayor parte de las banderas del mundo, sino que dibujó sus propias banderas para Zoëlandia y todos los demás países que tenía en la cabeza. Yo le enseñé a decir hola y adiós en doce idiomas, y ella se apropió de la colección de monedas extranjeras de Odette en cuanto fue lo bastante alta para cogerlas del armario que tenía en su estudio. La encontrábamos murmurando nombres de capitales y saludos para sí en la alfombra, con todas las monedas alineadas delante de ella. Zoë se estaba haciendo lo bastante mayor para que Odette y yo considerásemos la posibilidad de ahorrar para llevarla al extranjero. Entonces Odette se puso enferma y Zoë nunca salió del país.

A Odette y a mí nos habrían funcionado las malditas tarjetas de crédito, y habríamos derrochado en ropa de diseño para ella, habríamos entrado despreocupadamente en nuestro hotel boutique y habríamos arrojado las bolsas de la compra a la cama lujosa como hace la gente en las películas. Pero aquella era otra vida; guardo mis recuerdos en el rincón que se han ganado a pulso.

El hecho de que me preocupara tanto por el dinero antes de venir aquí demuestra lo rutinario que me he vuelto. Estamos en París para pasar una semana y podemos endeudarnos un poco para disfrutar como es debido. Tengo la sensación de haber adquirido perspectiva de inmediato; toda la mierda de casa parece muy lejana. A medida que voy bajando la colina hacia el Starbucks, miro por las ventanas de los hoteles por los que paso. Hay algunos de dos o tres estrellas muy bonitos, bastante razonables. No es demasiado tarde para rescatar este viaje.

En la cafetería, pido un café americano gigante y un bollo, evitando deliberadamente convertir los euros en rands. Me pongo los auriculares, me conecto al wifi y llamo por Skype al teléfono de asistencia para las tarjetas del banco. Al oír la musiquilla de espera, noto un pellizco en el corazón y comprendo que esos hoteles, las compras, una o dos comidas agradables, y que Steph y yo pasemos buenos ratos esta semana dependen de esta llamada.

En cuanto introduzco mi número de cuenta, me ponen con un agente.

—Buenos días, le habla Jeandra. ¿Por favor, me puede confirmar su nombre, número de identificación y dirección física?

Le doy todos los detalles, disponiéndome a pelear, pero para mi sorpresa la agente parece lista y entusiasta.

—Buenos días, doctor Sebastian. ¿En qué puedo ayudarle?

—Estoy en el extranjero y necesito que me desbloqueen la tarjeta de crédito para usarla aquí.

—¿En qué país está, señor?

—En Francia.

—¿Sabe usted que tiene que preautorizar su tarjeta para utilizarla fuera del país?

Pienso en mentirle… si le dijera que no lo sabía, ella quizá se apiade de mí, pero no puedo hacerlo.

—Sí, en realidad lo sabía, pero se me ha olvidado.

—Lo siento, señor. Ocurre a menudo.

Todavía me provoca sospechas el tono de esta mujer. Probablemente la han instruido para que aplaque al cliente y al mismo tiempo no haga absolutamente nada para solucionar el problema.

—Entonces ¿no pueden hacer nada? ¿No pueden autorizarla ahora?

—Ya sabe, señor, que se supone que no debemos hacerlo, pero comprendo que, como usted está de viaje, necesita tener la tarjeta operativa.

—Así es —digo, precavido.

—Lo que puedo hacer quizá es autorizarla como si usted fuera a llegar hoy, y con eso debería bastar.

Bien. No es mi experiencia normal de las llamadas a los bancos.

—Gracias, muchas gracias.

—Pero necesito que mi supervisor autorice esa transacción, y está en una reunión ahora.

—Oh.

—Pero tiene que volver a las doce. Es decir, a las once… para usted.

Compruebo el reloj: solo falta una hora.

—Si vuelve a llamar entonces, se lo podemos hacer. Aquí tiene mi número directo: Jeandra F. —Garabateo el número en mi servilleta con el final de mi cucharilla de plástico.

—Gracias, Jeandra, me ha ayudado mucho, de verdad.

—Ha sido un placer, señor. Hablaremos pronto, y disfrute de su viaje.

Me quito los auriculares y me arrellano. Tomo un largo sorbo de mi café, aliviado. Qué persona más agradable. A veces es bueno recordar que el mundo entero no está contra ti.

Llamo al número de Steph por Skype y me acuerdo de que allí no tendrá wifi. No puedo hacerle saber que tardaré más de lo que esperaba, pero no vale la pena subir todo el camino hasta el apartamento y volver a salir enseguida para activar la tarjeta de crédito. Ella puede esperar… o incluso salir a dar un paseo por su cuenta, si quiere; tiene llave. ¿Qué hacía la gente antes de que hubiera teléfonos móviles? Se relajaban y confiaban los unos en los otros como personas adultas, eso es lo que hacían. Steph estará bien; en lugar de armar tanto jaleo y preocuparme, debería verla como una adulta que puede cuidarse sola. Además, probablemente se haya quedado dormida, recuperándose de dos años seguidos sin descansar. Mientras tanto, yo estoy en un bulevar parisino y ciertamente puedo encontrar algo que me mantenga ocupado una hora.

Me guardo el teléfono y me llevo el café fuera. Voy paseando por la ancha acera y mirando sin vergüenza, como un auténtico turista, los dedos de los árboles desnudos que señalan hacia los intrincados balcones de los apartamentos de lujo, los coches con chófer que van recorriendo la ancha calle, el sutil neón y las opulentas fachadas de las tiendas de diseño. Corredores y trabajadores y niños de camino al colegio pasan ante *brasseries* con nombres familiares y terrazas que ocupan las aceras, llenas de esas famosas mesitas redondas. Un poco más arriba en la misma calle paso junto a un centro comercial con baldosas de mármol y muy ornamentado, con techo en forma de cúpula, y llego a una puerta que anuncia el museo de cera. El cartel indica que tienen a Michael Jackson y a George Clooney, a Gandhi y a Einstein, e incluso a Hemingway y a Sartre. Sería una buena manera de matar una hora.

Espero una especie de bazar pequeño y atestado, pero el pasaje es largo y estrecho, con las paredes cubiertas de espejos deslumbrantes y una alfombra roja. Son las diez y cinco y el museo acaba de abrir, pero ya hay una pequeña cola delante de mí: una pareja muy elegante vestida de diseño y otra pareja más anciana a la que acompaña un niño pequeño y pelirrojo. Llega una familia que parece italiana desde el bulevar entre tormentas de risas, haciendo bromas mientras se aproximan al control de seguridad. Sonrío al niño y este se agarra a la pierna de su abuela. Mientras deposito el contenido de mis bolsillos bajo una ráfaga de aire caliente, y me examinan con un escáner de seguridad, me siento aturdido por las lenguas extranjeras que se hablan a mi alrededor, ajeno y extraño como un alien herméticamente sellado en un traje espacial.

En cuanto paso por la entrada, el pasillo se ensancha y da paso a un lujoso vestíbulo rojo con el techo bajo y oscuro. Dejo mi abrigo en la consigna y solo entonces me doy cuenta de lo cara que es la entrada. Pero lo cierto es que estoy intrigado por la sala roja y la promesa de lo que se encuentra más allá, así que pago; la tarjeta de crédito ya funcionará cuando salga de aquí.

Sigo a los demás a través de un túnel estrecho lleno de espejos deformantes curvados y tótems hechos con caras de cera, y miro al niño pequeño que va delante de mí. Estoy seguro de que Hayden o Zoë encontrarían todo esto muy morboso, pero el niño se ríe y avanza con sus abuelos; sin duda, ya ha estado aquí antes. Me digo a mí mismo que debo dejar de preocuparme e intentar disfrutar de todo esto.

Cuando doblo el siguiente recodo entro en una habitación sorprendentemente amplia e iluminada, como una pequeña versión de un vestíbulo de ópera grandioso. Las paredes están cubiertas de frescos y espejos barrocos con el marco dorado. Nos llevan arriba por una escalinata de mármol hasta una puerta negra con el letrero: «Le Palais des Mirages». El parloteo en el grupo ha cesado y entramos en silencio en la habitación oscura. Es cuadrada y más o menos del tamaño de nuestro dormitorio en casa, con un techo de doble altura y las paredes cubiertas de espejos. Procuro ocultar una sensación de pánico que me cosquillea.

¿Y si esta gente nos quiere engañar? ¿Y si están planeando robarnos? Seríamos el objetivo perfecto: turistas despreocupados con demasiado dinero y demasiada confianza. Hemos entrado aquí muy obedientes, como animales que van al matadero.

«No seas idiota, Mark.» No es la voz de Steph la que se conjura en mi mente para reprenderme; es una mezcla de la desaprobación de Odette y de Carla: antigua, profundamente enraizada, formativa. «Es solo un espectáculo. ¿Qué narices te pasa?»

«Que me atracaron en mi propia casa, en la oscuridad —quiero decir—. ¡Eso es lo que me ha pasado!» Pero sé que lo que me reconcome ocurre desde mucho antes de la invasión.

En la oscuridad, el niñito susurra y su abuela se vuelve para darle una respuesta consoladora. Él se ríe. Nos piden en inglés y francés que apaguemos los móviles y que no tomemos fotos. La guía conduce a otro grupo dentro, nos hace señas de que nos quedemos en un lado de la habitación y luego se retira, cerrando la puerta tras ella.

Las bombillas que cuelgan del techo abovedado empiezan a parpadear, y luego unos tubos de luces de colores colocados en las paredes relampaguean, se encienden y se apagan siguiendo un tamborileo urgente. Una cascada de luz parpadea a un ritmo estroboscópico, iluminando cuatro figuras situadas en pedestales en lo alto de una pared, en cada esquina de la sala, reflejadas innumerablemente en los espejos de enfrente. Al instante la música cambia a un sensual bolero mientras las figuras quedan bañadas en la luz ondulante de unos focos colocados en unas molduras ocultas en el techo. Parece que se están moviendo, aunque no son más que figuras de cera. Tres mujeres con atuendo tribal (africana, polinesia e india) se encuentran dominadas por los ojos furibundos de un swami maligno.

Construyo una crítica mental del sexismo y el racismo inherente al retrato de esas tres figuras, la inclinación colonialista a la exotización del cuerpo «primitivo»... cuando las luces se apagan con estrépito y se encienden otras muy distintas. Son serpientes verdes y zarcillos, y el techo de alguna manera aparece forrado con una capa de seda estampada que ondula ante unas corrientes de aire ocultas, al compás del susurro urgente de los insectos de la selva. Ruge un tigre y miro hacia el lugar donde está el niño pequeño, temiendo por él, pero este sonríe embelesado mirando las hojas del dosel de verdor.

Las luces se apagan y ahora el techo está lleno de estrellas, como un cielo nocturno. Las figuras tribales han desaparecido y se han visto reemplazadas en sus pedestales por los asistentes a un baile de disfraces. Las estrellas parpadean por encima de ellos mientras bailan un vals inmóviles. Gradualmente se van encendiendo unas luces de color rosa y naranja, como si el amanecer acabase con la fiesta. Otro anuncio invita al grupo a continuar a través de la puerta más alejada, y a disfrutar del resto del museo.

Cuando los demás visitantes salen, yo me quedo examinando la sala y preguntándome cómo conseguirán todos esos efectos. Está claro que es un espectáculo antiguo, pero aún resulta impresionante e ingenioso. Seguramente usan unos pedestales con base rotatoria, que van alternando las figuras cuando las luces están apagadas. Examino el techo para ver por dónde pasan las cuerdas de luz y dónde deben de estar alojados los focos cuando las luces parpadean. Mis ojos se han estrechado por el brillo de la falsa aurora y ahora no veo nada. Murmuro algo sin sentido para indicar que todavía queda alguien dentro y voy tocando la pared hacia la salida. Pero no encuentro la puerta. No hay grieta alguna en la superficie, solo el tacto de un terciopelo ligeramente pegajoso. Sigo andando, seguro de que he dado toda la vuelta y me he pasado el lugar donde está la puerta. Es una sala pequeña, y la puerta estaba justo a mi derecha. Incluso si fuera…

Un golpe en algún lugar por encima de mí obtiene por respuesta un quejido desde el otro lado.

—¿Hola?

—Están en casa, Mark.

—No puede ser. Están… probablemente sea solo…

Pum. Pum.

—Están dentro. Ay, joder.

—Steph, no.

La garganta deja de tragar y me empieza a doler el pecho. Intento coger algo de aire mientras busco urgentemente por la habitación hacia el lado de la entrada, pero no puedo… sigo sin poder encontrar…

Se encienden las luces, los espejos reflejan la luminosidad alrededor de la sala. Estoy solo aquí.

Ese quejido de nuevo, detrás de mí.

Me vuelvo y levanto la vista hacia el pedestal. No es ninguna mujer de una tribu, ni una bailarina, sino una adolescente alta con el pelo rubio y largo. No forma parte del espectáculo antiguo. Lleva vaqueros, una camiseta roja y unas zapatillas de Scooby-Doo. Es delgada y muy guapa, un poco como Odette, pero no exactamente igual. Mira otra vez, esfuérzate. Es una estatua de cera, y te mira. Mírala a los ojos.

Zoë. Con catorce años. Como si no hubiera muerto.

Y ahora me sonríe. Doy un paso, me acerco. Ella abre la boca…

—*Oh, Monsieur! Pardonnez!* —Una empleada atraviesa la puerta corriendo y me empuja hacia la salida, que está encajada en la pared de terciopelo. Miro de nuevo al pedestal por encima del hombro al irme acompañado de la mujer, pero la figura ni siquiera es una niña, sino un hombre que baila con esmoquin y monóculo. «Dios mío, Mark, contrólate.»

Y ahora aparece Elton John al piano, y la joven pareja se está haciendo una *selfie* con Michael Jackson, y una mujer con burka posa haciendo el signo de la paz junto a Barack Obama ante la cámara de su marido, un payaso con ropa chillona de golf, y no soy capaz de asumir la discordancia entre los visitantes sonrientes y estas efigies repulsivas, que no están muertas del todo. Estoy seguro de que es un efecto postraumático de la oscuridad y la extrañeza… quizá las luces parpadeantes han desencadenado alguna respuesta, pero no puedo evitar tener la sensación de que sus ojos de cristal me miran mientras voy pasando por la intrincada sucesión de salas intentando relajarme, intentando que mi corazón recupere su lugar de siempre y mi respiración vuelva a la normalidad.

En la sala dedicada al teatro, una famosa actriz francesa está sentada en un asiento de terciopelo rojo. Uno de los visitantes le ha dado un empujón y ha torcido su melena negra, y una de sus falsas pestañas se ha desprendido y se le ha caído en el regazo. No puedo evitar pensar que el pelo que han usado todavía está vivo. Aunque de momento estoy solo, la sala todavía vibra con presencias humanas.

Zoë tenía seis años y se había convertido en una niña lista, guapa y divertida, y Odette y yo ya dormíamos bien, y nuestras vidas parecían tranquilas y felices y empezábamos a soñar, a hacer planes como familia, algo que solo se puede hacer cuando la crisis de los años de cuidado del bebé y del niño pequeño han pasado. Entonces Odette empezó a sufrir dolores. El doctor averiguó que ya estaba en la fase dos, y tuvieron que practicarle de inmediato una histerectomía y empezar la quimioterapia.

Zoë tenía mucha paciencia cuando su mamá estaba cansada y apática y tenía náuseas. Ayudaba a Odette a maquillarse y jugaba a cosas silenciosas mientras Odette estaba echada en el sofá nuevo, al sol. Aprendió a hacer bocadillos y té. Pero fue la pérdida del pelo lo que más asustó a Zoë... y a mí, para ser sincero. Si alguien está pálido y débil ya es malo, pero todo el mundo ha visto a gente enferma, y normalmente se ponen mejor. Pero cuando se te cae el pelo a mechones de la cabeza, es como si ya estuvieras muerto. Es como si tu cuerpo dejara escapar el alma.

Durante el tercer ciclo de quimioterapia de Odette, la conducta de Zoë empezó a resultar más preocupante. Una noche, mientras la estaba bañando, cuando estábamos los dos solos porque Odette pasaba la noche en el hospital, noté los moretones en las manos de Zoë. No era la primera vez; las dos primeras veces, aunque debía haberme fijado mejor, pensé que eran simples arañazos, como los que podía tener cualquier niño activo. Pero esta vez había dos grupos de heridas profundas como pinchazos, con la piel a su alrededor arrugada y azul.

—¿Qué te ha pasado aquí, cariño?

Zoë se encogió de hombros.

—Me ha mordido un perro.

—¿Cómo? ¿Cuándo? ¿Qué perro?

—Ese perro de colores al otro lado de la calle.

—¿El collie?

—Sí.

Zoë salpicaba con sus tiburones de plástico como si no pasara nada.

—¿Por qué? ¿Qué estabas haciendo allí? ¿Y cuándo ha sido? —¿Cuándo cojones había ido mi hija sola al otro lado de la calle? O a lo mejor Odette la había llevado a dar un paseo… pero me lo habría dicho si hubieran mordido a Zoë.

—La princesa Ariel dice que el pelo tiene que estar vivo, y por eso mamá no se pone mejor. El perro tiene el pelo muy bonito.

Tendría que haber llevado a Zoë al médico para que le pusieran las vacunas del tétanos y de la rabia, tendría que haberle preguntado a Zoë de qué más había hablado con la princesa Ariel, pero por el contrario la llevé a dormir y bebí hasta quedarme dormido junto a ella.

«Tengo que controlarme; el pasado pasado está. No puedes cambiarlo pensando en él. Piensa en el ahora, aquí.» Reenfocando deliberadamente mis pensamientos, como he aprendido a hacer, inspecciono las figuras sin emoción, intento verlas como obras de artesanía, y puedo empezar a disfrutar el cuidado que se ha tomado el museo con cada uno de los conjuntos, los trajes y las propias figuras. Son increíblemente realistas. Lo único que las delata es el brillo estático de su piel de cera, pero tienes que mirar muy de cerca para notarlo. En cada nueva sala las figuras están colocadas de formas dinámicas: un concierto de rock, un teatro, un *nightclub* rebosante de famosos franceses, una pose para una foto con héroes de los deportes y un bar con escritores y actores compartiendo una copa. Uso mi teléfono para tomarme un autorretrato con Hemingway, violento al ver que una de las figuras que tomo por un autor venerable se levanta de la banqueta que está a mi lado: es el abuelo que se ha sentado a descansar.

Entonces el camino pasa por la tienda del museo, y evito cuidadosamente mirar los estantes, porque me considero demasiado listo para dejarme seducir por el señuelo de los lugares turísticos, pero cuando ya estoy llegando a la puerta más alejada, me veo atrapado por los destellos de un anillo de esmeraldas crudamente tallado, grueso, que sé que a Steph le encantaría. Es de buen gusto, no lleva estampado ningún logo, y miro la etiqueta del precio despreocupadamente. Realmente no es tan caro, y sería una sorpresa maravillosa para ella. Si pudiera desbloquear la tarjeta... compruebo mi reloj: el supervisor del banco debe de haber vuelto ya a estas alturas, y hay wifi gratis en el museo, de modo que sonrío a la mujer que está tras el mostrador de la tienda y me retiro a un rincón a hacer la llamada a la línea directa de Jeandra.

—Sí, doctor Sebastian, Kurt está aquí. Ya le he informado. Le pongo.

Veinte segundos de la musiquilla de espera.

—Buenos días, señor. Espere, por favor. —El tono aburrido de este hombre es más de lo que esperaba del banco. Durante medio minuto oigo el teclear del ordenador, un suspiro y luego—: No, me temo que no puedo autorizar su tarjeta.

—Pero Jeandra me ha dicho que podía ayudarme...

—Bueno, en realidad ella no tiene autoridad... Existen unos procedimientos.

—Pero me lo ha explicado claramente. Simplemente, pueden hacer como si yo hubiera llegado hoy, y entonces no habrá problema.

—Sí, pero aunque pudiéramos, la verdad es que no podemos. Hay ya dos transacciones de ayer en el extranjero.

—Pero no se pudieron completar. Las rechazaron.

—Eeeh, sí, señor —dice, como si estuviera hablando con un idiota—. Pero el sistema ha registrado los rechazos como originados en Francia, de modo que no hay forma de poner una fecha anterior a la autorización.

—¿Y eso qué significa? ¿Que no me va a ayudar?

—Nos gustaría mucho ayudarle, señor. Pero está claro en las condiciones que hay que preautorizar la tarjeta cuando uno sale de nuestras fronteras. Usted firmó las condiciones. Podría usar otra tarjeta.

—No tengo ninguna otra tarjeta. ¿Qué van a...? —Me doy cuenta de que mi voz suena demasiado fuerte en aquella habitación de techo bajo, y la cajera me mira—. Vale, no importa. —Corto la llamada furioso. Pero no tiene sentido enfadarse con la máquina. Esto lo he jodido yo, y solo debo culparme a mí mismo.

Miro al exterior de la tienda, intentando averiguar la ruta de salida más rápida. ¿Cómo le voy a explicar todo esto a Steph? Cuando averigüe cuánto he gastado entrando aquí... Paso a toda velocidad junto a Brad Pitt y Madonna y un montón de modelos de pasarela y una pareja viendo un programa apocalíptico en la televisión y entro en la sección de ficción para niños, paso junto a Obélix y unas cuantas criaturas de las películas de Disney, jurando entre dientes. Pero cuando veo al niñito pelirrojo junto al Principito, con su abuela apuntándole con una cámara, hago un esfuerzo para calmarme. Estos franceses son tan elegantes, tan contenidos... Ese civismo y esa urbanidad es precisamente lo que he estado disfrutando en este viaje. Qué distinto de la precipitación y la furia en casa. Gente cívica, urbana, que no va corriendo por los museos maldiciendo entre dientes.

Además, ahora estoy aquí, y este va a ser el último lujo que me pueda permitir, de modo que será mejor que lo disfrute. Cojo aliento con fuerza y me detengo en la sección de historia y literatura francesa, viendo por los letreros de qué escena se trata: historia papista y revolucionaria, grandes momentos en el arte y las ciencias, y bastante derramamiento de sangre: Juana de Arco y Marat, el Jorobado de Notre-Dame, una masacre de los Medici, y aquí, después de haber pasado por un manicomio acompañado por una banda sonora de gemidos y cadenas entrechocadas, la peste. Me conmociona ver a una figura con un manto oscuro que se lleva a un niño de un azul grisáceo, claramente muerto, por una alcantarilla llena de nieve. Hayden se sentiría aterrorizada con estas escenas, y es comprensible. ¿Los cuidadores del pequeñín lo llevarán por esta parte con los ojos cerrados?

Y miro el caballo que está en medio de esta sala oscura, con los ijares abiertos y los ojos aterrorizados y mirando con fijeza, y un caballero montado en él. Doy la vuelta al animal y veo que el caballero es un esqueleto que maneja una espada. Qué raro: Mickey Mouse en una sala, un caballero del apocalipsis y un niño de la peste en la siguiente.

Algo me huele raro en esta sala, y el aire está estancado. No he visto a nadie a mi alrededor desde hace rato.

Muy a mi pesar, me siento atraído por los agujeros de los ojos del esqueleto. En su interior se ve una luz que brilla con suavidad. Preguntándome cómo conseguirán ese efecto tan increíble, me pongo de puntillas y me inclino hacia el jinete, intentando evitar tocar el caballo, y la luz chisporrotea dentro, cambiando desde un blanco pálido al naranja y al rojo, cuando noto un movimiento amarillo por el rabillo del ojo, como si parte de las llamas se hubieran desplazado y se hubieran reunido en las sombras de la habitación.

Vuelvo la cabeza lentamente, como si el aire se hubiese detenido y espesado. Una brisa helada sopla desde la falsa nieve de la alcantarilla y un hedor a podrido viene desde el interior de la garganta del caballo. No quiero mirar la forma brillante.

A ella. Porque lo sé.

Nuestras miradas se encuentran. Es Zoë, y es alta y bella como su madre. Como si no hubiera muerto.

Abre la boca y, antes de que pueda hablar, aparto los ojos de ella con toda mi energía y me arrastro por el último pasillo, notando que me sigue. No puedo andar lo suficientemente rápido.

Al fin, gracias a Dios, veo el cartel de salida. Empujo la puerta y salgo a una sala embaldosada que de repente parece luminosa y clínica. Hay una máquina expendedora roja y unos estantes con folletos. Ningún fantasma puede salir hasta aquí, desde luego. Dentro, con el horror, la muerte y todas esas ilusiones, quizá, pero no aquí fuera, en el mundo real, corriente, serio.

Cojo desesperadamente el pomo de la puerta final de salida, pintada de blanco y normal, pensando que si veo a los abuelos, los amantes, los italianos, los parisinos siguiendo con sus actividades del día, me sentiré libre, pero la puerta que tengo detrás da un portazo. Y ella me ha seguido hasta aquí.

Ahora es tan alta como yo, y las zapatillas de Scooby-Doo rechinan en las baldosas del suelo cuando se acerca. Me sonríe y sus ojos no han cambiado. Abro los brazos y ella viene hasta mí y yo la abrazo, y huele como olía siempre, como su madre también. Paso la mano por su pelo rubio y la aprieto contra mí, respirando su aliento.

Ella me empuja contra la máquina expendedora con un estrépito que seguramente significa que todo esto es real. Noto la presión de la ranura para las monedas en la espalda. Ella me coge los dedos con los suyos y, como solíamos hacer, frota la punta de la nariz con la mía. Abre la boca y habla. «Tú me mataste, papá. *Tu m'as tuée. Pourquoi, Papa?*», dice, y su aliento huele a dulce podredumbre. Y luego me besa; como solía hacer Odette, me chupa el labio inferior y lo muerde.

10

Steph

—Ajá. Gracias por hacerlo, Carla. —Mark iba andando por el vestíbulo, con el teléfono pegado al oído.

Preocupada de que consumiera todo el crédito del Skype llamando al móvil de Carla, pronuncié sin sonido: «Date prisa», pero él fingió no darse cuenta. Al menos se había recuperado de lo que fuera que le asustó cuando salió a llamar al banco; se animó enseguida en cuanto le di la noticia de que ahora teníamos wifi en el piso, e inmediatamente decidió llamar por Skype a Carla, probablemente como excusa para que yo no siguiera interrogándole más.

—¿Y la policía te ha dicho que no sabe nada? Ajá. Vale. Lo entiendo.

Por la parte de la conversación que yo oía, estaba claro que Carla todavía no sabía nada de los Petit, y mi suposición de que la policía no querría mezclarse había resultado correcta. Como no había indicio alguno de delito, que los Petit no aparecieran no sería un tema prioritario para la policía. Escuché con irritación creciente mientras Mark explicaba a Carla el estado decepcionante del piso, y luego se ponía a describir el pelo encontrado en el armario. Según lo explicaba él, parecía una broma, una excentricidad absurda con la que habíamos tropezado, en lugar del descubrimiento truculento que hizo que me gritara y saliera huyendo a los contenedores de basura. Ella dijo algo que le hizo reír. Y esa fue la gota que colmó el vaso.

—¡Ya basta, Mark! Cuelga de una puta vez. —No me

importaba que Carla pudiera oírme. Él frunció el ceño y levantó una mano, como si yo fuera una niña traviesa a la que había que reñir para que no interrumpiera a los adultos.

—¡Mark!

—Tengo que colgar. Ajá, ya lo sé. Es que está estresada. Gracias otra vez. —Colgó—. ¿Ya estás contenta, Steph? ¿Qué narices te pasa?

—Necesitamos el crédito del Skype. ¿Y si no podemos recargarlo desde aquí?

—No necesitas crédito para hablar con Hayden. Es gratis de ordenador a ordenador.

—Ya lo sé, pero ¿y si mamá está fuera y tengo que llamarla al móvil?

—Estás sacando de quicio todo esto, Steph.

—Ah, vale, o sea ¿que no debería preocuparme por no poder hablar con mi hija? ¿Por no poder hablar con ella porque has gastado todo nuestro crédito hablando con esa dichosa mujer?

—Carla está intentando ayudarnos, Steph.

—Pues estupendo.

Levantó las manos como si se rindiera.

—Vale, vale. Lo siento, ¿de acuerdo? —Se fue hacia la cocina.

Alterada por la pelea, comprobé mis mensajes de correo, ansiosa por distraerme. La web de intercambio de casas había enviado un mensaje bastante tibio diciendo que estaban investigando la situación, y yo estaba a punto de responderles cuando llegó a mi buzón otro mensaje totalmente inesperado.

Meses antes, y sin decírselo a Mark, había enviado cartas de solicitud a diversos agentes literarios del extranjero preguntándoles si estarían interesados en representarme para publicar la novela juvenil que escribí en un curso de escritura *online* que había hecho el año anterior. No había recibido respuesta de ninguno de ellos y, al cabo de un par de semanas comprobando obsesivamente sus mensajes de Twitter, me lo quité de la cabeza. El mensaje era de una de las agentes, una canadiense que estaba especializada en literatura infantil, y que me pedía que le enviara el manuscrito completo.

Tuve que leerlo varias veces hasta que me hice cargo.

—¡Oh, Dios mío, Mark!

—¿Qué pasa ahora? —Salió de la cocina, todavía irritado. Tomando mi expresión de sorpresa por conmoción, suavizó el tono—. ¿Qué ocurre?

Le enseñé el mensaje, observándole detenidamente. La cara se le nubló un segundo, y luego soltó un grito de alegría.

—¡Madre mía, Steph, esto es fantástico! ¿Por qué no me habías dicho que habías contratado algunos agentes?

Eso, ¿por qué no se lo había contado?

—Pues no lo sé. Supongo que no quería que me vieras fracasar. Aún me puede rechazar…

—Tonterías. Le encantará. El libro es precioso. Tenemos que celebrarlo.

Respondí a la agente con dedos temblorosos e incluí el manuscrito entero. Una oleada de calidez crecía en mi interior. La noticia podía ser la respuesta a la culpabilidad que sentía por no ganarme el pan. Después de los primeros meses de Hayden, que fueron difíciles, Mark y yo decidimos que era mejor que yo me quedara en casa con ella hasta que tuviese unos dos años y pudiera ir a la guardería, pero cuando llegó su segundo cumpleaños dejé que las semanas fueran pasando sin buscar trabajo en Internet. ¿Era el miedo lo que me mantenía paralizada? El miedo a meterme en una rutina, como le había pasado a Mark con su carrera, ¿o era simple falta de ambición? Desde luego, me aburría mortalmente en casa, y por eso me había apuntado al curso de escritura, pero así era mucho más fácil. Sabía que era buena madre, en ese aspecto no me cabía duda alguna. Y para ser justos con Mark, ni una sola vez me dijo nada al respecto.

Mark me tendió el abrigo y salimos del edificio con su buen humor restaurado, ya fuera por mis noticias o por la charla con Carla. En ese momento no me preocupaba saber cuál era el motivo.

Ahora me duele mucho pensar en el resto de aquel día. Fuimos a Notre-Dame y, al mezclarnos con los turistas que se arremolinaban en torno a la entrada, lo único que pensaba era: «Me siento bastante bien, dentro de lo que cabe». Apenas notaba el mordisco del aire frío, ni me preocupaba que el cielo estuviese gris y lluvioso. Todo era encantador y precioso, desde la arquitectura hasta las multitudes que se movían despacio y que normalmente habría encontrado irritantes y opresivas. Nos metimos en la librería Shakespeare and Company y estuvimos allí mirando libros una hora o así, luego le compramos unas crepes a un vendedor callejero y nos las comimos mientras paseábamos junto al Sena y nos dirigíamos hacia el Centro Pompidou. Preocupados por nuestro presupuesto, decidimos no gastar en entradas para museos aquel día. Al volver hacia casa nos compramos un par de botellas de vino barato en el Monoprix y un poco más de pan y fiambre.

Nos quedamos hablando hasta medianoche, y al emborracharme yo confesé mi incursión en el apartamento vecino, y luego me fui a la cama perezosamente.

No hicimos el amor aquella noche, porque estábamos demasiado cansados, supongo, pero por primera vez desde que aquellos hombres entraron en nuestra casa me sentía casi feliz.

Me desperté hacia las diez, sin haber soñado nada, con un poco de resaca. Mark no estaba a mi lado ni lo vi por ninguna parte en el apartamento. Estaba registrando la cocina para ver si me había dejado una nota cuando entró por la puerta.

—¿Steph?

—¿Dónde has estado?

—En el apartamento de enfrente. Madre mía, tenías razón, es muy siniestro. Mira. —Me puso en la mano una tarjeta de visita muy estropeada. Tenía las mejillas rojas y se pellizcaba sin parar el labio inferior. Yo empezaba a lamentar haberle contado lo de mi intrusión en aquel piso; tenía que haber pensado que él también querría ver el apartamento.

—¿Qué es?

—Una tarjeta de visita de un agente inmobiliario, «Le Ciel Bleu. Agence immobilière». Significa agente inmobiliario, ¿verdad? Estaba en uno de los cajones de la cocina. Podría ser una pista. Quizá representen este edificio y estén en contacto con los Petit.

—¿Has registrado sus cosas?

—¿Qué cosas? Quienquiera que viviese ahí se fue hace mucho tiempo. No había nada. Algo de ropa vieja en el armario, nada más. No pasa nada. Es una pista, Steph —dijo de nuevo.

—¿Así que ahora nos hemos convertido en detectives?

—Sí. Valdría la pena hablar con ellos, ¿no crees?

—La tarjeta parece muy antigua…

Ignorándome, encendió el iPad y me pidió que le leyera la dirección impresa en la tarjeta, ya muy desvaída.

—A ver si todavía existe…

Hice lo que me pedía y le deletreé el nombre letra por letra, y él lo tecleó en Google.

—¡Bingo! Sí que existe todavía. Y parece que no está lejos de aquí… podemos pasarnos.

Siguiendo las indicaciones que se había descargado Mark, encontramos fácilmente la agencia Ciel Bleu, que se alojaba en una calle lateral, entre un restaurante marroquí y una peluquería unisex muy pija.

Un hombre bien vestido, más o menos de mi edad, nos saludó calurosamente cuando entramos por la puerta. Llevaba el pelo rubio peinado hacia atrás, tenía una piel impecable y su corbata azul era exactamente del mismo tono que sus ojos. Tenía el aspecto pulcro de un maniquí de escaparate, y yo me sentí avergonzada ante mi estado de desaliño. No me había duchado, iba despeinada y no me había preocupado de maquillarme.

—*Parlez-vous anglais?* —preguntó Mark.

—Sí. ¿En qué puedo ayudarles? —Su inglés era tan pulcro como su aspecto.

Esperé a que Mark le explicara nuestra historia. Le enseñó la tarjeta al hombre, le dio la dirección del edificio y dijo que estábamos desesperados por ponernos en contacto con los propietarios de nuestro apartamento. Yo pensaba que el agente perdería el interés en cuanto se diera cuenta de que no éramos clientes potenciales, pero no, escuchó educadamente y luego dijo:

—Nosotros no representamos ese edificio, pero es posible que mi jefe sepa algo. Es el dueño de la agencia desde hace muchos, muchos años. Si quieren, puedo llamarle y preguntar…

—Sería increíble si pudiera hacerlo —dije, sonrojándome al ver que me sonreía. Miré a Mark para ver si lo había notado, pero no, o si lo había notado, no le importaba.

—*D'accord*. En este momento está *en vacances*, pero no le importará que le llame, creo. Quizá pueda ayudarles.

Mientras llamaba a su jefe, eché un vistazo a las fotos de propiedades disponibles para venta y alquiler. Los precios de los apartamentos, hasta los más diminutos, eran desorbitados.

La conversación parecía muy intensa y el tono del hombre se había vuelto muy serio, pero lo único que pude entender fueron los frecuentes «*D'accord*» y «*Vraiment?*» que iba soltando.

Al cabo de unos cinco minutos colgó y juntó sus manos de manicura perfecta.

—Es una situación muy interesante. Monsieur Le Croix dice que representó ese edificio durante muchos años, pero que dejó de hacerlo en algún momento de los noventa.

—¿Y le ha dicho por qué?

—Se volvió muy problemático. Las personas que alquilaban los pisos no se quedaban nunca. Se iban y se resistían a pagar. Dice que muchas agencias tuvieron los mismos problemas, de modo que nadie estaba dispuesto a representarlo.

—¿Dice que no querían quedarse?

—*Non*. No ha sido muy claro en este punto.

—¿Sabe de quién es el edificio, o algo de los Petit?

—*Non*. No le suena ese nombre.

La expresión febril de Mark había vuelto.

—¿Podríamos hablar con él?

—*Oui.* Les daré su dirección de correo electrónico. Pero no le garantizo que quiera ayudarles. Estará *en vacances* dos semanas más.

Le dimos las gracias efusivamente y salimos hacia el frío clima matinal.

Mark encabezó la marcha hacia Montmartre, donde nos detuvimos a comer algo y tomar un café en el sitio más barato que encontramos. Su creciente agitación por llegar al fondo del paradero de los Petit y el motivo que había detrás del abandono del edificio era contagioso. Quizá tenía que haberme dado cuenta entonces de que algo se empezaba a torcer en su interior. Esa conducta tan entusiasta no cuadraba con su enfoque habitual de la vida, pero yo estaba todavía emocionada por la noticia del día anterior sobre mi libro, de modo que se me pasó. Mientras nos bebíamos unos *cappuccinos* tibios, fuimos lanzando ideas sin parar. Durante un par de horas aquel misterio nos absorbió. Sería una historia que podríamos contarle a la gente cuando volviéramos a casa. «A que no sabes lo que nos pasó...» Era estimulante.

Cuando volvimos, Mireille nos esperaba en la puerta de nuestro apartamento, sentada en un escalón. La luz del rellano funcionaba, para variar, y veíamos la espantosa capa de lana que llevaba aquel día envolviéndola como un sucio paracaídas. Llevaba un manchurrón de pintura azul en la mejilla, y apestaba a olor corporal y a nicotina.

Ignoró a Mark y me saludó con un movimiento de cabeza.

—¿Todavía están aquí?

—Eso parece —dije yo, con la mayor despreocupación que pude.

Ella me echó una mirada compasiva.

—Los otros no se quedaron tanto tiempo.

Mark y yo intercambiamos una mirada.

—¿Qué otros? —le preguntó él—. ¿Los Petit?

Finalmente se dignó a mirar a Mark.

—Ya le dije que no conozco a esa gente. *Non.* Yo hablo de

les autres visiteurs. Como ustedes. Una familia de Inglaterra o de América. Solo se quedaron una noche. Los vi irse. Estaban muy enfadados. Y ustedes deben irse también. Se estaba mejor aquí después de irse ellos, pero aun así, mal.

—Espere. ¿Cuándo fue todo eso?

Ella se encogió de hombros.

—No lo sé, no calculo bien el tiempo.

—¿Y por qué se fueron? ¿Por qué estaban enfadados? —Mark la miraba con tanta intensidad como la que desprendía ella habitualmente, y no pude evitar pensar: «si hubiera demostrado tanta fuerza cuando aquellos hombres invadieron nuestra casa», cosa que me hizo sentir tan desleal como culpable. Habíamos salido indemnes; si nos hubiéramos resistido, ¿quién sabe lo que podía haber pasado?

Ella suspiró.

—¿Tienen mi dinero del wifi? —Lo pronunciaba wefe.

—¿Por qué se fueron? ¿Se alojaban en este apartamento? —La voz de él era más estridente cada vez.

—Cálmate, Mark —susurré.

Mireille levantó una mano, con la palma hacia arriba.

—Dinero.

Mark abrió la cartera y buscó un billete de diez euros.

Mireille dio un respingo, se puso de pie y le cogió la cartera de la mano.

—¡Eh! —Mark trató de recuperarla, pero ella la tenía fuera de su alcance.

Miraba fijamente la foto de Hayden que estaba en el bolsillo transparente. Detrás yo sabía que tenía también dos fotos de Zoë.

—¿Por qué no me lo han dicho antes?

—Devuélvamela.

Ella dijo algo para sí, en francés. Su mano quedó flácida y casi suelta la cartera. Mark se la quitó.

Ella asintió para sí, y luego me miró a mí directamente una vez más.

—Los veré esta noche.

—¿Perdón?

—Los veré esta noche. Tomaremos algo. Vendré aquí. —Se dio la vuelta y subió las escaleras.

Tendríamos que haber ido tras ella, decirle que no, pero estábamos los dos demasiado sorprendidos.

—¿Se acaba de invitar ella misma a nuestro apartamento? —dije a Mark, cuando ya no podía oírnos.

—Eso parece.

—¿Tendremos que fingir que hemos salido cuando aparezca?

Él me ignoró.

—¿Crees que los Petit han hecho esto antes? ¿Invitar a gente a alojarse en la mierda esta de apartamento?

—Pero ¿por qué? ¿Con qué motivo? No les pagamos nada. —De mala gana, expliqué mi teoría absurda de que los Petit nos estaban gastando una especie de broma extraña, esperando que él se riera. Pero no lo hizo.

—¿Y por qué estaba tan sorprendida de que tengamos una niña?

Mark se encogió de hombros.

—Quizá por nuestra diferencia de edad.

—¿Tú crees?

—Qué importa. Vamos, entremos dentro.

Mientras Mark se duchaba, yo intenté llamar a mamá por Skype, pero no estaba *online* y tampoco contestaba al móvil. Le dejé un mensaje y entré en Facebook. Lo había estado evitando, y allí tenía varios mensajes de amigos que nos preguntaban cómo nos iba el viaje. Facebook era el único vínculo real con mi gente de antes. La mayor parte de mis amigos de la uni se habían apartado poco después de quedarme embarazada, y dejé de verlos. Intenté mantener el contacto al principio, les invité varias veces, pero nuestras reuniones siempre eran un poco incómodas y no se quedaban mucho tiempo. Tendían a tratar a Mark con un respeto precavido, como si fuera mi padre, más que mi marido. Pensé en contarles mis noticias sobre la agente de mi libro, pero decidí no hacerlo para no tentar a la mala suerte. Al final, salí sin publicar ninguna actualización.

Después de la ducha, Mark desapareció en la cocina y volvió empuñando un cuchillo.

—Es hora de ver lo que hay en las cajas.

—¿Crees que deberíamos?

—¿Y quién nos lo va a impedir? Los Petit, si es que existen, han perdido el derecho a la privacidad, por lo que a mí respecta. —Apuñaló con el cuchillo el costado de la primera caja y quitó la cinta que sellaba las solapas. Desconcertado, Mark sacó un vestido de novia blanco que apestaba a moho y que habían metido allí con muy poco cuidado. No parecía caro, era un vestido de confección, estilo princesa, de poliéster brillante y con una enagua hecha con muchas capas de tul barato por debajo, que parecía peligrosamente inflamable. Nada más.

—Prueba la siguiente.

La segunda no contenía nada más que un montón desordenado de libros de cocina franceses de los años setenta y herramientas oxidadas para hacer manualidades. Mark tiró el cuchillo en la mesa.

—Mierda.

—Tendríamos que sentirnos aliviados de que no contengan más pelo horrible de ese. O peor aún: trozos de cadáveres o algo.

Decepcionado, Mark empezó a meter los libros y herramientas de nuevo en la caja y fue al baño.

Mi ordenador emitió un sonido, señalando que había recibido un mensaje. Con el corazón saltándome en el pecho (¿sería de la agente literaria?), lo abrí de inmediato.

No era de la agente.

11

Mark

El hematoma que tengo en la espalda puedo explicarlo, seguramente habré tropezado con algo sin darme cuenta, pero no el corte que tengo en el interior del labio. Me miro la cara en el espejo del baño, tocándome la boca en el sitio donde ella me ha mordido. Fragmentos del incidente se agarran a mí como los restos de un sueño, pero no, era real: me aprieto con la uña la herida y escuece, como confirmación. No debería regodearme en esto.

«Aquella chica no era Zoë», me repito a mí mismo por enésima vez, porque, sencillamente, no es posible. «En primer lugar, Zoë no hablaba francés», me dice interiormente una voz nada convincente y presa del pánico. Aquella chica probablemente tenía más de catorce años, quizá estuviera borracha o drogada o algo. Eso tendría más sentido, me haría sentir menos como si estuviera marcado a fuego.

Decía que yo la había matado. Que nunca me lo perdonaría. Mi mente racional me recuerda que eso me lo he inventado yo: soy «yo» quien nunca se perdonará a sí mismo, y no debería hacerlo nunca. La muerte de un niño no es algo por lo que te puedas perdonar. No hay perdón que valga para una cosa así.

—¿Mark?

—¿Sí? —respondo.

—No te lo vas a creer —dice Steph, saliendo del salón.

Me lavo las manos y me echo algo de agua en la cara, y luego salgo a reunirme con ella.

—¿Qué pasa?

Ella levanta la vista desde el iPad.

—Pues pasa que los Petit me han contestado…

—Ah, estupendo. Ya era hora. ¿Qué han dicho?

Ella señala el mensaje que se lee en la pantalla. Son solo dos líneas como respuesta a los últimos mensajes urgentes que les ha enviado Steph. «Excusamos por retraso. Estábamos apartados un minuto. Esperamos disfruten nuestro bonito apartamento.»

—Qué raro, ¿no? —dice Steph, se pone de pie y va a enchufar el cargador del iPad en el enchufe.

—No hablan muy bien inglés, ¿recuerdas? Supongo que, si yo tuviera que escribir algo en francés, tampoco me saldría muy bien.

—Sí, pero después de este tiempo… Seguramente habrán notado que estábamos preocupados.

Me encojo de hombros.

—Quizá es el típico *laissez-faire* de estos galos. ¿Quién sabe? Pero me alegro de que se encuentren bien. Ya no tenemos que preocuparnos más.

—Creo que tampoco te habías preocupado tanto.

—Sabía que al final todo iría bien.

—¿Crees que todavía querrán ir a alojarse a nuestra casa? El mensaje es bastante vago…

—Bien dicho. Quizá deberíamos preguntárselo.

—Pues vamos. —Ya está tecleando en la pantalla—. También le diré a Carla que están bien y que a lo mejor aparecen después de todo.

La miro así inclinada ante el ordenador, con el jersey un poco caído a un lado, revelando un bonito escote. «Estoy casado con ella —pienso—. La chica con ese escote decidió estar conmigo.» Ella me pilla mirándola, sonríe y se pone de pie.

—Vamos a cocinar algo bueno para cenar —digo algo violento al ver que me ha pillado comiéndola con los ojos—. La loca va a venir a cenar con nosotros, después de todo.

—Mireille. Solo se ha invitado a tomar una copa.

—Pero podemos comprar ingredientes frescos en esta

misma calle por poco dinero. ¿Cuándo hemos tenido la oportunidad de hacer una cena francesa auténtica con comida de mercado? Podemos celebrar un poco más la buena noticia de tu libro. Será como si viviéramos en el canal Viajes.

Steph asiente.

—Claro, estupendo.

Luego me besa en la mejilla y se inclina hacia mí y nos abrazamos, estrecha y cálidamente. No sé cuándo fue la última vez que nos abrazamos de esa manera, y qué bien sienta, Dios mío.

Al cabo de una hora hemos conseguido saltar la barrera del lenguaje y, señalando con el dedo y sonriendo, hemos recolectado chorizo, unas cuantas olivas negras, un paquete de pasta, unos tomates gigantes estriados increíbles a los que ellos llaman corazón de buey, una cabeza de ajos, un puñado de perejil que huele a tierra, como si lo hubieran cogido en una granja esa misma mañana, una baguette y un poco de queso Comté, peras y mandarinas y, por supuesto, cuatro botellas de vino, todo ello por no mucho más de lo que habríamos pagado por los mismos artículos en casa.

Empujamos la puerta de la calle y entramos en el patio del edificio. Steph va hablando de que ha visto a un carlino vestido con una cazadora de cuero, y yo quiero que ese humor dure. Pasamos junto a la puerta desgastada del trastero de la planta baja, y yo deliberadamente aparto de mi mente cualquier idea de fantasmas, de víctimas, de muerte. Esto de ahora mismo, pasar un rato feliz con mi mujer, es mucho más importante que cualquier historia lúgubre, y no voy a consentir que me lo estropeen.

¿Quiénes, Mark?

Pues todos ellos, todos los muertos.

Vamos subiendo la escalera negra como la tinta, guiándonos por la débil luz de mi teléfono, ahora ya familiar, abrimos y entramos a través de la pesada puerta. Yo abro la pequeña ventana de la cocina mientras Steph pone un poco de música, melodías felices que conjuran imágenes de jóvenes modernas y despreocupadas bailando en una playa a la luz del amanecer; eso fue Steph para mí cuando la conocí, exótica en su juventud y ligereza. Nunca me habría imaginado que tenía una oportunidad, que me merecía una oportunidad, que podía pisar la misma playa de ensueño que ella, que todas mis cicatrices, pesares y tristezas podrían habitar el mismo planeta que ella. Pero aquí está, en una cocina parisina conmigo, moviendo las caderas mientras saca la compra de la bolsa.

Steph da un respingo.

—Oh, mierda.

Un jarro de agua fría.

—¿Qué pasa, Steph?

—Que no hemos comprado aceite de oliva.

—Dios, por poco haces que me dé un infarto.

—Lo siento. ¿Volvemos a bajar?

—Bah, no. Cortamos unas rodajitas de esta salchicha y la frotamos en la sartén caliente. Yo creo que le dará el aceite necesario.

—Ah, buena idea. Me gusta cuando te pones en plan *Master Chef*.

Descorcho una botella de vino, un Malbec argentino que era más barato en la capital de Francia, y sirvo una copa para los dos. Steph da un sorbito y va tarareando la melodía mientras enjuaga una bandeja y empieza a cortar los tomates. Yo me apretujo contra ella y empiezo a picar los enormes dientes de ajo.

—Escucha, Steph. Quería decirte que lo siento.

Ella no dice nada, pero maneja el cuchillo más despacio.

—Ya sabes, el simple hecho de estar aquí estos días me ha hecho ver algunas cosas. Sobre mí mismo. Después del robo realmente he tenido muchos problemas. No supe cómo reaccionar, cómo daros lo que Hayden y tú necesitabais. Creo que no me he estado comportando como la persona que era cuando me conociste. Como la persona que tú… —Y la frase queda en el aire.

Ella se detiene y se vuelve hacia mí.

—Como el hombre del que me enamoré —dice—. Puedes decirlo. —«Hombre» y «amor», dos palabras que he tenido dificultades para aplicarme a mí mismo desde la invasión doméstica—. Te quiero, Mark. Y sé que lo has pasado muy mal últimamente.

Yo asiento y sonrío, porque me cuesta un poco recuperar la voz.

—Gracias. Pues eso, que lo siento. Carla y tú teníais razón, necesitábamos esto.

Ella se estremece un poco, casi imperceptiblemente, al oír el nombre de Carla, y yo deseo no haberlo dicho. Pero ella me sorprende dirigiéndome una sonrisa descarada.

—Y ahora que hablamos del tema, ¿qué hay entre Carla y tú? He intentado llegar al fondo del asunto desde que te conocí. La primera vez que salimos juntos a aquel concierto en Kirstenbosch, yo pensaba de verdad que estabais saliendo. A mí me interesabas mucho, y pensaba que estabas tonteando conmigo, pero Carla siempre estaba ahí, contigo, descaradamente. Me fui a casa y le dije a mi compañera de piso que a lo mejor queríais hacer un trío.

—¿Un trío? —balbuceo—. Madre mía... Si lo hubiera sabido, no le habría dicho nunca que viniera. Ella siempre había formado parte del grupo. —No era estrictamente cierto. Nos acostamos una noche, justo después de que se fuera Odette. Un error. Yo estaba borracho y sentía mucho dolor, y Carla estaba allí. Después acordamos fingir que no había ocurrido nunca, y había dejado que pasara demasiado tiempo para contárselo a Steph. Ella no lo entendería.

—¿Qué hay entonces? ¿Está enamorada de ti? ¿Está celosa de nosotros?

—No. —Nunca me han hecho estas preguntas concretas tan directamente. Nunca he pensado en todo ello. Sencillamente, no era relevante—. No. Ella sabe que te quiero mucho. Tú me has salvado. Eres la segunda oportunidad que nunca pensé que tendría. He tenido algunos... —Me callo. Ella ya sabe lo suficiente de Zoë, mi carga más pesada, y Zoë no debe aparecer por aquí esta noche.

—Bueno es saberlo. Yo siempre he tenido la sensación... de que Hayden y yo competíamos con todos los demás de tu vida, de que nunca hemos sido tan reales, tan importantes.

—Bueno, entonces me alegro de decirte lo que siento. Yo adoro a Hayden. Ella me da una razón para, bueno, ya sabes, para hacer todo lo que hago. Para seguir intentándolo. Y tú eres la persona más importante de toda mi vida. —La beso en la mejilla y ella se inclina hacia mí, una señal de que todo va bien, así que le paso la mano por la espalda de la blusa. De nuevo se aprieta contra mí y murmura al oído: «Ni se te ocurra», y luego vuelve a los tomates. Intentando contener mi excitación (me siento como un adolescente), bebo un poco más de vino y paso al perejil, y Steph va quitando las semillas de tomate a mi lado.

—Yo también lo siento —dice, al cabo de un rato—. No me hacía nada feliz dejar a Hayden, eso ya lo sabes. Pero está muy bien con mamá; de hecho, se lo está pasando bomba, y no estoy segura de que hubiese disfrutado realmente aquí. Ha sido un pequeño desastre, ¿no?

—No del todo. Este apartamento es una mierda, eso desde luego. Pero la ciudad es tan maravillosa como esperábamos, ¿no? —Steph asiente—. Y he llegado a conclusiones que no habría conseguido ni con años de terapia. Es asombroso cómo un cambio de escenario puede darte perspectiva al momento. Es un tópico, pero es cierto... unas vacaciones son tan buenas como... —Pero no es cierto.

—¿El tópico no dice que el cambio es tan bueno como unas vacaciones?

—Sí, bueno, eso es mentira. Yo me quedo con las vacaciones, siempre. —Se echa a reír—. Me alegro de que hayamos venido.

Ella se lo piensa un poco y luego dice:

—Yo también.

Esos tres hombres con sus cuchillos todavía ensombrecen mis pensamientos, pero estamos lejos de aquella casa, Hayden está lejos también. Todos nos encontramos a salvo. Por primera vez desde el atraco, esos hombres están tan profundamente alejados de mí que ni siquiera puedo oler su hedor, ni oír sus ladridos, ni sus voces ininteligibles, ni el ahogado gimoteo de Steph. Tan alejados que puedo enterrar la sensación emasculadora de indefensión y vergüenza que sentí cuando apartaron a Steph de mí y me vi obligado a quedarme en el salón, demasiado incapacitado por el miedo para suplicar siquiera por la vida de mi familia. Por primera vez desde aquella espantosa noche, creo que nos va a ir bien.

Cerca de las ocho Mireille anuncia su presencia con un repetido forcejeo en el pomo de la puerta. Parece que se ha lavado un poco para la ocasión, y se ha puesto un bonito abrigo rojo encima de un vestido con estampado floral muy distinto de los mugrientos jerseys, chales y pantalones informes que la hemos visto llevar antes. Lleva una botella casi llena de Armañac en la mano derecha.

—Entre. Adelante —dice Steph, adoptando el papel de amable anfitriona—. Déjeme que le coja el abrigo.

Mireille pone el brandy en la mesa de centro, deja el abrigo en manos de Steph y da una vuelta por el salón.

—Huele bien aquí —dice—. Ha pasado mucho tiempo desde que se preparó comida aquí. —Se dirige hacia la ventana, cuyos postigos he conseguido abrir del todo con algunos utensilios de cocina, y se asoma hacia el patio que está debajo, con la cara tan cerca de la ventana que su aliento empaña el cristal—. Ahora está abierto.

—Sí —dice Steph, mirándome. Ese «ahora» confirma que Mireille ha estado aquí antes. El aire que entra por el hueco de la faja de la cortina es fresco y se mezcla bien con el aroma a cocina, de modo que disipa el olor a moho y la atmósfera estancada del piso. Me pregunto si Mireille lo aprobará, porque parece importante, no sé por qué, pero ella no dice nada más, solo coge la pesada cortina marrón, la cierra un poco y luego la vuelve a juntar.

—¿Puedo ofrecerle algo de beber? —Cojo la botella de

brandy de la mesa de centro—. ¿Querrá un poco de esto? ¿Con agua? ¿Hielo?

Ella hace una mueca que podría pasar por una sonrisa.

—Pueden guardarlo para luego quizá.

—¿Un poco de vino? —pregunta Steph, asomando a la puerta de la cocina con una botella en la mano.

—Vino. Sí.

No sabía qué esperar de ella, pero si las cosas siguen con esta formalidad algo tiesa, va a ser una velada muy larga; espero que se suelte pronto. Se sienta a la mesa del comedor, pequeña y cuadrada, y yo me uno a ella. Cuando Steph le trae una copa, ella da un sorbo y mira silenciosamente por la ventana las siluetas oscuras de los edificios y el oscuro cielo nocturno que queda tras ellos. Se muestra casi recatada, totalmente aislada, como una mujer solitaria en un cuadro de Hopper o una foto de Bresson. No queda nada de la furia defensiva o de la rudeza que nos ha mostrado hasta el momento. Parece como si el fuego que ardía en su interior se hubiese apagado.

Estoy a punto de ponerme en pie e ir a comprobar cómo está la pasta y rogarle a Steph que cambie su sitio conmigo y se saque de la manga alguna conversación, cuando Mireille se vuelve hacia mí y me dice:

—No siempre soy amable, ya lo sé. Es que tengo miedo, y solo confío en mí misma para cuidarme, ¿sabe? Está bien que estén preparando una cena familiar, como solía hacerse aquí, hace mucho tiempo.

«Cuénteme algo de su familia —quiero decirle—. ¿Quién vivía aquí con usted? ¿Por qué ahora no vive nadie, y qué demonios de historia hay detrás de las cosas del trastero?» Pero la verdad es que no sé qué hacer. Ahora que sabemos que al menos los Petit están vivos, quizá deberíamos pasar esta semana como podamos y volver a casa. Todo el mundo es amable con los demás, Mireille, Steph y yo, y quiero proteger ese débil equilibrio.

Pero Steph se apoya en la puerta de la cocina, con un trapo en la mano.

—¿De dónde es su familia?

—Yo siempre he vivido en París.

—¿Vivía aquí con su familia? Decía que no tenía hijos, ¿no?

Echo una mirada a Steph.

—No tenemos que interrogarla, cariño.

—¿Por qué no sirves la pasta? —me dice esbozando una sonrisa falsa y arrojándome el trapo. Ocupa mi sitio frente a Mireille. Con algo de alivio, me meto en la cocina y las oigo hablar.

—Ustedes tienen solo una criatura, ¿verdad? —pregunta Mireille.

—Sí, una niña. Tiene dos años.

—Creo que tienen dos niñas —dice Mireille.

Steph no se para a pensarlo y habla:

—Mark también tenía una… —empieza. «Dios mío, Steph.» Toso con fuerza y ella cambia de tema—. ¿Le pongo un poco más de vino?

—Gracias.

Hay una pausa incómoda y a continuación yo intervengo:

—Su inglés es muy bueno, *madame*.

—Estudié un año en Londres.

—¿Y qué estudió?

—Empecé a estudiar contabilidad, pero pronto volví aquí a estudiar arte.

—¿Y cuánto tiempo lleva en este edificio?

Miro a través de la puerta a Steph y doy unos golpes con la cuchara para llamar su atención. Esto empieza a parecer un interrogatorio policial.

Pero Mireille sigue contestando obedientemente nuestras preguntas, quizá porque esta noche está meditabunda. A lo mejor el cerebro ya no le funciona demasiado bien.

—Mucho tiempo. Por eso no puedo irme tan fácilmente. Toda mi vida está aquí, aunque ellos quieren que me vaya.

—¿Quiénes? ¿Quién quiere que se vaya?

Si Steph sigue interrogando a Mireille, ella se acabará

cerrando en banda y nunca averiguaremos la historia de este edificio. Remuevo la olla por última vez y salgo a sentarme y empiezo a parlotear sobre nuestras vacaciones. A todo el mundo le gusta que un visitante alabe su ciudad, de modo que hablo de lo mucho que estamos disfrutando la arquitectura y las antiguas calles y los productos frescos, pero Mireille me interrumpe.

—Ahora les conozco. Conozco a su familia, a su niña. Esta noche me he decidido por fin. Me voy.

—¿Se va de dónde? —pregunta Steph—. ¿De aquí, quiere decir?

—*Oui.*

—¿Por qué?

—Uno no puede huir de su historia. —Me mira al decir esto—. Siempre ha estado conmigo. Creía que a lo mejor se iría con la última gente. *Mais non.* Ahora debo llevármela conmigo, o si no se quedará con ustedes.

—Pero ¿el qué...? —pregunto, mientras Steph invalida mi pregunta con la suya.

—¡Basta! —dice Mireille. Y luego, más bajo—. Como he dicho, pensaba *qu'il était parti*, que se había ido... con las últimas personas. Ellos sufrieron, pero no lo suficiente, creo. Estaba equivocada. Lo siento por ustedes. Lo siento por su hija.

Vale, esto está llegando a un nivel ridículo y truculento, y realmente está estropeando la atmósfera que habíamos conseguido crear hoy en este sitio. Esta mujer está loca, eso es todo, y no tendríamos que haber esperado que nos diera ninguna información. Me pongo de pie y doy un golpecito a Steph en el brazo.

—Necesito que me ayudes un poco en la cocina, por favor. Discúlpenos, *madame.*

Steph se separa de la mesa y me acompaña hasta la cocina.

—Mira, tú haz esto. —Finjo, golpeando los platos y la cuchara de pasta entre sí para disimular mi voz—. Está loca. No vamos a sacarle ninguna información.

—Está haciendo esfuerzos para expresarse, eso es todo. Dejémosla que hable. Podemos intentar cuadrar lo que nos diga ella con lo que dice el agente inmobiliario, y luego ya veremos.

—¿Ya veremos el qué? ¿Por qué es importante? Parece que estamos investigando unas cosas que no nos conciernen. Deberíamos dejarla en paz.

—Quiero saber —dice ella, echando salsa encima de la pasta.

Yo niego con la cabeza. No voy a disuadir a Steph y no quiero pelearme, de modo que simplemente me quedaré callado y me beberé el vino. Esta cena ha sido un error estúpido. Corto la baguette en trocitos y, mientras los coloco en una tabla de cortar con un poco de queso, oigo que gime la guillotina de la ventana al abrirla. Steph lleva dos platos de pasta y los oigo golpear y entrechocar mientras grita:

—¡Mireille! ¡No!

Solo tengo tiempo de darme la vuelta y mirar por la ventana de la cocina, donde veo a Mireille asomada hacia fuera, en el alféizar, empujando los hierros oxidados que en tiempos sujetaron un parterre, saltar y caer con soltura, de cabeza. El vestido de flores aletea luminoso cuando desaparece.

12

Steph

Estaba a poca distancia de Mireille cuando se tiró por la ventana, pero no oí el cuerpo estrellarse contra el patio empedrado de abajo. O quizá sí lo oí y he bloqueado ese recuerdo. Los oídos me zumbaban con fuerza, los platos que llevaba en la mano cayeron con estrépito al suelo, y fui consciente vagamente de que se me doblaban las piernas. Pero no chillé... de eso estoy segura.

—¡Steph, Steph!, ¿qué ha hecho? —gritaba Mark. Yo todavía no podía moverme. Noté que chocaba contra mi hombro al correr hacia la ventana y mirar abajo—. Oh, mierda —dijo—. Oh, mierda, Dios... —Se volvió hacia mí—. Está viva. Está intentando moverse, Steph. Respira.

Un brote de adrenalina tan rápido y brutal como una descarga eléctrica me recorrió por completo y volví en mí.

—Llama a una ambulancia, Mark. Llama a la policía —parecía absolutamente calmada. Me sentía absolutamente tranquila. Sabía que no era racional. Lo lógico era que estuviera hecha un flan, que presenciar el intento de suicidio de Mireille hubiese reactivado el síndrome postraumático que me acosaba desde la invasión de mi casa.

—¿Qué número es? Joder...

—Búscalo en Google, Mark.

—Vale... bien. Sí.

Yo salté por encima de la pasta que manchaba el suelo, recogí un cojín y la manta del sofá y me dirigí hacia la puerta.

—Steph... ¿qué estás haciendo?

—Voy con Mireille. Necesita ayuda.
—Espera. Voy contigo, déjame que…
—No hay tiempo, Mark. —Y salí de la habitación.

Había muy poca sangre. Se había tirado de cabeza, pero debió de retorcerse mientras caía, de modo que yacía de costado, con el brazo izquierdo en un ángulo extraño por debajo de su cuerpo, el hombro dislocado. El lado izquierdo de la cara lo tenía apretado contra los guijarros, pero el ojo derecho estaba abierto. Tenía el vestido de flores remangado, revelando unos muslos pálidos y llenos de cicatrices, cubiertos de un vello oscuro.

Me agaché a su lado y suavemente la cubrí con la manta.

—Mireille…

Respiraba con jadeos entrecortados y breves.

—Uh, uh, uh…

—Mireille, no se mueva, ¿de acuerdo? Van a mandar ayuda.

—Uh.

Diminutos fragmentos blancos rodeaban su cabeza como un halo.

«Son trocitos de diente, son trocitos de diente», pensé, con esa misma calma helada. Su ojo derecho revoloteaba como loco en la órbita.

Pensé en levantarle la cabeza para meter el cojín debajo, pero no me quería arriesgar a hacerle más daño. Levanté la vista hacia la ventana. No tenía que haber sido capaz de pasar a través de ella con tanta facilidad. Apareció una sombra detrás del marco.

—¡Mark!

—Ya están de camino —dijo—. Bajo ahora mismo.

Me volví de nuevo hacia Mireille y le cogí la mano derecha con la mía. Estaba helada y flácida, y manchada de pintura al óleo azul. Empezó a llover y yo fui apartando suavemente las gotas que amenazaban con metérsele en los ojos.

Ella gimió, dejando escapar una respiración resonante y rota. Intentaba levantar la cabeza.

—No. No se mueva, Mireille. La ambulancia está a punto de llegar. Todo irá bien.

Ella intentaba hablar.

La miré al ojo, pero no pude detectar señal alguna de que supiera quién era yo, ni que comprendiera lo que le estaba pasando.

—Sssh... Intente calmarse. Llegarán enseguida.

—*Je... Je pense...*

Tuve que esforzarme para oírla.

—Sssh.

Y entonces susurró, con toda claridad:

—*Je suis désolée.*

Una disculpa, pero de alguna manera parecía también una amenaza.

Dejé su mano y me aparté de ella, poniéndome en cuclillas. Algo duro se me clavaba en la palma: un trocito de diente roto. Me puse de pie, frotándome las manos en los pantalones vaqueros para quitármelo. Segundos después, oí pasos que se acercaban corriendo, y luego voces y luces llenaron todo el patio. Mark me llevó a un lado mientras tres sanitarios con sus monos se ajetreaban alrededor de Mireille.

La claridad y la calma desaparecieron entonces. Ya habían hecho su trabajo. Empecé a temblar. Mi recuerdo de las dos horas siguientes es fragmentario, pero esto lo sé con seguridad: Mark y yo estábamos allí cuando un joven sanitario con una estrella tatuada en la muñeca la declaró muerta. Eran exactamente las ocho cuarenta y cinco.

Mientras Mark llevaba a un par de gendarmes de rostro ceñudo arriba, al apartamento, yo esperé junto a los buzones, de espaldas al patio. Cuando volvió, una mujer policía educada pero seria nos pidió nuestros documentos de identidad, y nos llevó en coche hasta la comisaría más cercana. Después de entregarle nuestros pasaportes y declarar por separado, medio atontados, ante unos agentes de uniforme, nos llevaron hasta una habitación anónima que olía a café y a pintura. Los policías franceses que yo había visto deambulando por la ciudad me intimidaban con sus armas automáticas y su aspecto duro, pero todos los que nos encontramos aquella noche sin excepción eran amables y hablaban bien inglés.

Mark me apretaba la mano con fuerza todo el rato. Le tocaba a él hacerse cargo. No sé cuánto tiempo nos dejaron en aquella habitación, pero me parecieron horas. Apenas hablamos. De vez en cuando, cuando él tenía la sensación de que debía tranquilizarme, me apretaba los dedos.

Al final, una mujer esbelta con las manos muy pequeñas y patas de gallo muy marcadas entró en la habitación pisando fuerte y nos dedicó una sonrisa cansada.

—Siento muchísimo haberles hecho esperar tanto. Soy la capitana Claire Miske. Deben de estar ustedes muy cansados. Hemos informado al consulado de su país de los acontecimientos ocurridos esta noche, cosa necesaria cuando un extranjero está implicado en una muerte sospechosa.

—No ha sido sospechosa —murmuré yo—. Ya se lo hemos dicho, ha saltado.

La policía asintió. Tenía los ojos inyectados en sangre y las uñas totalmente mordidas.

—Ya lo sé. Pero, aun así, nosotros la llamamos sospechosa. Es la terminología.

—Lo siento.

—No importa. Ya sé que han pasado ustedes una conmoción. Fatal para sus vacaciones, *non?*

Mark me echó una mirada. El eufemismo del año.

—¿La embajada sudafricana va a enviar a alguien a ayudarnos? —preguntó.

—*Ce n'est pas nécessaire, monsieur.* Les hemos asegurado que no les entretendremos durante mucho rato más. En estas circunstancias, es probable que el *procureur* pida una investigación completa, pero nos contentamos con...

Un oficial uniformado metió la cabeza por la puerta, nos miró y dijo algo en francés a la mujer policía.

—Ah —nos dijo entonces a nosotros—. Perdonen. No tardaré mucho. ¿Quieren un poco de café? ¿Agua?

—Gracias —dijo Mark.

Una nueva ansiedad me agarrotó la garganta.

—¿Y si hay una investigación y quieren que nos quedemos aquí, en París, Mark? ¿Y si creen que nosotros... Dios, y si piensan que tenemos algo que ver con su muerte?

—No, no lo creen. No llegará a tanto.

—¿Cómo lo sabes?

—Esa capitana parecía agradable, ¿no? Y si tuviéramos problemas, hubiera aparecido alguien de la embajada, de eso estoy seguro.

—¿Sí?

—De verdad, Steph.

—¿Les has contado lo que nos dijo Mireille justo antes de saltar? ¿Todas esas locuras que murmuraba?

—Les he contado que decía tonterías —dijo él, interrumpiéndome—. Les he dicho que no nos imaginábamos que iba a hacer lo que hizo. Y que apenas la conocíamos.

—¿Crees que a lo mejor nos oyó...?

—Le he dicho a la policía todo lo que necesitaban saber, Steph. —Su voz se volvió fría—. Ella estaba loca. No debes agobiarte con nada de lo que dijo. No la conocíamos en absoluto. Y ella tampoco nos conocía a nosotros. Esa es la verdad. ¿Por qué complicar las cosas?

Entonces apareció una mujer guapa con el pelo oscuro, y nos tendió a cada uno un vasito de plástico de café negro sorprendentemente bueno.

Cuando se fue, Mark suspiró y me volvió a coger la mano.

—Lo siento si me he mostrado un poco duro. Todo irá bien, Steph. Hemos pasado cosas peores...

Apoyé la cabeza en el hombro de Mark. Eché una cabezadita, pero no soñé.

La capitana con patas de gallo volvió al final, disculpándose de nuevo por tenernos esperando. Me sentí aliviada al ver que nuestros pasaportes estaban en el expediente que puso encima de la mesa, frente a ella.

—*D'accord*. Creo que debería decirles que la mujer a la

que ustedes conocían como Mireille no era una desconocida para nosotros. Tenía cierto historial.

Mark soltó mi mano. No me había dado cuenta de lo sudorosa que la tenía.

—¿Qué quiere decir con eso de «la mujer a la que ustedes conocían como Mireille»? ¿No se llamaba Mireille en realidad?

—*Oui*, disculpas. Es solo, ejem, una forma de hablar. Esa mujer había estado en muchas instituciones. Estamos intentando contactar con su familia, pero hemos hablado con su médico, y nos ha dicho que a menudo hablaba de acabar con su vida, y que lo había intentado antes. Parece que esta vez ha tenido éxito.

—Qué lástima —murmuré, aunque, para ser sincera, estaba demasiado exhausta para sentir compasión por Mireille en aquel preciso momento. Mark me volvió a coger la mano.

La mujer policía fue hojeando el expediente.

—He leído sus declaraciones, por supuesto. ¿Dicen que ella misma se invitó a cenar en el piso donde se alojan ustedes?

—Sí.

—Y que antes no vieron señal alguna de que quisiera, ejem, hacerse daño, ¿no?

—No —dijo Mark—. Como les he dicho, apenas la conocíamos. Me había tropezado con ella en las escaleras un par de veces, y solo pensaba que era excéntrica. E inofensiva.

Ella asintió.

—*D'accord*. Sin embargo, parece que ese era su plan. Morir delante de ustedes. Saltar por la ventana.

Noté que Mark estaba tenso a mi lado. Él había abierto aquella ventana. Él había desatrancado obsesivamente aquellos postigos. Si no los hubiera abierto, ella seguiría viva, ¿o quizá habría encontrado otra forma de hacerlo?

Me salió de nuevo la voz.

—¿Por qué nosotros? Éramos unos desconocidos…

—¿Quién sabe? Esa mujer. Estaba… no sé cómo lo dicen ustedes… mal de la cabeza. Estaba enferma. Todavía lo estamos investigando, pero creemos que vivía ilegalmente en el edificio. No alquilaba su estudio.

—¿Estaba de okupa?

—*Oui.*

—¿Y tendremos que volver para la investigación?

—Si el *procureur* quiere una investigación completa, puede costar varios meses completarla. Nos pondremos en contacto con la embajada de su país y les informaremos, si es *nécessaire*. Tenemos todos sus datos. Por ahora, nos contentamos con saber que ustedes no han tomado parte en esta situación.

—¿Podemos irnos?

—*Oui.* Estamos intentando contactar con los propietarios de su apartamento para informarles de lo que ha ocurrido.

—Pues que tengan suerte —murmuró Mark.

—*Pardon?*

—No son gente demasiado comunicativa que digamos. —Mark le informó brevemente de nuestra relación con los Petit: que no aparecieron por nuestra casa, el mensaje críptico que nos acabaron mandando…

—Ah, ya lo veo. Pero por ahora mi jefe dice que pueden volver allí.

Me sobresalté.

—Espere… ¿cómo? ¿No es la escena de un crimen?

—Ya hemos recogido todo lo que necesitábamos de allí. Por supuesto, si prefieren alojarse en un hotel, ustedes deciden.

—Nosotros… no es una opción —dijo Mark.

—¿Necesitan ayuda para volver a su apartamento?

—*Non, merci.*

Nos tendió nuestros pasaportes y nos acompañó a la puerta. Con un brusco apretón de manos, se alejó.

—No puedo volver allí, Mark —dije en el momento en que ella ya no pudo oírnos.

—Ya lo sé. Claro que no.

—No podemos quedarnos allí —dije otra vez—. Yo no

pienso quedarme allí. Quiero irme a casa, Mark. Quiero irme a casa ahora mismo.

Él me pasó el brazo alrededor y me besó el pelo.

—Ya lo sé. Vamos. Salgamos de aquí y vamos a hacer planes.

Hacía sol cuando salimos al exterior. Llevábamos en la comisaría más de diez horas, pero yo suponía que todavía estaría oscuro y lluvioso cuando saliéramos, porque el tiempo se había detenido para nosotros. Me empezaba a doler el cuerpo como si tuviera la gripe, destrozado por la falta de sueño y los efectos secundarios de la ansiedad y la adrenalina. Y además hacía frío. Muchísimo. El abrigo de Carla estaba en el sofá, en el apartamento. No había pensado en cogerlo cuando nos llevaron a la comisaría de policía. Me apreté bien la chaqueta de lana en torno al cuerpo, sintiéndome desnuda en comparación con los turistas y la gente que iba a trabajar, envuelta en su lana y sus forros polares, y seguí a Mark hasta la estación de metro más cercana. Iba muy pegada a él, sin preocuparme de lo que pensaran los demás, y él hizo que nos subiéramos a un tren, y luego pasamos a través de un increíble laberinto de túneles de metro, y acabamos saliendo al bulevar familiar y hacia nuestro Starbucks. De nuevo me sentí agradecida por el calor que desprendía.

Mark compró unos *cappuccinos* y un par de cruasanes (que no tocamos ninguno de los dos) y discutimos nuestras opciones. Lo primero era cambiar los billetes de avión. Bebí un sorbo de café, casi sin saborearlo, mientras Mark marcaba el número de teléfono de información de Air France, y le pasaban de empleado en empleado.

Colgó y suspiró.

—A menos que compremos un billete nuevo, lo cual está descartado, lo mejor que pueden hacer es ponernos en lista de espera para mañana por la noche.

—No quiero irme mañana. Quiero irme ahora.

—Ya lo sé —suspiró de nuevo—. He hecho lo que he podido, Steph.

—Lo siento. Ya sé que lo has hecho. Vale. Está claro que no tenemos el dinero suficiente para un hotel. ¿No deberíamos ir a la embajada sudafricana, contarles que estamos en aprietos y que necesitamos ayuda?

Mark me dedicó una media sonrisa.

—Tenemos un sitio donde alojarnos, Steph. Nuestra embajada, precisamente, es muy poco probable que nos pague una habitación de hotel. ¿Crees que tus padres podrían enviarnos un giro con algo de dinero o reservarnos una habitación de hotel?

Un respingo... no había pensado en Hayden desde hacía horas.

—No quiero preocuparlos. Y además, ellos nos compraron los billetes, deben de estar justos de dinero.

Mark asintió.

—Está bien. Voy a pedírselo a Carla. Puede reservarnos algo *online*. Después, cuando volvamos a casa, podemos pagarle.

Vale, estupendo, Carla al rescate. A ella le encantaría. Pero tenía razón, no había nadie más.

Mientras llamaba a Carla, yo me metí en el lavabo de señoras. No me atrevía a mirarme en el espejo, pero de hecho no tenía mal aspecto. Todavía llevaba el rímel intacto, y la piel en torno a los ojos solo la tenía ligeramente hinchada. No parecía que hubiera sufrido una espantosa conmoción, en absoluto.

Mark sonreía cuando volví a la mesa.

—Nos ha reservado un sitio en Pigalle. La he cogido justo a tiempo. Estaba a punto de irse al campo... va a un festival de poesía. —Como de costumbre, hablar con Carla le había levantado el ánimo como ninguna otra cosa conseguía hacerlo.

—¿Le has contado lo que ha pasado?

—Sí. Te envía todo su cariño.

—Estupendo —sonreí tensa.

—Deberíamos sacar nuestras cosas del apartamento. ¿Quieres quedarte aquí mientras voy yo?

Le quise mucho por eso. Estaba tan exhausto como yo.

—No. —Busqué en mi interior a la Stephanie calmada y controlada que había aparecido la noche anterior. No podía dejarle ir solo—. Acabemos con esto de una vez.

Intenté no mirar demasiado de cerca el lugar donde ella había muerto, pero la mirada se me iba sola hacia allí. Afortunadamente, la lluvia de la noche había lavado la sangre.

No levanté la vista hacia la ventana, y tampoco lo hizo Mark.

Iba pegada a él en lo posible mientras subíamos por la escalera. El aire estaba demasiado tranquilo, como si el edificio estuviera conteniendo el aliento.

—Háblame, Mark.

—¿De qué?

—De cualquier cosa. Está demasiado silencioso.

—Vale. ¿Crees que la policía habrá conseguido contactar ya con los Petit?

—Lo dudo. Parecían eficientes, pero no creo que tengan superpoderes.

Mark rio un poco y la tensión de la atmósfera se suavizó.

—¿Estás preparada? —me preguntó Mark cuando llegamos al rellano del tercer piso.

Yo asentí, pero me eché atrás mientras Mark trasteaba con la llave. El hedor agrio a salsa de tomate estropeada nos saludó al entrar. Me sentía reacia a respirar con demasiada fuerza, como si el aire fuera venenoso. «*Je suis désolée*», resonaba la voz de Mireille en mi cabeza. ¿Qué era lo que sentía? ¿Haberse matado delante de nosotros? ¿O era algo más?

«Alto —me dije a mí misma—, no sigas por ahí.»

Alguien, supongo que alguno de los policías, había pisado la pasta y la salsa desparramadas por el suelo, y veía las huellas de sus botas con una claridad forense. La ventana seguía abierta de par en par. La lluvia de la noche había entrado en el interior, salpicando los suelos de madera. Vi que Mark miraba hacia allí, pero no pude captar su expresión. Sabía que tendríamos que hablar de la ventana, en algún momento. «No ha sido culpa tuya», quise decirle, pero no lo hice.

—¿Puedes hacer las maletas? —me preguntó—. Tengo que ir a ver si Carla ha dejado hecha la reserva.

Corrí al baño a recoger mi maquillaje y champú, y luego metí la ropa en la maleta de cualquier manera, mezclando lo limpio y lo sucio y sin molestarme en doblar las camisas de Mark. No podía evitar la sensación de que si no nos íbamos de aquel apartamento «en aquel preciso instante», no podríamos salir nunca de allí. Cerré las maletas de golpe y las arrastré al salón.

—¡Lo tenemos! —sonrió Mark—. Ha hecho la reserva.

—¿Y es muy lejos?

—No. Me he descargado la dirección. ¿Estás lista?

—Sí.

—Vamos. —Cogió su maleta con ruedas y se dirigió hacia la puerta.

Estábamos a mitad de camino de la escalera cuando me di cuenta de que me había dejado el abrigo de Carla.

—Joder.

—¿Qué pasa?

—El abrigo de Carla. Me lo he dejado encima del sofá.

—Coge mi maleta, te lo traeré.

—No, ya voy yo.

Tenía que ir. Antes de irnos para siempre, tenía que asegurarme de que no había nada que temer en aquel apartamento. Una mujer loca había decidido egoístamente matarse delante de nosotros. Y eso era todo. Yo era fuerte. No necesitaba que Mark me hiciese de niñera.

Pero aun así, contuve el aliento al abrir la puerta y agarrar el abrigo, y no me atreví a mirar por la ventana. Porque sabía en lo más profundo de mi ser que, si miraba, la vería allí de pie, abriendo y cerrando la boca llena de sangre, entrechocando los dientes rotos y diciéndome que lo sentía con un tono que parecía una amenaza. El terror me atenazó las piernas y se me subió a la garganta, y eché a correr tras cerrar la puerta de golpe. El miedo solo disminuyó cuando vi la luz del sol que se filtraba en el vestíbulo de abajo.

—¿Todo bien? —me preguntó Mark cuando me reuní con él en el patio.

No me salía la voz. Asentí con la cabeza y me entretuve un rato abrochándome el abrigo. Qué idiota. Estaba dejando que la imaginación me jugara malas pasadas. Apenas había dormido, tenía la mente ofuscada por la conmoción y el agotamiento. Y eso era todo. Cogí un par de Urbanols y me los metí en la boca. El acolchamiento hizo su aparición justo cuando llegábamos al hotel, un sitio diminuto con un toldo sucio color granate por encima de la puerta. La recepción estaba forrada de mármol falso, y la chapa del mostrador estaba llena de burbujas y agrietada.

—Me parece bien —dijo Mark.

Yo conseguí sonreír.

El recepcionista, un hombre árabe de mediana edad, nos saludó con calidez, y Mark explicó que teníamos una reserva.

—*D'accord*. No se puede entrar hasta las dos, pero pueden dejar aquí su equipaje.

Nos miramos. Faltaban tres horas y media. Podríamos aguantar. Habíamos pasado por cosas peores.

—De acuerdo.

Mark dio su nombre y el recepcionista volvió al ordenador.

—*Non*. Lo siento. No hay nada con ese nombre.

Mark explicó que una amiga nuestra había reservado la habitación para nosotros y le pidió que mirase a ver si lo había hecho con el nombre de Carla.

—*Non*. Lo siento.

—Este es el Hotel Troix Oiseaux, ¿no?

—*Oui*.

Me daba cuenta de que Mark estaba luchando para mantener la compostura. Las pastillas que yo había tomado suavizaban agradablemente mi propia ansiedad.

—Espere. —Mark sacó el teléfono y fue pasando hasta encontrar el mensaje de correo de Carla conteniendo la confirmación de la reserva. Se lo tendió al recepcionista—. Mire.

El hombre suspiró y me dirigió una mirada de simpatía.

—Ah. Ya veo lo que ha pasado. Ve, su amiga ha hecho la reserva para marzo. Y ahora estamos a febrero. Supongo que se ha equivocado.

—¿Puede cambiarlo?

El hombre se encogió de hombros, disculpándose.

—*Mais non*. Se ha reservado a través de una web con descuento. Debe cambiarlo su amiga.

—¿Y usted no puede hacerlo?

—Lo siento muchísimo, *monsieur, mais non*. Lo que podemos hacer es que usted me page ahora y reserve una habitación, si tiene una tarjeta de crédito. Tenemos una habitación libre.

Mark dio una palmada en el mostrador, lleno de frustración, pero el recepcionista no perdió su actitud amable.

—No es posible. ¿Puedo usar su wifi?

—Claro.

Me senté en una silla junto a un hibisco de plástico polvoriento. El café del Starbucks me daba vueltas en el estómago, mientras Mark intentaba localizar a Carla.

—No responde. Debe de haber salido ya para el festival.

—Sigue intentándolo.

—Le he dejado tres mensajes en el buzón de voz, Steph. Joder. —Se pasó una mano por el pelo. Necesitaba un afeitado con urgencia.

—¿Y ahora qué hacemos? —pregunté. Pero ya sabía cuál era la respuesta.

13

Mark

Estamos juntos muy acurrucados en las Tullerías, en un banco húmedo, tan frío que la pátina de rocío se está convirtiendo en hielo encima del metal, mientras lo miramos. Es muy tarde, está tan oscuro como puede llegar a estar en el centro de París; hay luces por todas partes, brillando en las farolas ornamentadas y en los faros de los lujosos turismos negros que pasan rugiendo a lo largo de la Rue de Rivoli; un resplandor rico y cálido procede de los edificios señoriales que rodean el parque de gravilla. Las fuentes también están iluminadas, así como las pirámides de cristal, y luego está el resplandor constante de los flashes de las cámaras de los turistas y la luz de sus móviles.

Podría ser bonito, podría ser romántico, pero la verdad es que me estoy congelando y estoy agotado, me duelen los pies, la astilla que me clavé en la planta del pie me da más pinchazos que nunca, y Steph llora en mi cuello, no porque intente consolarse conmigo, sino porque también está aterida y cansadísima. La llovizna helada se ha vuelto más pesada y se está empezando a convertir en aguanieve, que lleva de aquí para allá el viento que se está levantando del río.

—Tenemos que volver —le digo—. Ya no podemos quedarnos aquí.

—Lo sé —murmura ella, apretada contra mi chaqueta, con los labios entumecidos.

Me levanto, mis músculos y huesos protestan. Le he prometido al hombre del Hotel Trois Oiseaux que arreglaríamos lo de la reserva y volveríamos, así que nos ha dejado guardar nuestro equipaje en su vestíbulo, y hemos salido. Cuando ya nos íbamos andando, he pensado: «Estamos en París, hay suficientes cosas para ver y hacer toda la noche... quizá podamos quedarnos hasta mañana y pasar una última noche redentora en la Ciudad del Amor». No se lo he dicho a Steph porque ella todavía está muy agobiada por la muerte de Mireille y sé que le parecería que soy un insensible por pensar que todavía podemos divertirnos. No es que no me importara Mireille, pero, para mi vergüenza, también estaba enfadado con ella. Las cosas habían empezado a ir mejor entre Steph y yo. El viaje empezaba a funcionar de la manera que se suponía que tenía que funcionar: nos estaba acercando por primera vez desde el asalto, empezaba a hacernos sonreír. Y entonces... eso.

Enfurruñado, me resistía a perder más tiempo pensando en Mireille, pero no podía convencer a Steph de que la olvidara. Esperaba que nuestro paseo final por la ciudad hiciera que poco a poco se fuera sintiendo mejor. Quizá pudiéramos andar toda la noche y acabar transformados por la experiencia, como aquellos jóvenes amantes de *Antes del amanecer*.

De eso hace trece horas, y ahora estoy destrozado. Hemos ido caminando bajo la lluvia helada, sin saber adónde. Primero hemos ido volviendo hasta el Centro Pompidou, en cuyo enorme y cálido vestíbulo nos hemos refugiado e incluso hemos conseguido conectarnos a su wifi gratuito. He probado a contactar con Carla otra vez para dar gusto a Steph, pero, como esperaba, no ha habido respuesta... cuando sale de la ciudad nunca conecta su teléfono. Hemos ido paseando por la Place Vendôme, obscenamente rica, con todas las marcas de lujo alineadas en tiendas de un tamaño monumental, para que la gente normal y corriente que no lleva Rolls y Bentleys de tamaño gigantesco se sienta absolutamente insignificante. Steph y yo parecíamos vagabundos bajo la mirada de los porteros vestidos de Armani. Desde allí hemos ido bajando por el río y a lo largo del bulevar Saint-Germain, y luego hemos entrado en los jardines de Luxemburgo. Otro día cualquiera habría sido de ensueño, pero la verdad es que ya íbamos arrastrando los pies, cada vez más cansados y hambrientos. He empezado a sentir auténtica simpatía por los refugiados y sus marchas de la muerte. Incluso he cometido el error de decírselo a Steph, pensando que comprendería a qué me refería y por qué lo decía, que no es que fuera displicente, pero ella de inmediato se ha apartado de mí y me ha dicho:

—Dios mío, Mark, tan amable y sensible como siempre...

Ha costado varias larguísimas manzanas más y una bajada de las temperaturas que volviera a mi lado. Cuando me ha empezado a doler la vejiga, inexplicablemente, puesto que no habíamos bebido más que un sorbito de agua de una fuente pública desde la mañana, hemos seguido los carteles que conducían al Louvre, sabiendo que encontraríamos un baño en el vestíbulo. Y aquí estamos ahora, en este parque monumental, sentados en este banco que se está congelando por momentos, y llevamos ya aquí media hora.

Sí, habríamos podido caminar toda la noche y que fuera una experiencia transformadora. Claro que sí. Pero los amantes de *Antes del amanecer* eran jóvenes los dos, y la noche en blanco que pasaban era en verano. Al final, Steph y yo no podíamos dejar atrás el apartamento de los Petit.

—Lo de *Antes del amanecer* pasaba en Viena —afirma Steph.

Me quedo mirándola. Ni siquiera me había dado cuenta de que hablaba en voz alta. ¿Y por qué me lleva ella la contraria tan descaradamente?

—Ah, no, estoy bastante seguro de que era París. Incluso empieza con una conferencia en la librería Shakespeare and Company. He visto esas películas varias veces, o sea que... —Pero a medida que hablo, me doy cuenta de que ella tiene razón.

—París es la segunda, cuando están más cansados, más tristes y más viejos.

—Mierda, tienes razón. Lo siento. —Estaba seguro de

que tenía razón, hasta que me he dado cuenta de que estaba equivocado: mi vida en una frase.

Steph se apoya en mi brazo para levantarse y yo me rehago y me siento útil.

—Por eso no ha salido bien, pues. Tendríamos que haber ido a Viena. —Abro mi abrigo y ella se acurruca dentro, y damos unos cuantos pasos vacilantes así, hasta que nos damos cuenta de que no funciona. Mi abrigo no es lo bastante grande para los dos, y los muslos que van entrechocando nos impiden andar bien. Nos soltamos, pero noto con alegría que ella me coge del brazo y se aprieta contra mí. Probablemente solo para entrar en calor, pienso, pero a lo mejor no es así.

Aunque es tarde, la explanada está todavía llena de turistas y peatones, y veo el vapor que sale de los carritos que venden crepes y chocolate caliente.

—Me muero de hambre —digo—. Vamos a comernos uno.

—¿Cuánto dinero nos queda?

Sé que no tenemos dinero suficiente para comer como es debido hasta mañana y que nos quede para los billetes de tren para el aeropuerto.

—Vamos bien —miento, ignorando tozudamente los hechos y dejando los problemas del día siguiente para el día siguiente. Si no puedo comerme una crepe con Nutella y una taza de chocolate caliente con mi esposa en París ahora mismo, costará muchísimo borrar el espanto de esta semana.

Así que, aunque el tentempié cuesta el doble de lo que costaría en el distrito 9, me trago el pánico y la culpabilidad y le tiendo al hombre el dinero porque ya me he comprometido, y el vendedor ya está extendiendo la masa en la plancha, y yo no sé decir en francés: «Ah, no, anule el pedido», o «Haga solo una en lugar de dos». Hay gente detrás de nosotros en la cola.

La crepe y el chocolate caliente están deliciosos, y todo remordimiento se desvanece: ahora mismo vendería hasta mi casa por esto, y por ver la cara que pone Steph. Sonríe por primera vez hoy. Me arriesgo a tocarle la mejilla y quitarle una mancha de Nutella. Me pregunto qué hacer con mi dedo manchado de chocolate, pensando que debería chuparlo, pero Steph me sorprende inclinándose hacia mí y metiéndose mi dedo en la boca, y al momento nos estamos abrazando estrechamente y nos besamos. Me concentro en disfrutar del momento, pero no puedo evitar vernos desde la distancia: somos unos amantes en París, indistinguibles de cualquier otra pareja imperfecta y cascarrabias, y aquí estamos, sufriendo todas las pruebas que nos impone y habiendo conseguido dejarlas a un lado durante un momento porque nos amamos. Esto era lo que yo quería que nos proporcionara esta semana. Siento como si el peso de mi vida se hubiese aligerado, como si estuviera salvado.

—Cuánto lo siento —me dice Steph junto a la mejilla—. He estado muy distraída todo el día. Es que... Ha sido...

—Ya lo sé. No hay nada que sentir. Yo también lo siento.

Curva los labios de esa forma pragmática suya, y sé que será mejor que no diga nada más ahora, que no le llene los oídos con mis tonterías románticas. Pero quiero que el momento quede marcado de alguna manera.

—Ya casi estamos, Steph. Todo irá bien.

—Mmm —dice ella. Hace una pausa—. Tengo frío.

—Volvamos. Todo irá bien. No creo que en ese piso haya nada más que pueda perjudicarnos.

Vamos a la estación de metro más cercana. Mi cuerpo se niega a ir andando hasta el apartamento, aunque nos ahorraría unos euros, y al cabo de quince minutos ya estamos subiendo por las escaleras de Pigalle. Tras unas cuantas vueltas en falso, encontramos el Hotel Trois Oiseaux, esperando que nos devuelvan nuestro equipaje, pero la puerta de entrada está cerrada y el vestíbulo está oscuro, iluminado solo por una lamparita en el mostrador. Detrás de este no hay nadie.

Cuando llamo al timbre desde fuera, no oigo ningún sonido que responda en el interior. Llamo con los nudillos y miro.

—Está cerrado, parece —dice Steph.

—No indica nada. Deberían tener un horario por alguna parte.

Steph sencillamente chasquea la lengua y se vuelve y

echa a andar. Yo la sigo a toda prisa y mis articulaciones se quejan por el esfuerzo.

—Vamos dentro —dice ella. Luego murmura algo así como: «No se puede hacer que el mundo se acomode a tu gusto», pero no estoy seguro.

—¿Qué?

Ella no lo repite, sino que se limita a alejarse sin decir nada, y yo la sigo cojeando, hasta que llegamos a la puerta de la calle del edificio. Noto que el corazón me da un vuelco en el momento en que atravesamos el umbral y nos metemos en el patio oscuro. El resplandor lechoso de mi teléfono es muy distinto del alegre brillo animado de las Tullerías. Deliberadamente evito iluminar el empedrado, y volvemos a subir las desgastadas escaleras que pensábamos que no volveríamos a ver nunca más. Hay algo distinto en el edificio: notamos la ausencia de Mireille en el silencio, casi podemos imaginar la ausencia de humo de cigarrillos, brandy y olor a pintura, pero desde luego no es más que una fantasía.

Steph enciende la luz en el mismo momento en que abro la puerta de entrada, y nos asalta el olor a comida de la noche anterior, con un punto de putrefacción, pero no huele demasiado mal. Al menos huele a algo, a vida recién vivida, en lugar del vacío mohoso que envuelve como una mortaja el resto del edificio.

Sin decir una palabra, Steph se quita las botas y se dirige al baño, mientras yo me esfuerzo por quitarme los vaqueros y el jersey húmedos con los dedos entumecidos y meterme en la cama. Me sienta muy bien: hace casi dos días que no duermo, y mi cuerpo se entrega, aliviado.

Se me están cerrando ya los ojos cuando Steph entra a toda prisa, frotándose vigorosamente con una toalla.

—No hay agua caliente, joder —dice.

En otro momento, un buen día, podría decirle que la ayudaría a entrar en calor de otra manera, pero no puedo sugerirle eso ahora mismo, y sé que tampoco lo apreciaría, de modo que intento ser útil saliendo de la cama y mirando el tablero eléctrico que hay junto a la puerta de entrada. No sé qué es lo que busco, pero Steph viene detrás de mí, envuelta en una manta.

—Todos los interruptores están hacia arriba —dice—. Ya lo he comprobado. Vamos a intentar dormir. Estoy muy cansada.

Así que nos metemos en la cama y nos apretamos el uno contra el otro y de nuevo tengo la sensación de que simplemente nos prestamos calor animal mutuamente, limitándonos a agarrarnos con fuerza para pasar la noche.

Pronto Steph ronca a ráfagas irregulares, con el aliento entrecortado y desigual, y yo intento dormir también, sabiendo que, si podemos hacer que pase el tiempo lo antes posible hasta la mañana, nos iremos de este sitio para siempre. Pero a pesar de mi cansancio, o quizá a causa de él, no puedo dormir, y los pensamientos repetitivos van formando espirales en mi mente. Voy repasando el amasijo de imágenes de la comisaría, las horas interminables entre paredes institucionales, voces bajas y café fuerte, o del vasto laberinto de calles por las que hemos pasado y el frío, el cansancio y el hambre. Se podría pensar que para mis huesos y músculos bastaría con recrearse en la relativa comodidad de esta cama caliente, aunque algo abollada, y relajarse, pero, por el contrario, están tensos al recordar a Mireille arrojándose desde el alféizar de la ventana. Esa imagen se aleja, sustituida por la chica del museo, su cuerpo firme y alto y su pelo fragante. «Era Zoë, idiota», me dice alguien, y es un actor lascivo con la cara de cera y una sempiterna sonrisa. Debo de estar dormido porque ahora me encuentro en el pequeño trastero del edificio, miro entre un montón de ropas desechadas, y escarbo entre ellas desesperadamente, arrojándolas detrás de mí hacia un colchón manchado de sangre, y cada prenda hace que alguien detrás de mí grite de dolor. Me vuelvo e intento quitar la sábana de encima de la chica que llora y sangra, desgarrando desesperadamente la mortaja, que no acaba de salir, por mucho que tire y rompa la sábana, porque es Zoë, la Zoë que yo conocía, la Zoë de siete años, y está enterrada bajo aquella pila de ropa polvorienta, enterrada en el fondo, su llanto ahogado y desesperado, luchando por respirar. *Tos, tos, jadeo.*

Me despierto sobresaltado y Steph se da la vuelta de lado y sigue durmiendo. Yo respiro hondo e intento calmar mi corazón, coger el aire que necesita Zoë, con la piel húmeda y fría, roja por la adrenalina. A medida que las imágenes se van perdiendo de vista, queda una parte del sueño: el sonido de un sollozo, un gemido persistente intercalado con lamentos y lloros muy agudos. Es exactamente como lloraría Zoë si estuviera completamente exhausta y se sintiera fatal. Esta vez no es el gato, lo sé con toda seguridad; incluso hay palabras entremezcladas con los sollozos, un murmullo ininteligible, un sonido que no podría emitir ningún gato.

Miro por encima la espalda de Steph, solo para asegurarme, aunque el sonido de llanto viene de mucho más lejos que esta cama. El ritmo de su respiración hincha y deshincha la curva de su costado con un movimiento bajo y regular. No es ella.

Mireille está muerta. No hay nadie más aquí.

Cierro los ojos e intento dormir. Estoy cansadísimo. Me pongo una almohada encima de la cabeza, pero el llanto parece seguirme, aun debajo de ese escudo. Oigo una palabra que se distingue de los murmullos desconsolados. *Papi.*

Cuando Zoë era pequeña, era Odette normalmente la que acudía a ella por la noche, pero en ocasiones se había dormido profundamente y yo me espabilaba y a veces conseguía consolarla. Entonces me sentía como un héroe. A veces, cuando Zoë se despertaba y quería que alguien ahuyentara a sus monstruos, me llamaba a mí, no a Odette. Me habría llamado así: «Papi».

«No es Zoë, idiota. Zoë está muerta. Tú la mataste.»

«Papi.»

Necesito aire. Salgo del dormitorio dando tumbos, me dirijo a la ventana e intento abrirla, pero está cerrada de nuevo. Estoy a punto de romper el cristal cuando me lo pienso mejor y por el contrario me pongo los zapatos y el abrigo, cojo las llaves y bajo las escaleras. Sin molestarme en encender el teléfono para que me dé luz, bajo a toda velocidad las escaleras completamente a oscuras, intentando huir de mi pánico, pero este se encuentra en mi interior. Sin darme cuenta he llegado al patio y estoy de pie exactamente en el mismo sitio donde cayó Mireille, mirando hacia arriba, al retazo de un naranja sulfúrico que se encuentra donde debería estar el cielo, y aspiro bocanadas de aire, como si con eso fuera a limpiarme.

Y funciona hasta cierto punto, porque al menos ya no oigo más los gritos de Zoë. Gradualmente voy siendo consciente de mí mismo. Estoy allí de pie en ropa interior, con zapatos pero sin calcetines y con abrigo; tengo las piernas entumecidas por el frío, y el patio estrecho y empedrado me resulta familiar, pero tiene algo distinto. Entonces me doy cuenta: la leve luz que se filtra a través de la sucia ventana del patio.

Alguien vive allí, en el trastero. Eso explica los sonidos, las palabras, el llanto. Tendría que dejarlo ahí, quedarme satisfecho porque hay alguien o algo a quien culpar de las molestias por la noche; eso haría que durmiera algo mejor, ¿no?

No debería acercarme a la ventana, acercarme a esa puerta descascarillada que parece más bien la barricada final de un matadero. Debería volver a subir y hacer compañía a Steph durante el resto de esta agitada noche. Pero los fragmentos de mi último sueño todavía siguen adheridos a mi mente: Zoë ahogándose, buscando mi ayuda bajo aquel sudario asfixiante.

Los pies me llevan hacia la ventana y miro a través de ella. Esa decisión no tiene nada que ver con mi mente. El trastero está iluminado por el apagado resplandor naranja de una antigua bombilla que queda absorbido por las superficies cubiertas de polvo de los muebles tapados.

Pero no hay nadie allí, ningún movimiento, nadie que jadee con su último aliento.

«Es que estoy muy cansado», me digo a mí mismo, llenándome los pulmones de aire. El sonido de la lluvia entre la niebla, que cae sobre los guijarros del empedrado, intensifica el silencio acolchado de este patio, amurallado y alejado de la ciudad constante, con las adormecidas ventanas de los edificios colindantes alzándose ante mí. Su frescor me hace revivir. Debería volver a la cama; todo será mucho más fácil por la mañana. Me vuelvo hacia el edificio, sin aliento, con el corazón todavía latiendo erráticamente, y al hacerlo me sobresalta un sonido metálico y un chasquido en el extremo más alejado del patio, y una luz que parpadea sobre la entrada a la escalera.

Me sorprende el hecho de que la luz no haya funcionado nunca antes, y me pregunto si será Steph, que viene a buscarme (no puede ser nadie más), pero una pequeña sombra pasa ante la pared que tengo enfrente, seguida por otra. Entonces oigo un quejido sobrenatural, pero que esta vez reconozco: el maldito gato. Por poco me da un infarto.

Voy hacia la alcantarilla donde lo he visto por última vez y me agacho para mirar dentro, pero no hay nada. Paso más tiempo del que debería allí, metiendo el brazo en la tubería e intentando sacar al gato. Huele a pescado podrido y a aguas residuales en el sumidero, e intento dejar a un lado la idea de que la sangre coagulada de Mireille todavía debe de estar atrapada allí. Saco el brazo, con la manga del abrigo remangada hasta el bíceps y el antebrazo cubierto de porquería.

Me estoy levantando otra vez cuando oigo los ligeros pasos de alguien detrás de mí. No estoy seguro de cómo explicarle a Steph por qué me he agachado medio desnudo hacia la boca de un desagüe. Me vuelvo despacio.

Zoë, de siete años, me sonríe, con las manos a la espalda. Lleva solo unos vaqueros y una camiseta, y su largo pelo está empapado y oscurecido por la lluvia.

—¿Qué estás haciendo aquí fuera, Zoë? —digo, y mi mente salta por encima de todo lo real—. Debes de estar congelada. Ven. —Me adelanto y me quito el abrigo y se lo ofrezco, pero lo dejo caer cuando me enseña lo que tiene en las manos.

—Tengo algo para ti.

El gato sisea y bufa entre sus brazos. Zoë le sujeta las

patas eficientemente con sus fuertes manos, de modo que no pueda escaparse ni arañarla. El gato retuerce la cabeza, intentando darle un mordisco, un maullido bajo surge de su interior.

—Déjalo, Zo. Suéltalo.

—Pero ¿por qué, papi? Yo sé que lo odias. No te deja dormir.

Doy un paso hacia ella, suplicando, ignorando mi temblor, notando como si el corazón se me intentara salir del pecho desnudo.

—Cariño, yo te enseñé que no había que hacer daño a los animales. Siempre te dije que era malo.

Ella me ignora.

—Yo también lo odio. Hace que me ahogue —dice, mientras cambia su presa y mueve el gato hacia su mano derecha.

—¡No! ¡No lo hagas!

Es demasiado tarde. El gato chilla cuando Zoë lo aprieta y retuerce. Oigo el crujido de su cuello cuando se queda callado de repente, y Zoë empieza a arrancarle puñados de pelaje. Yo corro hacia ella y le quito el cuerpo del animal de las manos, y su sangre mana a raudales desde su boca hacia mí.

—Pero ¿qué has hecho?

Es la voz de Steph. Levanto la vista hacia ella.

—No he sido yo. Ha sido ella. —Señalo hacia el lugar donde estaba Zoë de pie, pero ella ha desaparecido.

—Déjalo, Mark. Suéltalo. Nos vamos de aquí ahora mismo.

Consigo ponerme de pie, aturdido. Me miro los brazos, cubiertos de lodo y de sangre, y luego el estómago, las piernas.

—Pero tengo que limpiarme. Vestirme.

—Tú quédate aquí. Te traeré una toalla y tus cosas. Ni se te ocurra volver a entrar en este edificio. Nos vamos de este puto sitio. Ahora mismo.

El cansancio y el frío seguramente han podido conmigo, porque apenas soy consciente de que Steph ha vuelto y me está frotando con las delgadas toallas de los Petit y ayudándome a ponerme los vaqueros, que todavía están húmedos, y metiéndome el abrigo. Deja las toallas en el patio, encima del cuerpo del gato, y me conduce hacia fuera y cierra la puerta después. Yo voy tambaleándome por las calles grises, y Steph viene jadeando detrás de mí.

Me apoyo en una pared un momento y abro los ojos, y veo a Steph que está en el vestíbulo de un edificio, gritándole a un hombre que está detrás de un escritorio. Sé que tendría que estar haciendo algo más para ayudar, debería implicarme, pero hace muchísimo frío. Me subo el cuello y entonces aparece Steph y me empuja para que suba una colina de nuevo.

—Sujeta esto, Mark —dice Steph, colocándome la mochila pequeña a la espalda y luchando por llevar nuestras dos maletas con ruedas detrás de ella. Yo sacudo la cabeza y me aprieto los ojos, intentando aclarar las telarañas y ayudarla, pero estoy muy cansado.

—¿Puedes creer al gilipollas ese? Decía que no nos devolvía nuestras maletas porque Serge no tenía que haberse ofrecido a guardárnoslas desde un principio. «Con todo el teggogismo que hay ahoga mismo, *madame*, debegíamos sentignos afogtunados.» Estoy harta de este sitio.

No sé cómo, Steph consigue meterme a mí y a nuestro equipaje en la estación de metro de Pigalle, y luego cambiamos de nuevo en una pequeña estación que está en la superficie. Aunque todavía está oscuro, hay mucha actividad a nuestro alrededor, gente que trabaja y empieza entonces su jornada. En el reloj del tren dice que son las 5.52. La caminata y luego el momento sentados en el tren me ayudan a revivir lo suficiente para decir:

—No he sido yo, Steph.

Ella se limita a menear la cabeza.

—¿Adónde vamos?

—A la Gare du Nord para coger un tren hasta el aeropuerto.

—Pero el vuelo es a las once de la noche.

Ella se vuelve hacia mí y me fulmina.

—¿Te parece que estoy dispuesta a perder un solo minuto más en esta ciudad? ¿Qué me sugieres? ¿Ir a ver algún sitio turístico, quizá subir a la torre Eiffel, almorzar en un restaurante con tres estrellas y luego encontrar otro maldito bicho despanzurrado?

La gente del vagón nos mira.

—¡Sssh! —siseó—. Te lo he dicho. No he sido yo, ha sido...

—Cállate, Mark. No me digas ni una palabra más. —Cruza los brazos en el pecho y mira al vacío.

Cuando el tren se detiene en la Gare du Nord, al menos me he recuperado lo suficiente para seguir llevando la mochila y ocuparme de mi propia maleta. Con una amarga carga de silencio entre nosotros, vamos desde la estación de metro y atravesamos los confusos niveles de la terminal hasta llegar a las máquinas expendedoras de billetes adecuadas. Me detengo y miro a mi alrededor antes de sacar la cartera; es viernes por la mañana, muy temprano, y la estación está repleta de gente: muchos parecen amenazadores, con sus capuchas bajadas y las zapatillas de deporte que los señalan como arquetípicos criminales del primer mundo. Me avergüenzo un poco de mí mismo, pero, con nuestro colorido equipaje y nuestro paso vacilante, destacamos a kilómetros de distancia como turistas aptos para ser desvalijados.

Pero todo es relativo, porque, cuando saco la cartera, lo único que encuentro son dos euros y treinta y cinco céntimos, y mi impotente tarjeta de crédito. Steph encuentra otro euro cuarenta en su bolsillo. Necesitamos veinte euros para los billetes de tren.

—Mira —dice Steph, señalando la hilera de torniquetes situados enfrente de la entrada de la línea del RER B—. Todo el mundo pasa por la puerta para cochecitos de bebé. No tienen billete. Podemos seguir a alguien que vaya al otro lado. Todo el mundo lo hace.

—No, Steph. Es ilegal viajar sin billete. No me importa si lo hace todo el mundo.

—Entonces ¿qué? ¿Cuál es la alternativa?

No le digo nada; no puedo ni siquiera abrir la boca, sino que simplemente salgo a la explanada tendiendo la mano hueca hacia arriba, señal universal de necesidad. Es vergonzoso, pero si esta situación me obliga a convertirme en un criminal, sería peor que ellos.

Steph ni siquiera intenta detenerme; se limita a murmurar:

—Tienes que estar de broma... —Luego aparta nuestras maletas hasta una verja y se sienta en una de ellas, apoyando la barbilla en la mano. Ahora mismo me gustaría desaparecer, tragado por la tierra; no me sentiría decepcionado si uno de esos gánsters o estafadores que pasa me diera una paliza de muerte, me quitara todo lo que tengo y me tirara al suelo.

Pasan cuarenta minutos mortificantes. No sé qué me pone más violento, si mi propia situación o la actitud de Steph, sentada junto a la verja, deseando estar en cualquier lugar del mundo menos aquí, asociada con cualquiera en el mundo entero menos conmigo. Mientras yo defiendo mi postura absurda, sin sentido, por principios, los chicos mayorcitos se ríen de mí, los turistas me evitan, los trabajadores apresurados me mandan a la mierda, y al final un hombre alto y moreno, con un quepis blanco, se acerca a mí con una sonrisa. Detrás de él su mujer, su hijo y su hija le esperan pacientemente. La mujer lleva un hiyab de muchos colorines, y el de la hija es largo y morado. El hijo lleva un traje muy pulido, una versión en pequeño de la de su padre, que me habla en inglés.

—¿Qué le pide a Alá hoy, hermano?

Hablo con franqueza.

—Mi mujer y yo necesitamos dieciséis euros con veinticinco para comprar unos billetes de tren para el aeropuerto.

El hombre saca su cartera y de ella dos billetes de cinco y uno de diez, y me los ofrece. Veo que le queda poco más en la cartera y pienso que debo rechazarlo, pero de pronto me parece lo menos honrado que puedo hacer hoy.

—Muchas gracias —digo—. *Merci.* Deme su dirección y se lo devolveré.

—*Non* —dice—. Piense en Suleimán y su familia en sus oraciones, *d'accord?*

—Gracias —le digo de nuevo, y veo alejarse a la familia, sintiéndome como un estafador. Nunca voy a rezar por ese hombre. No soy creyente y no rezo. No tengo absolutamente nada que ofrecerle.

—¿Estás contento? —dice Steph cuando me reúno con ella—. Coger dinero de un hombre que probablemente tiene menos que nosotros…

—Sí, en realidad lo estoy —digo.

—Pues muy bien, Mark. Perfecto, joder. —Me mira cinco segundos enteros y veo el rencor que hierve en sus ojos y que ella no puede contener—. Me parece estupendo: das la cara por ti mismo y tu propia y puñetera moralidad, pero no puedes dar la cara por tu mujer y tu hija cuando se las lleva a un dormitorio un pelotón de hombres armados. —Y se aleja antes de poder notar siquiera el dolor que se refleja en mi cara.

14

Steph

No me relajé hasta que el avión empezó a correr por la pista mojada por la lluvia. Hasta entonces esperaba que la auxiliar de vuelo me diera un toquecito en el hombro, sonriera como disculpándose y dijera: «Lo siento mucho, señora, pero ha habido un error. Usted y su nervioso y trastornado marido tienen que salir cagando leches del avión». Y nos quedaríamos atrapados en ese aeropuerto otro día entero, sin dinero, una idea insoportable después de diez horas incómodamente sentados en una silla de plástico resbaladizo, bebiendo café malísimo.

Cuando llegamos a Charles de Gaulle, hice que nos instalásemos a la vista del mostrador de embarque de Air France, a unos pocos metros de una salida. Nos abofeteaba una ráfaga de aire helado que apestaba a humo cada vez que las puertas se abrían, pero no me importaba. Nuestro vuelo no se abriría hasta al cabo de horas y horas, pero estaba tan desesperada por subirme a ese avión que no podía relajarme a menos que tuviera el mostrador a la vista.

Mark se durmió una hora mientras soportábamos aquella odisea, con la cabeza echada hacia atrás y la boca abierta, tan inmóvil como un cadáver. Demasiado ansiosa para dormitar, yo conseguí dejarme llevar por una novela de Kate Atkinson que había permanecido en el fondo de mi maleta toda la semana sin retener ni una sola palabra, e intenté no odiar a la gente que iba de vacaciones o de negocios y hacía cola despreocupadamente ante las máquinas de facturación.

Consumí los treinta minutos de wifi gratis haciendo poco más que enviar un correo a mi madre, diciéndole que todo iba bien y que nos pondríamos en contacto al día siguiente. No quería gafar las cosas haciendo saber a mi familia que habíamos cambiado el vuelo hasta que supiera con toda seguridad que podríamos subirnos a ese avión. Después fui andando de aquí para allá, me comí un cruasán rancio y arrastré la maleta arriba y abajo hasta el lavabo para salpicarme la cara con un poco de agua y cambiarme de ropa (a pesar del aire helado que soplaba desde las puertas, a medida que pasaban las horas acabé empapando en sudor dos camisetas). Estaba de pie, vacilante, junto al mostrador de embarque, cuando este último se abrió. No éramos los únicos que queríamos meternos en aquel avión, pero la mujer del mostrador era amable y fingió creerse mi excusa de la emergencia familiar. Quizá fue Mark el que consiguió que nos hicieran caso. Yo le había lavado el abrigo en el lavabo de señoras, intentando no vomitar cuando la sangre seca del animal y un enmarañado puñado de pelos taponó el lavabo, pero tenía los ojos inyectados en sangre y angustiados. Parecía que estaba de luto de verdad.

Mi ansiedad disminuyó un poco más cuando el avión se estabilizó. Mientras la mujer que ocupaba el asiento de la ventanilla estaba leyendo un libro muy concentrada, mi vecino, un alemán de treinta y tantos años con las cejas rubias, se concentró en mí. Quería hablar y yo necesitaba distracción. Me tendió la mano y yo se la estreché flojamente, consciente de que tenía la palma húmeda. Solo entonces me di cuenta de que tenía las uñas llenas de porquería. Me las clavé en las palmas.

—¿Es usted de Sudáfrica? —me preguntó.

—Sí. De Ciudad del Cabo.

—Ah. Yo voy a Johannesburgo. Es la primera vez que voy.

Nos había visto en la cola de embarque y se ofreció a cambiarse de asiento con Mark, ya que, al ser los últimos en embarcar, no habíamos podido elegir asiento, pero yo le dije que no se molestara. Ahora que estábamos a salvo y lejos de París, no confiaba en mí misma con Mark. No confiaba en mí misma no porque fuera a hacerle una escena, ni porque fuera a preguntarle qué coño le pasaba. Me había asustado mucho, y el miedo ahora se estaba convirtiendo en rabia. Afortunadamente, el rubio estaba demasiado centrado en sí mismo para cuestionarse por qué no había querido yo sentarme al lado de mi marido. Iba a reunirse con una chica sudafricana a la que había conocido *online*, y estaba exultante de amor y felicidad. «No durará —quise advertirle—. Un día, te despertarás y la encontrarás acunando a un puto gato muerto.»

Mecánicamente me comí el pollo y el brócoli del asqueroso refrigerio. Me bebí la minibotella de cabernet demasiado rápido, y se me agrió en el estómago. Las luces se fueron amortiguando, y mi vecino finalmente se cansó de mantener una conversación él solo y centró su atención en la pantalla que tenía enfrente, riéndose sin complejos con la película *Infiltrados en la universidad*. Me fui sacando la suciedad de las uñas con la esquina de la revista de vuelo. Era grumosa y dejó una mancha sanguinolenta en un anuncio del *duty free*. Yo sabía lo que era e intenté no pensar en ello.

No habríamos debido volver nunca a ese edificio. Estábamos empapados por la lluvia y nerviosos, no teníamos ni un céntimo y nuestra ropa estaba secuestrada en el maldito hotel de Carla. Ninguno de los dos estamos hechos para dormir al raso o acurrucarnos en una estación de autobús o tren toda la noche. Pero, para ser sincera, la verdad es que no sentí nada excepto agotamiento cuando subimos cansinamente las familiares escaleras del apartamento, aspirando el olor familiar a polvo y a cocina antigua: ni miedo, ni inquietud, ni tristeza ni lástima por Mireille. Estaba exhausta.

Me dormí casi al momento. No sé qué fue lo que me despertó, no recuerdo haber soñado. En un momento dado, Mark y yo estábamos pegados el uno al otro; al siguiente, él había desaparecido de la cama. Me incorporé y escuché, pero no le oía moverse por el apartamento.

—¿Mark? —le llamé, con la voz pastosa por el sueño.

Salté de la cama, encendí la luz y, todavía amodorrada, fui al baño, luego a la cocina y volví de nuevo. El único sonido que se oía era el chasquido de mis pies descalzos en el suelo de madera, que no sé por qué motivo me hizo pensar en las sombras que emponzoñaban nuestro nuevo hogar. Mark no estaba. No sé por qué, se me metió en la cabeza que había ido arriba, a la habitación de Mireille. No me molesté en vestirme: estaba empezando a sentir verdadero pánico, y apenas era consciente de que iba medio desnuda, ni tampoco me paré a mirar si Mark había dejado las llaves o no. Salí del apartamento, cerré la puerta detrás de mí y corrí escaleras arriba vestida solo con la ropa interior.

La puerta de Mireille estaba medio abierta.

—¿Mark? —susurré, pero noté que el piso estaba vacío. Era una intrusión, pero no pude evitar atisbar en el interior y encender la luz. Todavía apestaba a humo y a trementina, pero ahora había algo más por debajo de todo aquello, algo parecido a lavanda. Alguien, probablemente uno de los policías, había dado la vuelta a los lienzos, y montones de niños con los ojos enormes me rodearon al entrar en la habitación. Entonces me di cuenta de que aquellos cuadros parecían representar todos al mismo niño de pelo oscuro en diferentes estados emocionales: sonriendo, riendo, llorando y chillando. Eran demasiado chapuceros para resultar inquietantes, pero había algo solitario y desesperado en sus expresiones que impedía que fueran del todo kitsch o ridículos. Levanté una mano para tocarlos pero la retiré irracionalmente segura de que me infectarían, no sé de qué manera. El ordenador había desaparecido, así como la cafetera y la colcha. Un par de pantalones de pana usados se amontonaban solitarios y arrugados en el rincón.

Sonaron unos golpes que reverberaron desde las mismísimas tripas del edificio... ¿la puerta de entrada golpeando? Salí de allí, bajé corriendo a nuestro apartamento, rezando para que Mark hubiera vuelto mientras yo husmeaba en la habitación de Mireille. Sin llaves, me había quedado fuera. Golpeé la puerta con la mano abierta.

—¡Mark! ¿Estás ahí? ¡Mark!

Me volví hacia el apartamento vecino y pasé los dedos por la parte superior de la puerta. La llave ya no estaba. Apreté el oído contra la puerta, pero no oía nada más que la sangre corriendo por mis venas. Mark seguramente había salido a la calle, no sé por qué motivo.

A esas alturas el frío empezaba a ser intenso de verdad, y se me puso la carne de gallina. Bajé las escaleras a todo correr, empujé la puerta y salí al patio.

—¿Mark?

Su silueta oscura se tambaleaba en el rincón.

—Gracias a Dios. ¿Qué estás haciendo aquí abajo? —Le temblaban los hombros. Algo no iba bien. Me acerqué a él, despacio. Tenía algo entre los brazos. Un bulto oscuro. Sin poder ver lo que era al principio, levanté la mano para tocarlo, y retiré los dedos cuando noté el pelo, la carne debajo de este, solo con un resto de calor en ella. Era un animal, no sé cuál, y seguramente había muerto hacía poco. Él cambió de postura y vi que era un gato. El suelo que tenía bajo los pies se movió. Me había olvidado del frío y de las piedras que se clavaban en las plantas de mis pies descalzos.

—Déjalo, Mark. Déjalo. Vámonos de aquí, joder.

Él murmuró algo, pero no pude distinguir lo que decía. Ni tampoco pude leer sus ojos, a oscuras como estábamos.

—Dame las llaves. —Busqué en el bolsillo de su abrigo, intentando en lo posible no rozar de nuevo al gato. Respiré con alivio cuando mis dedos encontraron el metal. No debía dejarle allí solo, pero dudaba de que fuera capaz de arrastrarle hasta el apartamento.

—Deja esa maldita cosa ahí y espera. Volveré dentro de un par de minutos.

Subí las escaleras a todo correr, impulsada por un brote de pánico. Lo único que podía pensar es que las cosas iban mal. Muy mal. ¿Por qué cogería ese gato muerto? ¿Lo habría encontrado en la calle?

Cogí una toalla, me puse la ropa (los vaqueros estaban húmedos todavía, pero esa era la menor de mis preocupaciones), cogí el resto de nuestras cosas y corrí a reunirme con él.

Estaba mucho más tranquilo cuando volví, y había dejado el gato en un rincón del patio. No me habló cuando quité la mayor parte de la porquería de su abrigo, sintiendo náuseas al oler la carne muerta. Le pregunté de nuevo en qué narices estaba pensando, y él murmuró que pensaba que todavía estaba vivo y que intentaba salvarlo. Podía perdonar su conducta irracional en la estación de tren, su negativa a colarse por los torniquetes como todos los demás; siempre había sido así, siempre había estado muy orgulloso de su brújula moral, pero no estaba segura de poder perdonarle por aceptar dinero de aquella familia. Mark les había asustado. Me había asustado a mí también. Teníamos suerte de que no hubieran llamado a la policía. Yo también habría sacado mi cartera si un hombre con los ojos llorosos, sin afeitar y con pelo de gato pegado a la manga se hubiera acercado a mí. Y lo peor es que Mark no se había dado cuenta del miedo que tenía esa gente, y se sentía orgullosísimo de lo que había hecho: «Mira, Steph, todavía queda amabilidad en este mundo».

Enferma al recordar aquello, la acidez de estómago se convirtió en náuseas. Me levanté de mi asiento y me dirigí tambaleante al lavabo que estaba al fondo del avión. Al otro lado del pasillo, Mark miraba la pantalla con los dedos apretados en los auriculares. Ni siquiera levantó la vista cuando pasé por su lado.

A salvo en el interior del lavabo, cerré la portezuela y me senté en el asiento metálico del váter. Miré el amasijo de toallitas sucias que rebosaban del cubo. Las náuseas habían cesado, pero todavía notaba el estómago revuelto. En menos de ocho horas estaríamos en casa. Antes de partir, yo suponía que volveríamos relajados, confiados, rejuvenecidos, con suficiente munición para erradicar las sombras persistentes de los intrusos. Quizá, pensaba, podía decir que estaba desesperada por ver a Hayden (cosa que era cierta) e ir en coche a Montagu y quedarme en casa de papá y mamá unos días. Ellos tenían previsto devolver a Hayden a casa el domingo, así que podía decir que quería recogerla yo misma. ¿Podía (o lo que es más importante, debía) dejar solo a Mark en casa tan pronto, nada más volver? No. Él no estaba bien. Tenía que enfrentarme a la casa tarde o temprano, y salir huyendo a Montagu lo único que haría sería posponer lo inevitable. «A menos —me susurró una voz—, que no vuelvas.»

Entonces llegó la vergüenza. ¿Cómo podía pensar eso? Sentada en aquel baño, en aquel estúpido y apestoso baño, tomé una decisión. Fuera lo que fuese lo que le estaba pasando a Mark, era problema «nuestro». Todavía estaba resentida por su comportamiento durante la invasión doméstica, pero eso era problema mío. Podía perdonárselo. Yo le amaba. Claro que sí. Y su conducta extravagante (lo del gato muerto, acosar a aquella familia) podían ser síntomas de una falta de sueño crónica, de estrés postraumático. Me levanté y me miré en el espejo abombado que había encima del lavabo. Habíamos superado los primeros y difíciles meses de Hayden juntos; nos habíamos construido una vida. Yo ya sabía que estaba tocado desde el principio, sabía en lo que me estaba metiendo. No se sale así como así de la muerte de un niño. «No puedes huir de tu propia historia.» Y ojalá pudiera decir que el orgullo no jugaba ningún papel en todo aquello, pero estaría mintiendo. Nadie pensaba que nuestra relación fuera a funcionar, ni mis padres, ni mis amigos ni, sobre todo, Carla. Necesitaba probar que todos ellos estaban equivocados.

Salí del baño y esta vez, al volver a mi asiento, toqué a Mark en el hombro. Él dio un respingo, pero sonrió aliviado al ver que era yo. Casi menciono que el hombre que estaba a mi lado quería cambiar el asiento con él, pero al final decidí no hacerlo. Unas pocas horas separados tampoco nos harían ningún daño.

—¿Estás bien ahí? —me preguntó.

—Sí, bien.

La luz era escasa, pero busqué en su rostro alguna señal de irracionalidad. La señora que tenía sentada al lado se movió y me miró con interés. A las mujeres les gustaba Mark... siempre les había gustado.

—Steph, siento mucho lo que ha pasado en el aeropuerto.

—¿En el aeropuerto? —«Mierda —pensé—, ¿ha hecho algo más que yo no sepa?»—. ¿Qué pasó en el aeropuerto, Mark?

—Ya sabes, que me he quedado dormido y he dejado que tú te ocuparas de todo.

—Ah. Ah, vale. No importa.

—No, sí que importa. De verdad. —Me dirigió una sonrisa torcida—. Estoy muy aggepentido, Steph. —Me reí, aliviada, recordando al gangoso vocalista del tren a París. Estaba bien poder hacer una broma... al menos, era un comienzo.

—Intenta dormir un poco. —Me besó la mano y yo volví a mi asiento. Me sentía mucho más aliviada, casi dispuesta a convencerme a mí misma de que había sacado de quicio toda la escena con el gato. Me acababa de despertar, al fin y al cabo. Estaba asustada, desorientada. Quizá lo recordara todo mal... A lo mejor él pensó de verdad que podía salvarlo. Ya más tranquila, me dormí al cabo de unos minutos.

El alemán rubio me despertó cuando el avión ya estaba aterrizando en Joburgo. En algún momento debió de saltar por encima de mí para ir al lavabo, porque estaba recién afeitado y llevaba una camisa blanca limpia. Mientras todo el mundo desembarcaba, esperé nerviosamente junto a la puerta de salida a que Mark se uniera a mí. La barba de dos días que llevaba le hacía parecer más demacrado y viejo, pero parecía más tranquilo también, menos nervioso y distraído que el día anterior. Mientras hacíamos cola en inmigración y recogíamos el equipaje no dijimos gran cosa, solo intercambiamos banalidades, como dos desconocidos educados.

—¿Has dormido bien?

—¿A que el desayuno era horrible?

—¿Deberíamos tomar un café antes del vuelo a Ciudad del Cabo?

Una nube de globos metalizados rebotaba por encima de la multitud congregada junto a las vallas de llegadas, y empecé a sentirme de mucho mejor humor. Aquel lugar estaba lleno de gente, de ruidos y de colores. Parecía de nuevo la vida real, tras la grisura del lugar donde habíamos estado. Alguien chilló, haciéndonos saltar a los dos, y entonces vi al joven alemán que corría hacia una mujer que sujetaba un puñado de cintas unidas a los globos. Ella pesaba al menos veinte kilos más que él, pero él la cogió y le hizo dar vueltas sin esfuerzo, y los dos se rieron. Mientras se besaban, la gente a su alrededor reía y aplaudía, y los globos se alejaron flotando, lánguidamente.

Hice una seña a Mark.

—He estado sentada al lado de ese chico en el avión. Me ha dicho que iba a…

Mark me apretó la mano con tanta fuerza que hice una mueca. Miraba justo hacia delante, algo (o alguien) entre la multitud que nos rodeaba. Sus ojos siguieron el progreso de una preadolescente con trenzas de un castaño soso.

—¿Qué pasa?

—Pensaba que era… —Me soltó el brazo—. No, nada —dijo, con una sonrisa tensa—. Nada en absoluto. De verdad. Vámonos a casa.

15

Mark

—¿Te sirvo un poco más, cariño?

Tendría que volver a casa, pero el cálido sol de atardecer me ha descongelado y me siento letárgico. Me gustaría volver a casa y ayudar a bañar a Hayden, pero sé que a Steph le encanta pasar tiempo con ella a solas. Cuando Jan y Rina la han traído a casa desde el Bed and Breakfast esta mañana, Steph estaba tan aliviada que se le han llenado los ojos de lágrimas. Yo he buscado un pretexto para salir a ver a Carla («Tengo que ir a buscar las llaves y darle las gracias por lo que ha hecho por nosotros») y Steph casi me echa físicamente de la casa, porque estaba ansiosa por pasar un rato sin mí.

Cuando volvimos ayer por la tarde ella dejó caer la maleta y fue a recorrer toda la casa.

—Esto lo han movido —dijo, señalando el tocador que siempre ha estado bajo la ventana de nuestro dormitorio. Antes de que yo pudiera mirar siquiera, ella se había acercado al estante de los libros—. Alguien ha puesto estos libros horizontales. —Quizá hubiera sido Hayden, dije; quizá Carla los sacó cuando estuvo aquí, pero ella seguía obsesionada—: ¿Y no hueles eso? ¿Está esto donde lo dejamos? Cerramos esa persiana, ¿verdad?

Habiendo pasado la semana que acabábamos de pasar, sé que tendría que haberme mostrado más comprensivo. Steph tenía razón: las cosas en casa parecían distintas... daban una sensación distinta, pero yo estaba tan exhausto por nuestra hiperconsciencia constante y traumatizada que lo ignoré deliberadamente. Si no podía sentirme en casa aquí, ¿dónde demonios iba a hacerlo? Quería estar adormecido, lo necesitaba desesperadamente. De modo que he venido a este bar donde me estoy descongelando con mi antigua amiga, tan consoladora, arrellanado en la silla como si no tuviera huesos. En lugar de pasar este trauma al lado de mi mujer y de mi hija. «Bien hecho, Mark.» Realmente tendría que volver ahora mismo, pero la bella luz veraniega se refleja en el mar, y una brisa constante me refresca la piel. Veo medio cielo desde aquí.

—Sí, gracias —le digo a Carla.

Ella se inclina hacia mí y me llena el vaso de Chardonnay sacado del cubo de hielo, y un mechón de pelo se suelta de detrás de su oreja y le cae por encima de la cara, atrapando la luz. Aunque está teñido con mechas de un rojo remolacha, todavía queda en él parte de su bello color bronce… su color natural.

Siempre me ha encantado el pelo bonito. El pelo de Odette la hacía parecer una miss americana. Era como si el sol brillase en cada habitación donde entraba. Era espeso, lustroso, de una manera natural, y, cuando hacíamos el amor, acariciaba todo mi cuerpo y notaba su vida y su calidez rozándome. Yo aspiraba su aroma, hasta asfixiarme. En ocasiones como esa, en que Odette me abrazaba y me cubría, protegiéndome del mundo, habría muerto feliz, una y otra vez. Cuando a Odette le volvió a crecer el pelo, estaba extrañamente rizado y era de un color castaño aburrido.

Aunque Odette intentaba mantener el ánimo, una vez Zoë la encontró llorando ante el espejo durante una de las sesiones de quimio, agarrándose un mechón de pelo con la mano.

—¿Qué te pasa, mamá? —le preguntó Zoë.

—Estoy muy fea… —dijo ella. Zoë negó con la cabeza y cinco minutos después volvió con todas sus muñecas entre los brazos, todas ellas rapadas.

—Mira, están muy guapas, mamá, igual que tú. —Más tarde, Zoë guardó todo el pelo falso de las muñecas en un pequeño recipiente de plástico: «Para después, cuando ya se encuentren mejor».

Quizá sea el vino, el sol, la brisa, la distancia de Steph, pero no puedo evitar alargar la mano y tocar las puntas del pelo de Carla.

—Es bonito —digo—. ¿Nuevo color?

Ella lo aparta suavemente y me frunce el ceño, pero al mismo tiempo curva los labios con una sonrisa ¿sugerente?, ¿indulgente?

—Sonabas muy raro cuando me llamaste aquel día. —Da su impertinente versión de mi voz—. «Tenemos que salir de aquí ahora mismo, Carla.» ¿Qué ocurrió?

Doy un largo y lento sorbo a mi vino: suicidios, fantasmas, gatos muertos. ¿Por dónde empezar? Y si empiezo, ¿podré terminar? Dejo el vaso, esperando que el calor del día contrarreste el frío nauseabundo que ha vuelto a mi sangre solo con pensar en aquel sitio.

—Digamos que el piso no era lo que se anunciaba.

—Ya me lo contaste, ¿no te acuerdas?

—¿Ah, sí?

—Mark, cariño, tuvimos una larga conversación por Skype sobre este asunto. El pelo en el armario, algo así. —Ella se estremeció—. Uf. No tendríais que habéroslo tomado a la ligera. Tendríais que haber ido al hotel directamente.

—Ya sabes lo que son esas cosas. Piensas que ya te adaptarás, que las cosas irán bien. Hasta que resulta que no van bien, y entonces es demasiado tarde.

Pero por su expresión noto que ella es consciente de lo que no digo: que no teníamos suficiente dinero para pagar un hotel, aunque fuera una emergencia, aunque la maldita tarjeta de crédito hubiese funcionado. Ese peso se instala entre nosotros: que ella tiene un puesto de profesora bien pagado en el verde y hermoso campus de la UCT, mientras que a mí me han relegado a mi diminuto cuchitril de una facultad en un complejo empresarial. Es violento para los dos.

Ella ha prosperado, yo he ido para abajo, ya no soy aquel chico impresionante con un futuro prometedor que conoció en otros tiempos; soy un caso perdido. Por un momento estoy a punto de levantarme e irme, pero el camarero viene y nos ofrece otra botella, y me vuelvo a arrellanar en mi silla. Se sigue estando mejor aquí que allí, me dice mi cuerpo.

Una ventaja de esta semana es que todavía pienso en euros, y una botella de vino aquí es más barata que una copa allí. No se lo digo a Carla porque no quiero parecer tacaño.

Ella bebe un sorbo de vino.

—¿Cómo era el hotel al final?

En el vuelo de vuelta a casa me pregunté si la cosa sería deliberada o una especie de lapsus freudiano, porque Carla es demasiado dueña de sí misma para cometer un error semejante. Es muy posible que en el fondo quisiera que lo pasáramos mal, que nuestra escapada de terapia matrimonial fracasara.

—Pues no nos alojamos allí al final —es lo que digo—. Las cosas fueron de otra manera.

Con mis gafas oscuras a modo de escudo, examino su rostro en busca de alguna pista, pero en sus rasgos no veo admisión alguna. Siempre me ha ayudado y no creo que se le ocurra siquiera sabotear mi felicidad.

—¿Has vuelto a saber algo de los propietarios del piso, y has averiguado por qué no han aparecido en tu casa? Stephanie parecía muy preocupada por ellos.

—Pues sí que lo estaba. Se preguntaba si se habrían perdido o los habrían secuestrado aquí en Ciudad del Cabo, pero, como sabrás, al menos tuvieron la decencia de hacernos saber que estaban vivos.

—Es muy raro que no aparecieran, sin embargo, ¿no te parece? ¿Por qué anunciar un intercambio de casa, arreglarlo para que os alojéis en la suya y luego no aparecer? Es un misterio, realmente.

—Sí que lo es. —Finjo un bostezo, esperando que disuada a Carla de seguir investigando. Steph y yo nos esforzamos mucho por llegar al fondo del gran misterio de los Petit, pero ahora que hemos vuelto, nos parece absurdo obsesionarnos con todo eso.

—Ha sido muy amable por preocuparse —dice Carla—. Stephanie es una chica muy maja.

Ignoro el tono de Carla y revivo nuestro regreso por un momento.

—No cambiarías cosas en la casa, ¿verdad?

Carla me mira por encima de las gafas de sol.

—¿Cómo?

—Hemos notado que algunas cosas estaban cambiadas de sitio, como si alguien hubiera estado allí. —Carla me mira. Quizá ella llevara allí a ese tío, ¿cómo se llamaba?, para vivir una pequeña aventura—. Desde luego podías hacerlo, quedarte allí sin ningún problema.

—Fui dos veces —dice ella—. Para regar las plantas y para comprobar que todo estuviera bien, por vosotros. No toqué nada.

Su tono es frío, y yo no quiero que se enfade conmigo… lo último que deseo hoy es otra discusión.

—No importa, de verdad. Gracias por tu ayuda. Eres siempre tan…

—¿Tan qué?

—Tan servicial.

Ahora bufa y suelta una risa sarcástica, y vuelve a estar como siempre.

—Sí, claro.

Le sonrío un segundo y bebo un poco más de vino.

—No ha sido tan malo, de todos modos. Allí tuve una especie de epifanía. La sensación de que el mundo es mucho más grande y lleno de cosas de lo que te parece cuando estás metido en tu trabajo cotidiano. —Carla se inclina hacia delante y asiente, animándome a seguir, pero yo ya no puedo acceder a esa sensación; me parece que estoy intentando atrapar los hilos de un sueño que ha desaparecido hace tiempo. Miro hacia el aparcamiento que se encuentra debajo de nosotros, donde un hípster está discutiendo con el guarda detrás de su Mini Cooper—. Ha sido solo una semana, pero se me ha hecho raro volver.

—Sé exactamente a qué te refieres. Después de dos días en Richmond, que estaba tan pacífico... el aire estaba limpio, ¿sabes? No sé si te he dicho que Jamie Sanderson estaba allí. No creerás la nueva criatura que lleva colgando del brazo. Parece treinta años más joven. La primera noche que pasamos allí estábamos invitados a una cena. La versión de Richmond de una *soirée*, supongo, y se suponía que iban a venir un montón de poetas, pero Terri y Marcia y su séquito habían alquilado un minibús en Port Elizabeth y se perdieron por la carretera. Imagínate la cantidad de...

Dejo de escuchar mientras ella se lanza a contar toda la historia.

¿Qué estoy haciendo aquí en realidad, en lugar de estar en casa con mi familia? Sé que no tiene nada que ver con la infidelidad. Nunca elegiría a Carla por encima de Steph, llegados a ese punto, y no estamos ni siquiera cerca de esa posibilidad. Y nunca lo estaremos. Carla a veces me recuerda a mí mismo cuando era todavía joven y poderoso, antes de que las cosas fueran mal, y ese es el único motivo de que esté aquí sentado. Echo de menos a Steph, ahora mismo. El viaje se suponía que nos iba a curar, pero acabó desastrosamente, y ahora estamos peor que nunca. Cuando ha cogido a Hayden en brazos, esta mañana, me ha dado la espalda, protegiendo a Hayden de mí. No confía en mí con mi propia hija. Debería alegrarme de que, no sé cómo, se haya convencido a sí misma de que el gato ya estaba muerto, y que solo estoy un poco desequilibrado en lugar de haber sufrido una locura criminal, de pie en ropa interior en un patio, bajo la lluvia.

Tengo que arreglar todo esto, conseguir que confíe y vuelva a creer en mí. No sé cómo, pero sé que mencionar a Zoë no va a ayudar, y por eso no dije nada en el aeropuerto de Johannesburgo.

Estar aquí sentado con Carla quizá no ayude tampoco, pero me vuelvo a llenar la copa de vino y picoteamos algo.

Son más de las nueve cuando vuelvo a casa. Alguien ha volcado un contenedor de basura en mi espacio de aparcamiento, aparco delante de la furgoneta del vecino y no sé cómo tropiezo con el coche al salir para mover el contenedor. Al acercarme, tres ratas enormes salen de la boca del contenedor y yo siento náuseas y noto el pútrido hedor a podredumbre que surge de allí. Vuelvo al coche dando un traspiés, decido aparcar en algún otro sitio y encuentro un lugar libre unas casas más abajo.

La casa está silenciosa y las luces, apagadas; trasteo con mi llave en la cerradura e intento no cerrar la puerta de golpe cuando al fin consigo entrar, y enciendo la luz del vestíbulo al pasar. En el piso de arriba, Hayden está acurrucada con Steph en nuestra cama, las dos profundamente dormidas. Las contemplo desde la puerta un minuto, y luego bajo a la cocina y busco en los armarios hasta dar con un cuenco lleno de pretzels y cacahuetes y me sirvo un vaso grande de whisky. O me desmayo ahora mismo y me despierto sintiéndome como una mierda a la una de la mañana, o sigo la juerga un poco más.

Steph no quería venirse a vivir aquí; quería que comprásemos una casa nueva juntos.

—¿No te ponen triste los recuerdos? —me preguntaba cuando todavía me preguntaba cosas así, cuando todavía intentaba abordar directamente mi pasado, como si enfrentarse a él y nombrar a los fantasmas fuera la mejor manera de exorcizarlos. Era joven, con un optimismo ingenuo, vigoroso. Pero no podía competir con la realidad. El mercado de la compraventa inmobiliaria estaba en un momento bajo, y lo que habríamos sacado por la casa después de pagar impuestos y demás, aunque consiguiéramos venderla con la situación del momento, apenas nos hubiera bastado para un depósito de una casa mínimamente decente. Con mi sueldo de la universidad nunca conseguiríamos una hipoteca completa. Así que nos quedamos en esta casa manchada por los fantasmas de Odette y Zoë, y aquellos asquerosos invasores.

Quizá lo esté pensando todo mal; quizá seamos nosotros los invasores de esta casa y ellos quieran que nos vayamos. Quizá seamos nosotros los fantasmas que hay que exorcizar.

Doy otro sorbo al whisky, pongo la televisión y veo una repetición de un partido de fútbol inglés, sin sonido. No sé cuánto tiempo hace que no tengo el salón para mí solo. Para cuando Hayden se ha dormido, Steph y yo estamos tan exhaustos que nos vamos a la cama o bien nos quedamos aquí sentados y hablamos. Después de desear tanto, tantas veces, tener un espacio para mí mismo, ahora que lo tengo resulta que el silencio no es exactamente lo que más me apetece.

Me arrellano en mi sillón favorito, me quito los zapatos y los calcetines y me rasco indiferentemente la herida de la astilla en la planta. Se está curando bastante bien, ahora que me he puesto desinfectante, pero ha dejado una grieta bastante honda en la mitad de mi pie, como si fuera la fisura de un terremoto. Vuelvo a mirar el partido y noto un reflejo en la pantalla. Viene de una lámpara que está en la pared, detrás de mí. Me levanto, bajo un poco la luz y ajusto la lámpara, notando que parece que está en una posición distinta de la habitual. La silueta de su pie está grabada en polvo y arañazos en la mesa. Quizá ocurrió antes de que nos fuéramos, en cualquier momento desde el robo, de hecho. Pero Steph tenía razón en lo de los libros del dormitorio. Nunca los apilamos de lado, y no hay motivo alguno para que Carla los haya tocado. Podría haber sido Hayden, me digo a mí mismo, pero no me convenzo. Hayden los habría dejado tirados por el suelo si hubiera jugado con ellos, no apilados pulcramente.

Miro la habitación y veo los colores del partido de fútbol reflejados en la paredes. Con el alcohol empezando a agriarme la sangre, y sin Carla a quien echarle la culpa, empiezo a ver la habitación como la vio Steph ayer. Alguien ha tocado los estantes de libros. Hay un hueco donde antes había algo. Me acerco al estante, consciente de lo absurdo de mi cautela, pero nada salta a mi encuentro. Me pongo de puntillas para mirar el estante y mi pie pisa algo que está en el suelo. Me agacho y recojo las tres fotos enmarcadas de donde han caído, y las vuelvo a colocar en el estante. De uno de los marcos se ha salido totalmente el cristal: es aquel que contiene la foto que nos sacó el padre de Steph el año pasado, donde estamos Steph, Hayden, Rina y yo en el exterior del Bed and Breakfast. Hay una telaraña encima de los otros dos marcos.

Dejo mi bebida en el estante junto a las fotos y voy a la cocina a coger un trapo del polvo. No sé por qué motivo recuerdo a Odette de pie allí, amasando para hacer un pastel en la encimera. Era incluso antes de Zoë. Recuerdo aquellas noches, mi flamante esposa de pie en nuestro nuevo hogar, enharinada, con las manos pegajosas. Yo me acercaba a ella y le chupaba un poco el cuello, sabiendo que ella no quería tocar nada con las manos. Ella se reía y se inclinaba hacia mí.

Despido al fantasma y busco debajo del fregadero el trapo del polvo, y cuando vuelvo y paso junto a las escaleras, arriba hay luz. Juraría que la casa estaba totalmente a oscuras cuando llegué. Subo por las escaleras, haciendo muecas cuando la madera gime. La luz viene de la habitación de Hayden.

«Aléjate —me chillo a mí mismo—. Déjalo», me grito, rebobinando imágenes en mi cabeza. Dios mío, la cobardía es muy tentadora. Pero hay dos posibilidades: o hay alguien ahí, o no. Es así de sencillo. Lo más probable es que no haya nadie, pero si hay un monstruo enmascarado en el dormitorio de mi hija, no puedo dejar que esté allí amenazando a mi familia, otra vez no. Antes de pensarlo más, giro el pomo y entro en el dormitorio.

El corazón me da un vuelco cuando examino la habitación y miro detrás de la puerta. No hay nadie, pero...

La princesa Ariel de Zoë está en la mesilla de noche de Hayden, con el pelo cortado tan corto que se ve el cuero cabelludo de goma, con manchas. Tendría que estar guardada en el fondo de la despensa, a salvo con todos los demás juguetes de Zoë. La princesa me mira con unos ojos heridos, acusadores.

Tiene razón. Yo la maté.

Estaba muy cansado. Odette había pasado la noche anterior en el hospital, y debía tomar un taxi para volver a casa aquella mañana, pero los médicos querían quedársela unas horas más y yo cometí el error de llevarme a una Zoë igualmente cansada a comprar comida. Se portó muy mal: primero estaba enfurruñada y callada, y luego de repente se puso a chillar con unas carcajadas falsas, por una broma que no compartía conmigo. Yo empecé a ponerme de mal humor con ella y todo acabó en una discusión en el coche. La dejé en casa y luego salí a buscar los comestibles fuera. Vi que se había tranquilizado y estaba jugando en la alfombra del salón. Sabía que nada de todo aquello era culpa suya, me embargaba el orgullo por lo bien que lo llevaba y al mismo tiempo estaba sobrecogido al ver que mi hija, de solo siete años, tenía que soportar algo tan espantoso, y que no podía hacer nada al respecto. Le di una caja de Smarties y un cuenco de patatas fritas (la golosina del sábado) y nos acurrucamos los dos en el sofá a ver *Toy Story*. Empezó a sacudir la pierna y le solté un grito, y se echó a llorar, de modo que me disculpé y fui a buscar un bote de los tranquilizantes de Odette que ella tomaba los días especialmente malos. No quería hacer pagar mi agotamiento a Zoë. No pensaba que las pastillas fueran tan fuertes. Cuando me acurruqué en el sofá ya me sentía mucho mejor.

En sueños, yo nadaba con Odette y Zoë. Estábamos en una piscina al lado del mar, en un piso de Knysna que habíamos alquilado el año anterior. Zoë alineaba piedrecitas en el primer escalón de la piscina, Odette la miraba. Yo me encontraba en el otro extremo de la piscina, pero no podía verlas bien porque el viento arremolinaba las hojas y el polvo entre nosotros, y se me metía en los ojos. Las hojas se convirtieron en cuervos, y luego en una enorme y negra nube de tormenta, y yo intentaba llamarlas y advertirlas de que vinieran adentro, pero ellas no podían oírme. No se oía ningún sonido. El viento era silencioso. Entonces, de repente, el polvo caía y el cielo quedaba azul de nuevo, y yo me acercaba mucho a la cara de Odette, que sonreía inexpresiva a Zoë, y ella, contenta, seguía alineando sus piedrecitas, y el pelo se le iba cayendo a mechones, y su cuerpo se iba marchitando mientras la miraba. Intenté nadar hacia ellas, pero no podía moverme. Entonces oí el sonido de un gato a mi lado, vomitando bolas de pelo, y, no sé cómo, eso me impedía acercarme a mi familia. Cada vez que movía el brazo (tos, tos, atragantamiento) el sonido entrecortado me hacía retroceder. Mis tobillos, que daban patadas sin cesar, estaban sujetos (tos, tos, jadeo).

Odette dejó caer las llaves cuando me vio acunando el cuerpo de Zoë, su cara azul, el vómito que manchaba sus labios, el botecito de brillantes pastillas de colores, como las Smarties, ahora vacío, matando a mi hija y yo mientras tanto fallándole.

Yo estrujé su cadáver, queriendo revertir el tiempo, queriendo sacarle todo el veneno que había tragado y tragármelo yo a cambio. Quise morir en lugar de ella. Todavía estaba apretando su pecho, aunque ya era demasiado tarde, cuando Odette me apartó de allí a empujones.

Ahora corro escaleras abajo, al ropero, y busco las cajas de Zoë. No hay motivo alguno para que nadie las haya tocado, pero el espacio, los siete años de cosas sin sentido que he usado para taparlas, está despejado, y la vida de Zoë y todas sus princesas favoritas con el pelo erizado están fuera de la gastada caja de cartón.

De inmediato lo entiendo todo. No puedo apartarla a un lado, dejarla fuera de la vista. Somos nosotros los fantasmas que invadimos esta casa, Steph, Hayden y yo. Zoë quiere que le devolvamos su hogar.

Sé lo que quiere que haga. Abro el armario de Hayden y busco bajo las pilas de ropa de cama y ropa vieja hasta que consigo tocar la bolsa de plástico sellada y la saco. Deshago la cama de Hayden y pongo el plumón nórdico en la funda de Zoë, la que tiene unos zigzags naranja y gris, y que eligió ella misma pocos meses antes porque se estaba haciendo ya demasiado mayor para las Supernenas. Una sábana ajustable color lila y unas fundas de almohada salmón. Cuando acabo de recoger la ropa de cama de Hayden, toda apelotonada, dispuesto para tirarla a la basura, me doy cuenta de que Steph me mira desde la puerta.

16

Steph

Cogimos un autobús de enlace para volver a casa desde el aeropuerto, y al principio la casa parecía exactamente igual que como la habíamos dejado. La única señal inmediata de desorden era un montoncito de estambres caídos de los liliums que yo había colocado en la mesa del vestíbulo para los Petit, pero, aparte de eso, toda la casa olía agradablemente a cera de muebles. Mientras Mark desconectaba la alarma, yo esperé que la ansiedad que había enraizado tras la invasión de nuestra casa me invadiera de nuevo. Pero no ocurrió. Ni tampoco me alivió volver a Ciudad del Cabo, aunque el cielo luminoso y el calor del mediodía tendrían que haberme animado, después del cielo gris y encapotado y las temperaturas heladoras de la semana anterior.

Después de todo no era más que una casa, nada más que ladrillos y cemento. Familiar y mucho más cómoda que el agujero de los Petit, aunque no amada. Al menos, no por mí.

Mark se fue a la cocina y preparó café, dejándome que arrastrara las maletas hasta el dormitorio. Estaba loca por ducharme, lavarme el pelo y cepillarme los dientes, y no noté nada raro hasta que me sequé el pelo y empecé a revolver en mi cajón buscando ropa interior limpia. Los calcetines, que normalmente tenía cuidadosamente emparejados, estaban separados y revueltos con mis sujetadores. Casi me convencí a mí misma de que debí de desordenarlos durante la caótica preparación del equipaje para el viaje, cuando mi vista se desvió hasta el estante para libros que hay junto al escritorio.

Mis novelas de Tana French y Ann Cleeves, los libros que no considero suficientemente valiosos para exhibirlos en las estantería de abajo, estaban ahora colocados en una pila horizontal. Estaba segura de no haber hecho tal cosa. Y el propio tocador parecía que se había desplazado unos centímetros, porque había arañazos recientes a su alrededor, en el suelo de madera.

Me entró el pánico. La policía nos había dicho que a menudo los ladrones vuelven a la escena del crimen para robar los artículos nuevos comprados con el dinero cobrado al seguro. Pero no. No podía ser que hubieran entrado. Nos habríamos dado cuenta. No faltaba nada más. La única explicación era que Carla había tocado mis cosas. Era la única que tenía llave. ¿Cómo se atrevía? Al menos podía haber sido menos descarada... No sé por qué, di la vuelta al edredón nórdico. Un solitario cabello rubio se enroscaba en la sábana blanca, en mi lado de la cama. Lo cogí con cuidado, lo eché en el váter y me lavé las manos. ¿Pertenecería a uno de los «gigolós» de Carla? ¿Había follado ella con uno de sus novios de usar y tirar en nuestra cama? No había ninguna otra señal de que alguien hubiera dormido allí, las sábanas no tenían ninguna arruga y todavía olían a suavizante, pero de todos modos las quité y las arrojé en la cesta de la ropa para lavar.

A continuación fui a mirar la habitación de Hayden. La puerta estaba cerrada, tal y como yo la había dejado, y no me pareció que nadie hubiera entrado allí. Su pequeño ejército de muñecos de trapo seguía alineado en el alféizar de la ventana y su ropa, pulcramente doblada y metida en los cajones. Me senté en la cama y esperé que fuera amainando el torbellino interior.

Cuando bajé las escaleras, Mark estaba sentado a la mesa de la cocina, examinando el correo delante del iPad.

Me miró indiferente.

—¿Te encuentras mejor después de la ducha?

—En realidad, no.

—¿Qué pasa?

—Carla ha estado toqueteando nuestras cosas. Mis cosas, quiero decir. —No pude evitar que el resentimiento se transparentara en mi voz.

—¿Eh?

—Que ha estado hurgando en mi cajón de la ropa interior.

—¿Crees que Carla ha estado mirando tu ropa interior? ¿Y por qué iba a hacer semejante cosa?

—¿Cómo quieres que lo sepa? Y no es solo eso. También ha estado tocando mis libros. No están como los dejé.

—¿De qué la acusas exactamente, Steph? ¿Estás segura?

—Lo único que digo es si puedes preguntarle si ha tocado o movido algo en la casa, mientras nosotros estábamos fuera. O sea, que no estaría bien que lo hubiera hecho, ¿verdad?

Él negó con la cabeza.

—Está bien. Veamos. Ella accedió a reunirse con los Petit en nuestro nombre, y estuvo esperando horas y horas porque ellos no aparecieron. Luego hizo averiguaciones sobre ellos para nosotros... cosa que, por lo que a mí respecta, excedía lo que se le requería. Y luego, cuando estábamos en apuros, nos reservó un hotel...

—Con la fecha equivocada.

—Fue un error, Steph. Le debemos mucho, ¿y lo único que se te ocurre es acusarla de revolver tus cosas? ¿Y qué si ha leído alguno de tus libros? ¿Qué narices te pasa?

¿A mí? ¿Que qué me pasaba a mí? Me guardé la respuesta.

—No quería decir nada, Mark. Estoy muy agradecida a Carla. De verdad. —Mentiras, claro. Si no fuera por ella, no habríamos ido a París, ya de entrada.

—¿Estás segura de que no colocaste tú las cosas en otro sitio? Estabas muy agobiada antes de irnos.

«Estoy segura.»

—Quizá... a lo mejor es mi imaginación. Lo siento. Esto no te conviene nada ahora mismo.

Él suspiró calmado y me dio unas palmaditas en el brazo, ese tipo de gesto que alguien haría a un amigo, no a una mujer o a una amante.

—Siento haber saltado. Oye, ¿te importa si adelanto un poco de trabajo?

Y volvió su atención hacia el iPad. Yo me preparé una taza de té verde y me la llevé al piso de arriba, a la habitación de Hayden, el único sitio en toda la casa donde me sentía realmente a gusto. Me consolé con las paredes de un azul cáscara de huevo que yo misma había pintado, la cómoda con cajones con los tiradores de abeja que compré por una canción de Gumtree, y la lámpara de princesas de Disney para la mesilla que una prima me había enviado desde Gran Bretaña.

Era la única habitación en toda la casa que los invasores no habían mancillado.

Cuando me mudé a esta casa, Mark había planeado reformarla entera y erradicar así el fantasma de Odette. Su personalidad era evidente en todas partes, desde la nevera retro hasta la mesa y las sillas de pino sin pintar, e incluso el maldito y discreto color de las paredes. Pasé horas y horas mirando webs de decoración, pero el tiempo fue pasando, y cuando Mark dejó la universidad no nos quedaba el dinero suficiente para hacer apenas nada más que sustituir lo más esencial que se llevó Odette cuando se trasladó. La habitación de Zoë era una cosa muy distinta. Ahora me parece extraño no haber entrado en ella hasta que estaba embarazada de casi cinco meses y el tiempo se nos echaba encima. Sabía que Odette se había llevado la mayor parte de la ropa y juguetes de Zoë cuando se fue a Gran Bretaña, pero entrar a mirar todavía me seguía pareciendo una intrusión. Sospechaba que Mark entraba allí a veces, y la puerta siempre estaba cerrada, nuestra propia versión de la habitación de Barba Azul. Cuando finalmente me atreví a entrar, me sorprendió mucho lo desnuda que estaba. No había alfombras en el suelo ni cortinas en la ventana. El edredón nórdico seguía en la cama, enrollado pulcramente a sus pies, pero la almohada había desaparecido. Abrí el armario. Estaba vacío, excepto por una pila de cobertores de edredón doblados en un estante polvoriento y un solitario anorak rosa colgando tristemente de una percha de madera.

Había planeado abordar con tacto el tema de la redecoración. Pero al final lo solté sin más una noche en que Mark se había bebido unas cuantas copas de vino tinto y parecía estar de buen humor.

Fue nuestra primera pelea real.

Pero ahora la habitación era de Hayden... y mía.

De nuevo, sopesé la idea de meterme en el coche e ir a recogerla a Montagu. A fin de cuentas, podía llamar a mis padres y decirles que estábamos ya en casa. Pero estaba exhausta, ¿y por qué preocuparlos? Decidí enviarles un mensaje diciéndoles que nos veríamos al día siguiente, tal y como habíamos planeado. Que disfrutaran del último día con su nieta. Luego me di cuenta de que no le había comprado ningún regalo a Hayden. Pensé en aquella escena mortificante en la tienda infantil, en París... Lo lógico era que le hubiera traído algo, claro está, y la necesidad de solucionar eso repentinamente se volvió abrumadora.

Dije a Mark que me iba a comprar, cogí las llaves del coche y me fui.

El centro comercial estaba deliciosamente fresco, después del calor veraniego, pero todo era demasiado chillón y había demasiado movimiento, demasiada gente, demasiadas tiendas. Me sentí acomplejada y torpe, los colores se emborronaban ante mis ojos. Fui paseando arriba y abajo por los pasillos del supermercado, arrojando artículos a mi carrito al azar e intentando recordar desesperadamente qué necesitábamos: leche, huevos, pan, beicon, yogur, cereales para Hayden, así como algo para cenar. Me quedé sin energía al llegar al pasillo de los juguetes, y me costó veinte minutos elegir qué llevarle de entre todo aquel despliegue de chorradas producidas en serie. Al final cogí una muñeca Barbie Sirena, exactamente el tipo de regalo llamativo y femenino que juré que jamás le compraría. Agobiada por la falta de azúcar en la sangre, llegando ya a la caja añadí una Coca-Cola y una tableta tamaño familiar de chocolate Dairy Milk. Me tomé ambas cosas sentada en el coche caluroso, en el aparcamiento, con la camiseta pegada a la espalda, y luego escondí las pruebas debajo del asiento del pasajero.

Cuando volví, Mark estaba en el salón viendo el partido de rugby, aunque normalmente nunca lo veía. El subidón de azúcar hizo que me sintiera animada, y tenía la piel pegajosa, con un sudor que se iba secando. Tenía que volver a ducharme.

—¿Quieres comer algo, Mark? He traído huevos y beicon.

—No tengo hambre.

—Pero no has comido nada desde el avión.

Ni tampoco se había duchado, pero no pensaba mencionarlo. De hecho, todavía llevaba la misma ropa de los dos días anteriores. No quería pensar en aquel abrigo manchado de sangre de gato... se lo daría al próximo vagabundo que llamara a la puerta.

—Estoy bien, de verdad. Gracias, Steph.

—¿Quieres que te prepare un baño?

Apartó los ojos de la pantalla y bostezó.

—Ya lo hago yo. Escucha, creo que me voy a ir a dormir. ¿Te importa?

—Pero es muy temprano... —Y apestas como un puto gato muerto.

—Ya lo sé. Puedo quedarme despierto contigo, si quieres.

—No, vale. ¿Podrías comprobar las puertas y ventanas antes de subir? ¿Y conectar la alarma?

Yo me quedé allí indecisa mientras lo hacía, y luego me senté en la cocina, pensativa. Maldita Carla. Quise coger las tijeras y hacer un agujero en su abrigo. Echarle gasolina y quemarlo.

No dormí aquella noche. Vi una película de una gente adicta al sexo con graves problemas que se resolvían mágicamente en los últimos diez minutos, y luego una serie macabra de asesinatos ambientada en Nueva Zelanda, con un oído puesto en los crujidos y gemidos de la casa. Sabía que no eran más que los sonidos que exhala un edificio viejo después del calor del día, pero cada uno de ellos me ponía de los nervios. Al final me dormí mientras la luz dorada de la aurora se filtraba en el interior, y me desperté tras lo que me parecieron cinco minutos. Mark agitaba mi móvil ante mi cara.

—Un mensaje de texto de tus padres. Acaban de salir por la N2. Estarán aquí dentro de unos minutos.

—¿Qué hora es?

—Casi la una y media.

—¿De verdad? —La luz del sol penetraba por entre los barrotes de seguridad, escociéndome en los ojos. Notaba que el cuello me latía por haberme quedado dormida en un ángulo raro—. ¿Por qué no me has despertado? —¿Por qué no viniste a buscarme anoche, maldita sea?

—No quería molestarte.

Al menos se había afeitado y parecía descansado y limpio. Yo notaba la boca pastosa y sucia.

—Tengo que cepillarme los dientes. Que entren y diles que voy dentro de un segundo. —Salté, llena de energía ante la idea de volver a tener a Hayden en casa.

—No.

—Espera… ¿qué?

—No. Mira, Steph, no quiero verlos. Yo me quedaré en el dormitorio. No estoy de humor para que tu padre me juzgue esta mañana.

—Pero vuelve Hayden. ¿No querrás verla?

—Claro que sí. Pero ya la veré cuando se hayan ido tus padres. Por favor, Steph. Lo digo en serio… simplemente, no puedo enfrentarme a ellos ahora.

—¿Y dónde digo que estás?

—Diles que tengo *jet lag*.

No hubo tiempo de discutir, ya que unos segundos más tarde sonó el timbre de la puerta. Cuando abrí, Hayden chilló y corrió a mis brazos, y yo enterré la cara en su pelo, aspiré el aroma a champú infantil e intenté no llorar. Les dije a mis padres que Mark estaba todavía durmiendo y los llevé a la cocina. Les preparé té mientras Hayden desempaquetaba la increíble muñeca que había comprado para ella (le encantó, claro) y se la presentó a la muy superior princesa Elsa que le había regalado mamá.

No preguntó dónde estaba papá.

Mientras mi padre rondaba por el piso de abajo, comprobando y volviendo a comprobar los barrotes y refunfuñando por lo barata que era la alarma que había comprado Mark, le mentí a mamá sobre nuestro viaje a París, y hablé con gran entusiasmo de las vistas, el apartamento y la comida… y prometí enviarle por *mail* las fotos en cuanto las descargara (otra mentira: no había foto alguna de aquel espantoso viaje, aunque teníamos que haber caído en la cuenta y hacer algunas en el asqueroso apartamento de los Petit, para mandarlas a la web de intercambio de casas). No podían quedarse mucho rato: tenían a una pareja que llegaba al Bed and Breakfast aquella misma noche. Los abracé y les di las gracias e intenté no enfadarme con mi madre por irse armando todo el escándalo posible (yo sabía que intentaba conseguir una reacción lacrimógena de Hayden), y salí a ver cómo se iban.

Mark bajó por las escaleras cuando entramos de nuevo en casa.

—Mira —dije a Hayden—. Aquí está papá. Dale un beso.

Ella permitió que la abrazara, luego se soltó y volvió con la Barbie y la Princesa Elsa.

—Parece muy contenta —dijo Mark.

—Se lo ha pasado en grande.

—Eso está bien. —Sus ojos se apartaron de los míos—. Mira, Steph, ¿te importa si salgo un rato?

—¿Adónde?

—A ver a Carla. ¿Te parece? Será mejor que le pida que nos devuelva las llaves.

—Pero yo pensaba que haríamos algo con Hayden hoy. Acaba de volver a casa.

—No tardaré mucho. Te lo compensaré, te lo prometo.

Parecía casi normal. ¿Era aquel el momento de empezar una pelea realmente? Y si él no iba a reunirse con Carla, existía la posibilidad de que ella viniese a casa. No podría soportarlo.

—Vale.

—¿De verdad?

—Claro. Ve. Pero no tardes mucho.

No sé qué fue lo que lo desencadenó, pero minutos después de que Mark se hubiese ido, empecé a sentirme nerviosa y la antigua ansiedad empezó de nuevo. Senté a Hayden frente al televisor y puse la alarma. Fui andando por la casa, comprobando que ambas puertas estuvieran cerradas y con cerrojo. El calor era opresivo, pero no podía pensar siquiera en abrir una ventana.

Pensé en tomarme un trago de algo fuerte cuando saltó la alarma. La conmoción que sentí fue tan inesperada y súbita que me costó varios segundos procesar lo que estaba ocurriendo.

Y Hayden lloraba.

Me dirigí al salón, la cogí en brazos y me quedé allí, de pie, con los ojos cerrados y muy apretados, sujetándola contra mí. No podía moverme. Estaba paralizada; esperaba notar el frío acero de un cuchillo contra mi garganta. El gruñido de una voz exigiéndome que le dijera dónde estaba la caja fuerte. La alarma no estaba conectada a ninguna empresa de seguridad privada, porque no podíamos permitirnos la suscripción mensual. A menos que algún vecino llamase a la policía, estábamos solas. Nadie vendría. El teléfono móvil… necesitaba el móvil. Busqué en los bolsillos, pero no lo llevaba. ¿Dónde mierda lo había puesto?

—¡Mami! ¡Mami! ¡Mami! —chillaba Hayden, una y otra vez. Un brote de pánico me puso en movimiento. «¡Sal, sal, sal!» Corrí hacia la puerta principal y con dedos torpes desactivé la puerta de seguridad. Al llegar fuera, algo cayó de los dedos de Hayden. Miré hacia abajo y vi el botón del pánico que yacía destrozado en las baldosas. Temblorosa y agarrando a Hayden apretada contra mí, me incliné a recogerlo. Dentro de la casa, la alarma siguió chillando y acabó por pararse.

—¿Hayden? —dije, con toda la suavidad que pude—. ¿Has tocado esto? ¿Has apretado el botoncito rojo?

Ella asintió.

—Sí, mami.

Aspiré una bocanada de aire húmedo.

—No debes tocarlo, ¿me oyes, Hayden?

Le temblaba el labio.

—Lo siento, mami.

—No pasa nada. Ha sido un error. —Limpié las lágrimas de sus mejillas con la palma de la mano.

—¿Todo bien? —me llamó una voz de hombre. Me protegí los ojos contra el sol. Un chico larguirucho de mi edad estaba ante la puerta de entrada. Le reconocí, era uno de los estudiantes de la casa de al lado.

Mi pulso se normalizaba. Tragué saliva.

—Sí. Gracias. Mi hija ha apretado el botón del pánico. Lo siento… espero no haberos molestado.

—No, qué va. Ya estoy acostumbrado. Soy de Joburgo —me sonrió—. Además, ha pasado muchas veces.

—¿El qué?

—Vuestra alarma. Ha saltado mucho.

Un puño helado me golpeó el estómago.

—¿Cuándo?

—Los últimos días.

—Pero estábamos fuera. Acabamos de volver…

—Sí, ya me lo imaginaba. Llamé a la policía un par de veces, pero no aparecieron. Comprobé las ventanas y puertas, pero todo parecía ir bien. Supongo que ha sido algún fallo.

—Qué amable por tu parte.

—No hay problema. —Se encogió de hombros—. He oído decir que os entraron en casa. Le pasó también a mi primo y a su familia. El tío que entró los apuntó con un arma y los tuvo… —Su voz se fue apagando al notar mi expresión consternada—. Lo siento. Supongo que no te apetece oír estas cosas. Me llamo Karim, por cierto.

—Soy Steph, y esta es Hayden. —Hayden se sorbió las últimas lágrimas que le quedaban y le dirigió una tímida sonrisa.

—Qué bien. Qué niña más mona. El señor que vive aquí, ¿es tu padre?

La sangre afloró a mis mejillas, haciendo que mi rostro, ya rojo de por sí, ardiera.

—No, es mi marido.

—Uy, mira que soy idiota.

Me eché a reír. Me hacía gracia poder tontear un poco.

—No te preocupes.

Alguien tocó la bocina y le llamó por su nombre.

—Tengo que irme. Vamos a Clifton. Lo acabamos de decidir sobre la marcha, ya sabes.

—Qué bien. —Mejor que bien. Salió a la superficie una burbuja de envidia: no podía imaginarme lo que era vivir con semejante despreocupación. Ir a la playa porque de repente te apetece, beberte unas cervezas, hablar de tus cosas.

—Sí. Vamos a nadar. Hace un calor de cojones. —Se tapó la boca con la mano—. Lo siento. No debería decir tacos delante de la niña.

—Ha oído cosas peores. —Hice cosquillas a Hayden y ella se retorció y se rio.

—En serio, es una monada.

—Gracias de nuevo por preocuparte. Te debo una cerveza. O seis.

—Bah, no te preocupes. Ya sabes dónde estoy, si necesitas algo. Nos vemos. —Me dedicó otra sonrisa y se fue.

Al volver a casa decidí no volver a poner la alarma: si había algún fallo en el sistema, no quería arriesgarme a sobresaltar de nuevo a Hayden, si saltaba por accidente. Para distraerme, me dediqué a jugar con ella. Jugamos a piratas y a disfraces, construimos una casa de Duplo y yo representé un espectáculo de marionetas con su nueva muñeca de la princesa Elsa y la maligna sirena Barbie. Poco a poco fui notando que el estrés iba desapareciendo. Hayden se empezó a poner irritable y la acosté en el sofá con una botella de zumo y me senté a su lado mientras echaba la siesta.

Sentada allí, oyendo a Hayden respirar en sueños, dejé que mi mente fuera procesando todo lo que me molestaba. La alarma quizá fuera defectuosa, pero la casa era segura. Mi padre se había encargado de ello. Nadie iba a entrar. Y Hayden estaba bien. Eso era lo único que importaba. No tenía sentido pensar en lo de París. Lo que había ocurrido en Francia era simple y pura mala suerte. ¿Y no era posible que los efectos de la invasión doméstica lo hubieran envenenado todo e hicieran que pareciese mucho peor de lo que era en realidad? Desde luego, no había duda de que los Petit eran gente muy, muy rara, y por supuesto no había disculpa posible para lo que había hecho Mireille, pero la policía decía que era una enferma mental. Mark y yo, sencillamente, estuvimos en el lugar equivocado en el momento equivocado. Carla había tocado mis cosas, bueno, ¿y qué? Si su vida tenía tan poco sentido que tenía que meter las pezuñas y husmear entre las pertenencias de otras personas, el problema lo tenía ella, no yo.

Yo no tenía nada que ocultar. No tenía extraños juguetes sexuales, ni diario, ni cartas de amor privadas. Mark era un asunto diferente: estaba sometido a una gran tensión, de eso no cabía duda. Cuando volviera a casa, insistiría, por el bien de Hayden, en que buscase ayuda profesional.

Le envié un mensaje, porque ya eran las cuatro de la tarde y había salido hacía más de dos horas, pero no me contestó.

Eran casi las nueve y media cuando volvió. Yo me había quedado dormida en nuestra habitación leyéndole un cuento a Hayden, y el crujido de pasos en la tarima me despertó con el habitual sobresalto, cortándome el aliento. Pero en lugar de saltar y ponerme de pie, me invadió la inercia: no quería hacer nada más que quedarme allí echada. Si habían vuelto aquellos hombres, bien. Recuerdo que pensé que quizá, como Mark, yo también había llegado a mi punto de ruptura. No estaba segura de si podía soportar más el flujo y reflujo del miedo inacabable, los ruidos nocturnos, la paranoia.

Me costó un esfuerzo monumental coger el botón del pánico y salir de puntillas al oscuro vestíbulo, diciéndome a mí misma: «Es Mark, es Mark».

La luz de la habitación de Hayden estaba encendida y la puerta medio abierta.

—¿Estás ahí, Mark?

Fui avanzando cautelosamente hacia la habitación. Él estaba inclinado por encima de la camita, sacando el edredón de la funda. Otra funda yacía arrugada a sus pies.

—Mark…

Él se volvió y me miró ciegamente, como un sonámbulo al que hubiesen despertado de golpe.

—¿Qué estás haciendo?

Los segundos fueron pasando.

—Pensaba que podía estar sucia. He pensado que tenía que cambiarla.

—No hace falta. Está limpia. La lavé antes de irnos.

—Dios… —Soltó una risa forzada—. No sé lo que me ha pasado, Steph. Quizá me esté convirtiendo en uno de esos obsesos de los gérmenes. A lo mejor me ha dado demasiado el sol hoy.

—Mark…

—De verdad. No me mires así, Steph. Estoy bien.

Le ayudé a volver a meter el edredón de Hayden en su funda. Su aliento apestaba a vino rancio; debía de estar muy por encima del límite cuando volvió en coche a casa.

—¿Mami? —Hayden me llamaba, saliendo a pasitos titubeantes de nuestro dormitorio.

Mark se dirigió hacia ella.

—La acostaré.

—No, es igual. Ya lo hago yo. —Cogí a Hayden en brazos. No quería que él la tocara. La niña se metió el pulgar en la boca y enterró la cabeza en mi hombro, señal de que estaba alterada. Estaba claro que había captado la tensión que se palpaba en toda la casa.

—¿Por qué no te vas a la cama, Mark? —Mi voz sonaba demasiado alegre. «Mira, Hayden, somos una familia feliz y estupenda. Tu papá no se está volviendo loco, no, no»—. Necesitas descansar, Mark. Especialmente después de... y tienes que ir a trabajar mañana, ¿no?

—Sí, sí. Tienes razón.

Le dediqué una sonrisa falsa espectacular y me llevé a Hayden conmigo a la cocina. No había señal alguna de Mark cuando la volví a llevar al dormitorio, pero la puerta del nuestro estaba cerrada. Bien. Me eché junto a Hayden y me acurruqué todo lo que pude a su lado. No tenía sentido hablar con él aquella noche. Estaba borracho. Al día siguiente insistiría en que fuese a ver a algún médico. O bien... ¿o bien qué? ¿Pedirle que se fuera hasta que hubiera solucionado sus asuntos? No. Éramos una familia. Habíamos sido felices antes, desde luego.

Hayden le dio una patada al edredón y lo apartó, y me despertó. Yo me incorporé y tiré sin querer la princesa Elsa al suelo. La funda de edredón que había sacado Mark estaba hecha una bola en un rincón de la habitación. Con un llamativo dibujo en zigzag, no era algo que yo hubiese elegido para Hayden. Me puse de pie, me acerqué a ella y la sacudí. Se le habían formado bolillas, estaba descolorida en algunas partes y tenía pelusas pegadas. ¿De dónde había salido aquello?

Pero lo comprendí enseguida. Era de Zoë. Tenía que ser de Zoë.

Hice una pelota con ella y bajé las escaleras. En la cocina, la metí en una bolsa de basura, y, sin preocuparme por una vez de quién podía estar acechando fuera, salí corriendo hacia el contenedor. Levanté la bolsa de basura que ya estaba dentro, arrojé la funda de edredón en el charco de líquido pútrido y agusanado del fondo, y cerré la tapa.

17

Mark

Se me cansa mucho la vista de evitar la mirada de Santé, de modo que es un alivio cuando un gato bufa fuera, haciendo que los enormes sabuesos salgan disparados de su sofá y golpeen la puerta ladrando desesperados, acompañados por el chillido aterrorizado de los pollos en el patio. Al menos tengo una excusa para apartar la mirada...

La habitación de la terapeuta está lejos, en una pequeña granja en las colinas de Bottelary. Era muy posible que hubiera dos terapeutas por cada familia de clase media mucho más cerca de casa, en la zona residencial del sur, pero Santé Joubert era la única psicoterapeuta concertada con la mutua cutre de la universidad que tenía un hueco. Me podían haber visto docenas de psiquiatras en cinco minutos, pero no quiero que me den medicación. No sé qué es lo que me pasa, pero no es algo que se pueda suprimir con medicamentos. Ya lo intenté antes y no funcionó.

—No tengo alucinaciones, Steph —dije—. No soy un psicótico. No soy peligroso.

Ella agarró a Hayden más fuerte aún y susurró por encima de su hombro:

—¿Y por qué está llorando tu hija entonces? ¿Por qué me estás gritando?

—¡No te estoy gritando! —grité, y de repente me callé. Qué escena más chabacana, representada millones y millones de veces por millones de familias tristes y exhaustas. No soy más que un tópico andante. Cambié el tono, levanté las manos—. ¿Qué quieres que haga, Steph? ¿Qué puedo hacer para que confíes en mí?

—No se trata de confiar, Mark. Estoy preocupada por ti, eso es todo. ¿Es que no eres capaz de entenderlo?

—¿Y qué hago entonces? ¿Qué puedo hacer? —Miré a Hayden y bajé la voz como si eso pudiera impedir que me oyese—. No me has dejado tocarla desde que volvimos.

—¿Y me puedes echar la culpa por eso? Tienes que estar medio borracho para acercarte a ella. —Contuvo el aliento—. Ya sé que has sufrido mucho estrés. Quizá no hayas procesado aún un montón de cosas, te las has ido tragando sin más. Sería bueno para ti hablar de ello. —No sabía si la expresión de su cara era de comprensión intensa o de pánico—. Solo queremos que te encuentres mejor.

Y todo porque esperé a que Steph se hubiera dormido y saqué la funda del edredón de Zoë del cubo de la basura, decidido a ponerlas de nuevo en la cama. Sé lo que Zoë quiere que haga, pero no puedo explicárselo a Steph. Yo lo único que quería era intentar tranquilizar a Zoë. Estoy de duelo constantemente, por el amor de Dios... eso no se supera; el dolor viene en oleadas inacabables. Steph nunca podrá entender ese tipo de dolor. Si ella perdiese a Hayden, podría correr desnuda por las calles, chillando y arrancándose mechones de pelo, y todo el mundo la comprendería. Pero si yo quiero honrar la memoria de mi hija de una forma privada, de repente resulta que estoy loco.

«No es justo», lloriqueó la voz del niño pequeño y dolido que habita en mi interior, y esa queja patética hacía que me sintiera más distanciado todavía. En aquel momento yo estaba dispuesto a pelear eternamente, a no ceder terreno, a reafirmar mis menguantes derechos, pero un momento lo cambió todo. Steph se dio la vuelta, agitada, y entonces Hayden dejó de llorar y sacó la carita del hueco del hombro de Steph; levantó la manita, abrió la cortina de su pelo y me miró. Instintivamente le sonreí y le guiñé un ojo (es lo que hago cuando la veo) y ella me devolvió la sonrisa, indecisa, pero cálida.

—Quiero hacerlo bien —dije. No dije: «Sea lo que sea que crees que he hecho mal».

—Pues demuéstranoslo. Demuéstranos que estás dispuesto y a partir de ahí ya veremos. —A pesar de sus palabras conciliadoras, su tono era frío como el hielo, y su cuerpo era un muro cerrado. Ese fue el final de la discusión, lo más cerca que pudimos estar del acuerdo, aquella noche.

Me he quedado atrapado entre una procesión de camiones destartalados a lo largo de Voortrekker Road, a través de Bellville, los lentos adelantando a los más lentos aún, y, aunque había salido con muchísimo tiempo, he llegado tarde a la cita de las once en punto. He seguido las indicaciones de Santé a lo largo de una serie de caminos secundarios y por una pista de tierra, con mi pequeño Hyundai casi rozando, con el suelo demasiado bajo, y luego he apretado el botón del intercomunicador en la puerta principal. El aparato ha crujido y siseado mientras yo miraba por encima de la pared que rodeaba la finca, de losas de cemento prefabricado coronadas por un alambre de espinos y electrificada. Me he anunciado entre las interferencias y la puerta motorizada se ha abierto sola. Tras seguir el camino a lo largo de una valla hasta un grupito de edificios situados entre unos cipreses, Santé Joubert, de unos cincuenta y tantos años, y con un cuerpo de formas imprecisas enfundado en sedas indias, me ha indicado que aparcara junto a uno de los árboles.

Al salir del coche he visto a los dos enormes perros dirigiéndose hacia mí desde la puerta, con las orejas aleteando y un hilo de baba visible en sus labios negros, aun desde la distancia. Quizá el cerebro humano primitivo esté ajustado para detectar tan finos detalles en sus últimos momentos. Me he quedado helado. Santé no ha hecho nada por detenerlos, observándome con expresión neutra, mientras ellos venían trotando y luego se detenían agarrándose a la tierra, a medio metro de distancia de mí.

—Les gusta —ha dicho, con acento de la zona de los viñedos, como si yo hubiera pasado una prueba, como si los perros supieran que yo era quien decía ser.

Me los he quedado mirando mientras ellos olfateaban mis zapatos y meneaban el rabo puntiagudo. Podría haber dicho algo ingenioso y sereno, como: «Y si no les hubiera gustado, ¿me habrían comido?», pero tenía la lengua paralizada, estaba nervioso por el recorrido hasta allí y agitado por los perros, y lo único que he conseguido decir ha sido: «Eh», mientras la seguía a una de las edificaciones anexas, alimentando una creciente amargura. ¿No se supone que una terapeuta tiene que hacer que sus pacientes se sientan a gusto? ¿No se trata de eso?

Así que cuando me ha conducido a la atestada sala de la sesión, cualquier deseo que hubiera podido tener de compartir mis secretos se había disipado, y cuando ha dicho: «Espero que no le importe que los perros se sienten con nosotros», he pensado que sí, que en realidad sí que me importa, pero ¿quién se atreve a decir algo cuando ve que dos grandes daneses te siguen y se acomodan a tu lado en un sofá hundido, cubierto por una vieja manta marrón? No es la idea que tengo de una consulta tranquila y minimalista, ni se parece remotamente, desde luego, a cualquier sala médica que haya visto antes. La habitación de Santé está llena de muebles antiguos tan informes y envueltos en sedas como su propietaria, una colección dispareja de alfombras llenas de pelos y barro. Apesta a sudor de caballo y a aliento de perro, y las moscas vuelan perezosamente por la luz filtrada que procede de las ventanas; la habitación es subterránea, terrosa, como si estuviéramos alojados entre las raíces de un enorme árbol.

Vale, pienso mientras me instalo en la butaca que me ha señalado ella. Esta habitación, ciertamente, hace que me sienta muy lejos de mi despacho y de mi casa y de la deprimente Voortrekker Road con los restaurantes donde se come sin bajarse del coche y las oficinas del gobierno, todas de cemento, y me siento transportado a una especie de apestosa madriguera de hobbit. Me fijo en los libros embutidos en doble fila en estantes desparejados colocados a lo largo del gran espacio, creando huecos orgánicos en los cuales puedes esconderte. Pero luego la miro a ella, que me observa como una especie de matrona asexuada, juzgándome, y enderezo la espalda y me incorporo hacia la parte delantera del asiento. No soy ningún niño a quien se pueda manipular con trucos baratos para que diga la verdad. Es la típica argucia del terapeuta: mirarte hasta que dices algo. La primera frase que pronuncias es la más reveladora, aquella por la cual te juzgarán a lo largo de todo el tratamiento. No pienso ser el que ceda primero, ya puede mirarme todo lo que quiera. Por supuesto, podría decir cosas durante toda una vida, pero ¿por qué ahora?, ¿por qué aquí? Debería estar confesando mis culpas a Steph y a Odette, no a este bicho raro.

Solo han pasado treinta segundos quizá, pero me ha parecido una hora entera, mientras conscientemente voy dirigiendo los ojos a cualquier sitio menos a los de ella, y me doy cuenta de que mi tozudo silencio es tan revelador como cualquier cosa que pudiera decir, pero ya estoy demasiado comprometido y esa incapacidad de mantener el silencio es quizá la acusación más condenatoria que se puede hacer de mi carácter, o de la falta de él. Tozudo, pero demasiado débil para mantener principio alguno. Así que cuando el gato bufa fuera, haciendo que las gallinas se pongan frenéticas y los perros pasen a toda carrera entre Santé y yo, y salgan violentamente a través de la puerta, con profundo alivio puedo apartar la vista y decir algo completamente inocuo:

—¿Quiere ir a ver?

Pero no es una cuestión inocua, en realidad. Sé que los perros son la protección de Santé, junto con ese muro erizado en torno a su propiedad. Me pregunto qué ha ocurrido aquí, qué es lo que ha provocado este nivel de defensas, que no puede ser simplemente una precaución. Ha tenido que producirse algún ataque de los incontables solicitantes de ayudas sociales que viven en la zona de desesperada pobreza que se extiende hasta su puerta. Esto hace que recuerde de nuevo a los tres hombres y oiga de nuevo los sollozos aterrorizados de Steph, cuando yo no quería volver a oírlos nunca más. La pasividad hippie de Santé se me antoja una capa más de su fachada protectora.

Pero ella se limita a hacer una mueca y menear la cabeza.

—No, está bien —dice, y luego vuelve a mirarme con la mano derecha descansando en un pequeño cuaderno de notas que tiene en el brazo de la butaca. No da golpecitos con los dedos, no está impaciente. Espera.

No tengo la energía suficiente para otra ronda de evasión de miradas, de modo que me aclaro la garganta.

—Me preguntaba si podríamos acabar con esto rápido.

—¿Acabar con esto?

—La mutua solo cubre cuatro sesiones, de modo que no creo que pueda profundizar demasiado. Así que quizá podamos hacerlo todo en los próximos dos días, si está disponible…

—A ver cómo va todo. Discutiremos luego el asunto del pago.

Me encojo de hombros sabiendo que, aunque me proponga algún descuento, no podría pagarlo. O ahora o nunca.

—¿Por qué ha venido hoy, Mark?

—Para mostrar mi buena disposición.

El perro marrón vuelve a su sitio en el sofá, se despereza y se tira un pedo. La expresión neutra de Santé no cambia, pero yo sonrío. Supongo que soy más amante de los perros que de los gatos. Creo que se debe a que, si tengo que elegir, prefiero la vida satisfecha de un perro al constante y neurótico acicalamiento y pavoneo del gato.

Y por primera vez desde el viaje, me permito pensar en lo que le hizo Zoë a aquel gato, revivir la escena en mi imaginación, no como Steph quiere que la recordemos, sino como ocurrió de verdad. Nada de todo esto es una coincidencia, me convenzo a mí mismo. Los perros guardianes, los gatos salvajes, el alambre de espinos, la verja eléctrica. Esta mujer me conoce, me ve, quizá mejor de lo que yo imaginaba. Quizá haya acabado en esta habitación mohosa por un buen motivo.

—¿Su buena disposición para qué? —pregunta.

—Ah, nada, es simplemente una broma. Algo que me dijo mi mujer.

—Las bromas son barómetros importantes de cualquier relación —dice ella—. Un código intrincado que excluye a las personas fuera de la relación sugiere intimidad, empatía... casi telepatía. Pero yo no le conozco, Mark, así que... si está aquí para que le ayude...

—Ya lo sé —contesto—. He venido aquí por un motivo, y supongo que será mejor que se lo cuente. Pero realmente, no sé por dónde empezar.

Me deja pensar largo rato, pero como sigo sin decidirme, ella dice:

—¿Y si me cuenta lo que cree que puede ocurrir en estas cuatro sesiones? Usted vive en Woodstock, ¿verdad? Es un camino largo. ¿Qué esperaba mientras venía hacia aquí? ¿Qué temía?

—¿En general?

Ella finalmente me recompensa frunciendo los labios.

—Podríamos empezar con los aspectos concretos, por ahora. ¿Qué esperaba usted de esta sesión? ¿Qué le preocupaba?

Cambio de postura y me apoyo en el brazo de la butaca. No recuerdo la última vez que alguien me preguntó algo sobre mí mismo, sobre lo que esperaba y temía. Sé que es una estrategia. Sé que es un halago, pero me relaja, me hace desear hablar. Es mucho más fácil intentar responder sus preguntas con honradez que resistirse durante una hora. Por eso he recorrido todo este camino, después de todo.

—Supongo que esperaba que la sesión cumpliese su cometido. Mi mujer quería que yo viniera. Yo quería que ella estuviera satisfecha.

—Ahora está insatisfecha. —No es una pregunta, por lo tanto no contesto—. Ella quería que usted mostrase su buena disposición para... ¿Para hacer qué? ¿Para ver las cosas desde el punto de vista de ella? ¿Para cambiar su conducta?

—Sí, y yo no creo que tenga que cambiar nada. No me pasa nada malo.

—Pero su mujer cree que sí. ¿Me ayudará que me cuente qué es lo que ella cree que le pasa?

Lo sopeso.

—No, el asunto no es ese. Sencillamente, quiero que vuelva a confiar en mí. —Quiero añadir: «Y me confíe a nuestra hija», pero eso sonaría mal, y no quiero pasar el resto de la sesión intentando convencer a esta desconocida de que nunca he hecho el menor daño a Hayden y nunca lo haré. No estoy preparado para meter a mis hijas en esta conversación—. Sencillamente, siento… cuando no hablamos… me siento solo. Ella es mi amiga, y la echo de menos.

—Así que, aunque usted cree que no le pasa nada malo, está aquí para que le curen y no se vuelva a sentir solo nunca más.

Frunzo el ceño; eso realmente lo resume todo bastante bien.

—Ya veo —dice Santé.

Me pierdo al volver a casa en coche. Pensaba que podía adelantar a unos cuantos camiones lentos girando a la izquierda en el camino de vuelta a través de Bellville, pero la carretera nunca cambia de sentido, y acabo serpenteando hacia el sur a través de Elsies River, Manenberg y Philippi. Chicos peligrosos con coches trucados merodean por las carreteras llenas de baches, pero no me miran dos veces ni a mí ni a mi poco carismático Hyundai. Solo intento orientarme cuando he llegado a Baden Powell Drive, casi una hora más tarde. Normalmente, un viaje como este me habría puesto muy tenso y furioso, pero desde la sesión me siento desplazado, dividido en dos, separado de mí mismo como si mi cuerpo estuviera en una burbuja impermeable y yo fuera un fantasma, mirándolo desde un lado. Y nadie puede hacer daño a un fantasma.

Me detengo en un aparcamiento improvisado, junto a una duna, y hago una seña a un grupito de personas que comparten un porro mientras vigilan sus cañas de pescar.

Doy un rodeo por detrás de ellos y recorro cansadamente la duna por encima de los restos de cristales y plástico que sobresalen de la tierra. Encuentro al final un montículo de arena bastante limpia y me siento en él, observando las gaviotas que se ciernen por encima de las cañas de pescar y las blancas cabrillas por encima del agua agitada. El fuerte viento es salobre, y trae con él ocasionales ráfagas de hedor humano. Pero el paisaje es bonito, a pesar de todo: el cielo de un azul radiante, la arena blanca, el frío color índigo del agua… No estoy seguro de si alguna vez me he sentado en esta costa (no es el tipo de lugar en el que uno se pararía) y tampoco sé si querría que Zoë se uniera a mí aquí, pero estoy seguro de que encontrará la manera de llegar.

Cuando vuelvo a casa ya es por la tarde. Steph está bañando a Hayden cuando entro, de modo que, después de dejar mis cosas en el ropero, me asomo a la puerta y las saludo. Sin volverse, Steph murmura: «Hola». Realmente no espero una respuesta de Hayden, porque está jugando con su pececito. Me veo a mí mismo en el espejo del armario de baño: tengo la cara muy quemada por el sol. Me toco las mejillas ardientes con los dedos y noto las marcas en ellas. Bajo la mirada y vuelvo las manos, y las inspecciono: varias marcas de arañazos paralelos en el dorso de las manos, algunas de ellas con costras y con sangre seca. Tengo tierra negra bajo las uñas.

Voy al lavabo y me lavo las manos. El jabón pica en los cortes. El agua marrón al final acaba corriendo transparente.

—¿Cómo ha ido? —me pregunta Steph.

—Bien —digo yo—. En realidad, bastante bien. Me ha sorprendido. Creo que será…

—¿Dónde has estado esta tarde?

—Me he tomado el día libre. —Me seco las manos con la toalla más oscura del toallero.

—Ya lo sé. Pero ¿dónde estabas?

—Pues he ido por ahí con el coche un rato. No había ido por esa zona desde hacía siglos.

—No estabas con Carla, ¿no?

Suspiro. ¿Respuesta defensiva o respuesta sencilla?

—No.

Ella llena una jarra con agua y apoya a Hayden en su brazo, reúne con suavidad sus rizos oscuros y los echa hacia atrás, mojándolos con el agua. Se le dan muy bien esas cosas: Hayden no chilla, simplemente se reclina hacia atrás y suspira. La miro hipnotizado mientras Steph le masajea el pelo con el champú infantil, frota, lo retuerce y lo aclara. Coloca una toalla pequeña en torno a la cabecita de Hayden y la levanta.

—¡No, mami! —grita Hayden—. ¡Quiero el pez!

—Es hora de salir, monito. Si dejas que te seque, podrás jugar un ratito antes de cenar.

Hayden sigue quejándose, pero Steph se pone firme y la seca en un minuto.

—Yo me encargo de limpiar todo esto —digo.

—Gracias —responde Steph. Envuelve a Hayden en su albornoz de *Frozen* y se la lleva al dormitorio, y yo me siento avergonzado de mí mismo. Si ir a terapia y limpiar después de que ellas usen el baño consigue eliminar esa sensación, y hace que me vuelva a amar, lo haré. Santé está equivocada: no me estoy negando nada a mí mismo, sino que me aferro a las últimas cosas buenas que tengo en la vida.

Quito el tapón, recojo los muñecos y los pongo en el cubo que hay en un extremo de la bañera. Cojo el jabón y abro la ducha de mano para aclarar la bañera. El agua va desapareciendo poco a poco por el desagüe, bloqueado por el pelo de Hayden acumulado en el sumidero. Lo recojo y sale todo en una bola reconfortante; brilla con un resplandor azulado, lleno de vida. No puedo tirarlo, de modo que le escurro bien el agua y me lo llevo.

18

Steph

Menos de una hora después de tirarla a la basura, cogí a Mark arrastrando la funda de edredón de Zoë por el pasillo del piso de arriba (seguramente salió a escondidas de casa y la sacó del contenedor cuando yo volví de la habitación de Hayden). Entonces le di el ultimátum: «O consigues ayuda profesional o Hayden y yo nos vamos». No levanté la voz, no hubo ninguna pelea a gritos. Él, sencillamente, se quedó mirando su apestoso trozo de tela como si lo viera por primera vez, asintió con la cabeza y me prometió pedir hora al día siguiente. Yo no le he acompañado a las sesiones, pero sé seguro que él ha cumplido su promesa, porque las facturas de su terapeuta, Santé no sé qué, se me ha olvidado su apellido, siguen llegando a casa. Al parecer, nuestra mutua de salud no cubría todo el coste del tratamiento de Mark. Ignoro las facturas, e ignoraré también las cartas de los abogados que seguirán, inevitablemente. Santé no sé cuántos puede llevarme a juicio. Se suponía que tenía que ayudar a Mark, y ha fracasado. A lo mejor hemos fracasado todos.

Mark accedió a pedir ayuda, de acuerdo, pero días después de volver de París, yo seguía sin poder evitar la desconcertante sensación de que alguien había estado toqueteando nuestras cosas. No tenía pruebas de que Carla hubiese andado husmeando por mis pertenencias, pero el sutil desplazamiento de objetos parecía estar destinado a hacer que me cuestionara a mí misma. No podía dejar de pensar que era malicioso. Cada día descubría una pequeña rareza: el bolsillo de una chaqueta que hacía meses que no llevaba estaba vuelto hacia fuera; un pintalabios que raramente usaba estaba completamente gastado. Cada vez que daba con algo que no estaba bien del todo, luchaba por convencerme a mí misma de que todo eran imaginaciones mías, pero no dormía bien, y el cansancio no hacía más que alimentar la ansiedad y la paranoia.

La noche después de que Mark volviera a casa tarde tras su primera visita a la terapeuta, sonó la alarma a las tres de la mañana. Yo estaba en la cama con Hayden cuando se puso a hablar, despertándome de golpe cuando por fin había conseguido dormirme unos minutos y el libro que sostenía en el pecho había caído al suelo. Esta vez Hayden no gritó. Sencillamente se incorporó y se quejó del ruido, amodorrada. Yo intenté calmarme por ella.

—No pasa nada, cariño. Voy a hacer que pare.

Corrí a la puerta.

—¡Mark! —susurré en el oscuro pasillo, aguzando el oído para percibir pasos o voces. Él no vino. No respondió—. ¡Mark! —Horribles escenas relampaguearon en mi cabeza. «Han entrado otra vez, y se lo han llevado. Están torturándole, rompiéndole los dedos, quemándole la piel con la plancha o asfixiándole con una almohada.» Y algo peor aún que todo eso: la idea de que él se estaba escondiendo, de que se había encerrado a salvo en el baño y estaba dejando que Hayden y yo nos enfrentásemos solas a aquello.

La voz de Hayden me empujó a la acción.

—Me duele la cabeza, mami.

—Todo va bien, cariño. Parará muy pronto, ya lo verás.

No podía dejarles entrar. No podía dejar que nos cogieran. Pero ¿qué hacer? No había cerradura en nuestra puerta. Intenté mover la cómoda con cajones hacia la puerta, pero solo pude apartarla un poco de la pared en ángulo, con los músculos de la espalda doloridos. Al apartarme de la pared, a la débil luz arrojada por la lámpara en la mesita de noche de Hayden, vi un objeto oscuro que estaba tirado junto al rodapié de madera que había detrás: un cepillo del pelo poco familiar, con pelo rubio enmarañado en sus púas. Al oír pasos, cogí a Hayden en mis brazos, sin saber todavía qué hacer. La puerta se abrió de golpe y era Mark... solo Mark. No nos había abandonado, después de todo. Parecía tranquilo, impasible; incluso se había tomado el tiempo necesario para ponerse unos vaqueros y una sudadera.

Encendió la luz principal, haciéndonos guiñar los ojos.

—¿Estáis bien, chicas?

—Te estaba llamando, Mark. Estaba preocupada... Yo pensaba... no sabía...

—Estaba comprobando la casa. Todo bien.

—¿Estás seguro?

—Claro que sí. He intentado apagar la alarma, pero el código no funciona.

Cambié el peso de Hayden a mi cadera. Ya estaba empezando a pesar demasiado para llevarla a cuestas. Mark fue a cogerla.

—Ven, deja que te lleve papá.

Tras un momento de duda, se la entregué. Tendría que haberme sentido aliviada ante aquella muestra de preocupación por su hija, pero, por el contrario, me sentía inquieta.

—¿Puedes mirar a ver si puedes apagarla? —me dijo él.

—Sí, pero ¿no deberíamos llamar a la policía, por si acaso?

—Ya he comprobado la casa, Steph. ¿Por qué perder más tiempo?

Una maligna voz interior me dijo que si yo hubiera tenido trabajo, si no hubiera preferido quedarme en casa con Hayden, entonces quizá habríamos podido permitirnos los quinientos rands al mes que valía conectar la alarma a una empresa de seguridad. Y podía ser simplemente un fallo del aparato, ¿no?

—Parece que saltó muchas veces, mientras estábamos fuera.

—¿Quién lo dice?

—Me lo ha dicho uno de los vecinos, un estudiante.

—¿Y por qué no me lo habías contado?

—Pensaba hacerlo. Pero últimamente has estado un poco distraído, Mark. —Por no mencionar que estabas como una cabra.

—¡Qué ruido, papi! —gritó Hayden.

—¿Puedes intentar apagarla, Steph? —me volvió a decir él.

Bajé corriendo a toquetear la alarma. En cuanto toqué el control, se apagó. No volví a ponerla en marcha, pensando que, si alguien quería entrar, resultaba inútil. Por el contrario, recorrí la casa volviendo a comprobar las ventanas y las puertas, y pegando un salto ante cada ruido que oía.

Cuando volví a la habitación de Hayden, Mark estaba trasladando la cómoda con cajones de nuevo a su sitio. El cepillo que estaba detrás había desaparecido de mi mente. Hayden estaba ya metida en la cama y se le cerraban los ojos.

Mark me sonrió.

—Bien hecho. Mañana haré que venga alguien a mirarla. Probablemente sea un cable suelto.

Quitó la luz principal. Su sombra alargada se proyectó en el edredón de plumas de Hayden, una silueta inquietante de Nosferatu. Yo temblé. Hayden ahora respiraba acompasadamente.

—Está dormida, Steph. Vamos. Vente a la cama.

Yo no podía soportar la idea de dejar a Hayden sola en la habitación. O quizá lo que no podía soportar era la idea de meterme en la cama a solas con Mark.

—No. Me quedo aquí con Hayden.

—¿Por qué no la traes con nosotros?

Me quedé mirándolo. Desde el principio estuvo en contra de dejarla dormir en nuestra cama con nosotros. Nunca habíamos discutido por qué, pero yo supuse que era un hábito que tenía Zoë y le parecía la típica conducta dependiente que se resistía a que adoptara Hayden.

—Me da pena moverla ahora.

—Vale. Pues que duermas bien. —Me besó castamente

en la mejilla y salió de la habitación. Yo me metí en la cama con Hayden, convencida de que no me llegaría el sueño, pero me dormí casi de inmediato.

Hayden me despertó acariciándome el pelo. La luz del sol, brillante, se filtraba a través de una rendija entre las cortinas.

—¡Mami! ¡Mami, levántate! Mami. Mira. —Señalaba debajo de la cama.

—¿Qué?

—Mira, tonta. Mira la señora rara.

—¿Qué señora rara?

—¡Mira!

Yo bajé las piernas de la cama y me agaché medio dormida aún, poniéndome a gatas. Lo único que había debajo de la cama era uno de los calcetines de Hayden y la Barbie Sirena. Lo saqué todo y se lo tendí a ella.

—¿Esta señora rara?

Hayden se puso una mano en la cadera en una imitación perfecta de mi madre cuando se exasperaba con papá.

—¡No, mami!

Chasqueó la lengua y me quitó la Barbie Sirena.

—¿Dónde está papá? —¿Y qué hora era? Cuando encontré por fin mi teléfono móvil, que había dejado en la mesilla de noche de Hayden, pero estúpidamente no había pensado en usar la noche anterior, vi que eran casi las nueve. Hayden normalmente se levantaba a las seis. Dios mío. ¿Llevaba tres horas sin que nadie la vigilara? La llevé al piso de abajo y vi con alivio que Mark había dejado una nota en la mesa de la cocina diciendo que había intentado despertarme antes pero había visto que no podía, así que se había quedado hasta oír que yo me despertaba. Pero ¿por qué no me había llamado? Seguramente había salido sigilosamente de la casa; no oí el ruido de la puerta principal ni el tintineo de la cancela al cerrarse.

—¿Te ha preparado el desayuno papá, Hayden?

Ella asintió.

—Cereales malos.

—¿Y te los has comido?

—No, mami. Quiero huevos con caras.

—Se dice «por favor».

—Por favor, mami... —dijo, con dulzura.

Le preparé a Hayden un huevo pasado por agua, dibujando una carita sonriente en la cáscara, como hacía siempre, y corté un trozo de tostada en tiras estrechas para que pudiera mojarlo en la yema. Yo no tenía hambre; no estaba segura de que me entrase ni siquiera el café, aquella mañana.

—¡Cucharita, mami! —dijo Hayden.

—¡Por favor! —respondí.

—Por favor, mami.

Abrí el cajón, buscando una de las cucharillas especiales que a ella tanto le gustaban, pero estaban casi todas en el lavavajillas, que me había olvidado de poner la noche anterior. Busqué entre los cuchillos y tenedores, metal raspando contra metal, hasta que encontré una, aunque estaba cubierta con una fina pátina de moho negro. Tiré la cuchara directamente a la basura, y luego saqué el cajón y lo volqué en la encimera. La bandeja de plástico estaba impecable, igual que el resto de la cubertería. No tenía ningún sentido. Quizá Mark o yo hubiéramos puesto accidentalmente una cucharilla sucia en el cajón, sin darnos cuenta.

Hayden me pidió un cucharilla de nuevo, de modo que yo distraídamente saqué una del lavavajillas, la lavé un poco y se la puse delante. Luego recorrí el resto de la cocina. No parecía que hubieran tocado nada más, pero yo tenía una sensación rara. La paranoia fue en aumento: ¿sería todo una treta muy sofisticada, como las de los libros policíacos que me gustaban, tramada para volverme loca? ¿Para separarnos a Mark y a mí?

Quizá fuera yo la que necesitaba un psiquiatra. No. Qué tontería. No estaba loca.

—¡Mami! ¡Mira! —Hayden me sonrió y tiró un trozo de tostada con mantequilla en las baldosas.

—No hagas eso, Hayden.

Volvió a hacerlo.

—Hayden, te lo advierto…

Soltó una risita y entonces, asegurándose de que la miraba, cogió el último trozo y lo tiró también. No lo hacía para irritarme, sencillamente estaba jugando, pero yo en aquel momento no pensaba con claridad. Surgió la rabia, cogí su cuenco y lo arrojé al fregadero, donde se rompió en mil pedazos, chillando:

—¡He dicho que no lo hagas, joder! —Nunca le había levantado la voz a Hayden antes, y durante un segundo las dos nos quedamos mirándonos la una a la otra, conmocionadas ambas.

Entonces Hayden boqueó y se echó a llorar. Yo la cogí de su estrecho asiento y la acuné contra mi cuerpo.

—Lo siento, mami —tartamudeó ella entre sollozos.

—No. Mami lo siente, cariño.

Ambas llorábamos. La escena se me ha quedado grabada en la mente con tanta claridad como si fuera el fotograma de una película. Yo con Hayden en los brazos en medio de la cocina, las dos llorando, las baldosas del suelo llenas de tostadas con huevo desparramadas.

—No llores, mami. —Hayden se inclinó hacia atrás y me acarició la cara—. Te dejaré jugar con la princesa Elsa.

Cuando las dos nos hubimos calmado, vestí a Hayden y luego la dejé jugar con mi iPad mientras yo limpiaba el desaguisado y el cuenco roto, conteniendo la culpabilidad que me invadía. Sin mostrar señal alguna de verse afectada por mi asombrosa conducta, ella continuaba gritando: «¡Mami! ¡Mira!» cada vez que conseguía llegar al siguiente nivel del juego al que estaba jugando. Otro ramalazo de culpabilidad: estaba usando el iPad y su multitud de juegos infantiles adictivos como niñera desde que volvimos de París.

En cuanto hube limpiado la cocina, sentí la urgente necesidad de confesar lo que había hecho. Llamé a Mark, pero su teléfono estaba desconectado. Pensé en llamar a mi madre y luego cambié de idea. Resultaba muy lamentable que fueran mis dos únicas opciones para ese fin. Busqué en mi bolso un Urbanol de emergencia, pero la caja estaba vacía. Se suponía que solo debía tomarlos dos semanas. Los medicamentos eran una solución a corto plazo para la ansiedad que sentía tras la invasión doméstica. Si necesitaba más (y estaba bastante segura de necesitarlos), significaba que tenía que volver al médico, un gasto que probablemente no estaría cubierto por la mutua de Mark. Tenía que pasar sin ellos. Y considerando cómo había muerto Zoë, y su estado mental actual, tan frágil, no podía decirle a Mark que andaba a la busca de tranquilizantes. Por el contrario, practiqué los ejercicios de respiración que la terapeuta de la policía me había enseñado, hasta que la ansiedad dejó de retorcerme las tripas.

Salir de casa podía ayudar. Quizá debiera hacer lo que había pensado hacer el otro día y salir a la playa. Después, Hayden y yo podíamos matar el rato comprando comestibles. A ella le encantaba ir al Pick and Pay y que la llevara de aquí para allá en el carrito. Pero como estaba absorta en su juego, decidí esperar hasta que se aburriese para sugerir una salida, y comprobé mis mensajes de correo. No había nada de la agente literaria, pero no me permití sumergirme en una espiral de dudas al respecto. Entré en Facebook y fui viendo las presuntuosas actualizaciones de las vidas de otras personas, aliviada por no haber puesto ningún mensaje haciendo saber a los demás nuestros planes para el viaje a París.

Estaba a punto de salir cuando un mensaje de los Petit resonó en mi correo entrante.

> Sentimos problemas por la mujer que parece murió en el patio de apartamento. Y también sentimos no poder ir a su casa en África. ¿Pueden por favor decirnos si han tenido otra experiencia durante su tiempo en el apartamento o ahora? Sería bueno que hicieran buena crítica para otros invitados que quieran alojar allí.
>
> Les deseamos la mejor cosa.

Yo me eché a reír, sobresaltando a Hayden. ¿Hacer una crítica? ¿Una puta crítica buena? Desesperada por compartir aquella noticia, intenté marcar de nuevo el teléfono de

Mark. Esta vez saltó directo el buzón de voz. Le reenvié el mensaje de correo y luego le envié un mensaje de texto diciéndole que comprobara su correo.

Hayden, afortunadamente, estaba muy entretenida con el iPad un vez más, de modo que me divertí haciendo una crítica propia para el pisito de los Petit.

> No solo los Petit (si es que ese es su nombre auténtico) no aparecieron por nuestra casa ni nos hicieron saber que habían cambiado de planes, sino que su apartamento era una mierda de mausoleo y no se parecía en nada a lo que se describía en la web. Es como el hotel de *El resplandor*, pero con menos encanto y más espanto. En todo el edificio no vivía nadie salvo una okupa loca que se invitó a sí misma a entrar en nuestro piso y luego se tiró por la ventana. Es un lugar maravilloso para cualquiera que quiera acabar traumatizado y que disfrute el ambiente de edificios vacíos y asquerosos de cemento que apesten a comida antigua y a mierda.

No se lo envié, sino que, por el contrario, les puse: «¿De verdad? ¿Una crítica buena? ¡Váyanse a la mierda! ¿Y por qué no vive nadie más en su maldito edificio?».

No envié este mensaje tampoco (está todavía en mi carpeta de borradores). Por el contrario envié un mensaje furioso quejándome del trato que habíamos recibido y lo envié a la web de intercambio de casas, con copia a los Petit. Ardiendo de indignación, me quedé mirando la pantalla del ordenador. Desde luego, era hora de salir de casa y dejar escapar algo de presión. Cogí la crema solar, los juguetes de playa de Hayden y una toalla, lo metí todo en una bolsa y salimos. La até en la sillita del coche y ella iba hablando sola, feliz y contenta, mientras yo ponía en marcha el coche. Pero no sonó ruido alguno. La batería estaba muerta. El alternador llevaba siglos fallando, y sabía que solo era cuestión de tiempo que muriera. Lo intenté una y otra vez, aun sabiendo que era inútil, mientras el sudor se me metía por la espalda del vestido. Como no teníamos aire acondicionado, Hayden y yo teníamos que salir cuanto antes del coche. Golpeé el volante con los puños, murmurando: «Joder, joder, joder», para que Hayden no me oyera decir tacos en voz alta. Ya había presenciado suficientes conductas descontroladas por parte de su madre por un día.

Le había prometido ir a la playa. ¿Y ahora qué? Sin coche, el día se extendía ante nosotras interminable. Hayden y yo podíamos ir andando al parque, pero a aquella hora del día haría un calor espantoso. Y no podíamos coger un taxi minibús hasta la playa: Mark me había hecho prometerle que nunca los usaría yendo con Hayden, porque los veía poco seguros, y yo no podía dejar de estar de acuerdo con él.

Salí del coche y solté a la niña. Extrañamente, no preguntó nada ni se quejó por el cambio de planes.

—Eh.

Me volví y vi al chico de la puerta de al lado.

—Hola, Karim. —Intenté sonreír, pero solo me salió una mueca.

—¿Problemas con el coche?

—Pues… ha sido culpa mía. Necesita un alternador nuevo, pero lo he ido dejando y ahora la batería está muerta.

—Me ofrecería a llevarte, pero solo tengo una vespa.

—Gracias. De todos modos, solo íbamos a la playa.

Hayden le saludó con la mano, tímidamente.

—¿Quieres pasar a tomar un café? —me salió, antes de que pudiera evitarlo.

Él se quedó un poco desconcertado.

—¿Ahora?

—Sí. Bueno, solo era una idea. Si no tienes tiempo, no pasa nada.

Él miró la hora en su móvil.

—Claro. ¿Por qué no? Tengo que ir a trabajar, pero me da tiempo de tomar un café.

—¡Estupendo! —Esta vez mi sonrisa era auténtica. No me importaba que él solo quisiera mostrarse amable conmigo, que quizá hubiera leído la desesperación que se transparentaba en mis ojos.

Fue tan amable que se puso a ver *Frozen* con Hayden y la Barbie Sirenita mientras yo hacía el café. Yo me sentía agitada y emocionada, como si estuviera saliendo con alguien. Sé que suena mal, pero es que llevaba semanas sin ver a nadie de mi edad.

—Siento lo de anoche —dije cuando Hayden quedó absorta con la princesa Elsa y su castillo Duplo (a saber adónde había ido a parar la dichosa Barbie Sirenita), y él se sentó conmigo en la encimera de la cocina.

Me miraba confuso.

—¿Qué es lo que sientes?

—Lo de nuestra alarma. Que se volvió a disparar anoche. Traeremos pronto a alguien para que la arregle, te lo prometo. —Mientras pensaba: «¿Antes o después de comprar un alternador nuevo?».

—Ah. No la oí.

—¿Habías salido?

—No. Estuve en casa toda la noche. Es raro que no me despertara… tengo el sueño bastante ligero. Ah, quería preguntarte, ¿adónde fuisteis?

—¿Cuándo?

—Me dijiste la última vez que os habíais ido de vacaciones.

Di un sorbo al café ardiendo.

—A París.

—Ah, qué chulo.

—Pues la verdad es que no…

Y sin pensarlo, se lo conté todo. Bueno, casi todo: no le conté que había encontrado a mi marido con un gato muerto en brazos. Karim escuchaba muy atento, y solo me interrumpió una vez cuando le conté que Mark había encontrado el pelo en el armario.

—Espera… ¿pelo? ¿Qué tipo de pelo?

—Mechones cortados, algo así. Mark decía que había cubos enteros llenos. —No mencioné la conducta absurda de Mark cuando volvió, después de tirarlo a la basura, ni tampoco ahondé mucho en el hecho de que en realidad yo no lo había visto.

—Uf…

Le conté lo de los ruidos peculiares que oíamos por la noche, lo raro que era que un edificio en una zona tan codiciada estuviera vacío. Y entonces llegué al suicidio de Mireille. Verbalizarlo realmente ponía de relieve aún más la extrañeza y el horror de lo que nos había pasado. También era muy consciente de que no sonaba plausible.

—Qué pasada —dijo mientras yo le contaba la historia y añadía que los Petit me habían enviado un mensaje pidiendo que les pusiera una buena crítica.

No le conocía lo suficiente para saber si se creía aquella historia o no.

Se acabó la taza.

—Bueno, gracias por el café, pero será mejor que me vaya.

—¿Sí? Puedo hacerte otro… —Sabía que sonaba desesperado, pero no me importaba en absoluto. No quería quedarme sola. No quería que Hayden y yo nos quedásemos solas contando las horas que faltaban hasta que Mark volviera a casa.

—Lo siento. —Se dirigió hacia la puerta—. Voy a llegar tarde. Estupendo el café, y gracias de todos modos.

Saludó con la mano a Hayden y yo fui tras él hasta la puerta principal. Le rodeé para dejarle salir y mi brazo desnudo rozó el suyo.

—Gracias por escucharme —le dije.

—Es una historia muy fuerte. Y gracias por el café.

—Karim… lo que te he contado de París es verdad. Sé que suena muy raro… Siento haberte metido en esto, porque apenas nos conocemos, y debes de pensar que soy una especie de…

Agitó la mano para que me callara.

—No pensaba que me estuvieras mintiendo. Gracias por contármelo todo. Y siento mucho que os hayan pasado todas esas cosas. —Hizo una pausa—. Tenemos que repetir esto.

Sentí una momentánea corriente entre nosotros. Estoy segura de que no me lo imaginaba, ni buscaba un subidón para mi ego. Y luego se fue.

Todavía agitada, pero sintiéndome mucho más ligera y

menos inquieta que antes, llamé de nuevo a Mark, le dejé un mensaje sobre lo del coche y le pedí que hiciera que cambiaran el alternador. Costara lo que costara. Limpié la casa, sin descubrir más cosas fuera de sitio, afortunadamente, y luego busqué en el congelador algo que preparar para la cena.

Las horas fueron pasando.

A las seis de la tarde Mark todavía no había vuelto a casa. Di la cena a Hayden y la bañé. Probé en su móvil, una y otra vez. Perdí la cuenta de las veces que lo intenté. Su última clase era a las tres, de modo que a menos que le hubieran pedido que hiciera una suplencia de las clases nocturnas (y siempre me avisaba cuando ocurría eso), tendría que haber vuelto a casa hacía horas.

Llegaron las siete y las siete y media. Metí a Hayden en la cama y ella se durmió casi de inmediato. Yo iba andando de aquí para allá, preguntándome si tendría que empezar a llamar a los hospitales, avisar a la policía. Pero ya había hecho algo parecido la noche anterior, después de su sesión de terapia. Los habituales sonidos crepusculares de la zona (el ladrido del perro de un vecino, el chirrido de un neumático) tenían un aire extraño, amenazador.

Al final cedí y llamé a Carla.

—¿Está contigo Mark? —le pregunté en cuanto cogió el teléfono.

—No. ¿Por qué iba a estar conmigo? ¿No tenía que ir hoy a ver a su terapeuta?

¿Ah, sí? ¿Y por qué no me lo había dicho, pues?

—No ha vuelto todavía.

—¿Has probado en su móvil?

—Muchas veces. Pero no lo coge. —A aquellas alturas ya no me importaba que pensara que nuestro matrimonio tenía problemas.

—Pareces estresada, Steph.

—Decir eso es poco.

—Lo siento, Steph. Sé que ha sido duro. Y siento mucho lo que ocurrió en París. Por si faltaba algo… —Oía un sonido débil de voces y risas de fondo; estaba en una fiesta, quizá en un restaurante—. Mark me ha dicho que crees que alguien ha tocado tus cosas. He estado pensando y es posible que «quizá» haya rozado algunas cosas cuando fui a ver cómo estaba la casa. Pero desde luego no las coloqué mal a propósito. Ni siquiera me hice un café.

No supe qué decir a eso. Quizá me lo estaba imaginando todo. ¿Era posible que yo hubiera cambiado de sitio los libros del dormitorio durante la frenética sesión de limpieza primaveral, justo antes de irnos a París, y me hubiera olvidado después? Supongo que debería haberme disculpado por acusarla, aunque fuera por persona interpuesta, de husmear entre mis cosas, pero el hecho es que todavía sospechaba que había hecho algo más que rozar inocentemente los muebles al pasar. Al final, conseguí decir:

—Es que la casa me da una sensación rara.

—Claro, Steph. Te atracaron en ella. Es perfectamente comprensible. Y después está tu horrible experiencia en París. Me sorprende que puedas soportar siquiera estar cinco minutos allí. Y ahora Mark no está en casa… ¿Quieres que vaya contigo?

—¡No! Bueno, quiero decir que gracias, pero que no puedo pedirte eso. Parece que has salido.

—No es nada importante. No me cuesta nada, estoy cerca. Estaré ahí en diez minutos.

Colgó antes de que pudiera disuadirla. Pero, para ser totalmente sincera, en parte me sentía aliviada de no tener que estar sola. Estuve mirando *Master Chef Australia* durante unos minutos, y pegué un salto cuando sonó el timbre de la puerta, a pesar de estar esperándolo. Carla llegó vestida con una especie de túnica de monje tibetano bordada con hilo de oro, con un aura de alcohol flotando tras ella. Quizá por eso se mostraba tan amable, pensé: estaba borracha. Me dio los habituales besos al aire.

—He probado también a hablar con Mark —me dijo en cuanto entró—. No contesta.

Me cogió la mano con sus fríos dedos y me arrastró hacia la cocina.

—Vamos. Necesitas un trago.

Antes de que pudiera detenerla, sacó una de las botellas de Meerlust de Mark, regalo de un antiguo amigo de la universidad, y buscó en el cajón el sacacorchos. Sirvió una copa para cada una, moviéndose por la cocina con más posesividad y confianza de la que jamás había sentido yo en ella.

Se apoyó en la encimera y dio un sorbo al vino.

—¿Sabes?, he estado pensando en lo que me has dicho de la casa. De las malas vibraciones.

Tomé un trago de mi copa. El vino era suave, amaderado... delicioso. Mark lo guardaba para alguna ocasión especial, y ahora sabía por qué.

—Es probable que solo sea mi...

Ella agitó la mano para acallarme.

—Ya sé que suena mal. Malas vibraciones, bla, bla. Palabrería, desde luego, pero escúchame un momento. —Dio un sorbo de vino, dramáticamente—. Dios, qué bueno está... ¿Y si traemos a alguien para que las borre?

—¿Para que borre el qué?

—Las malas vibraciones.

—¿Quieres decir un exorcista?

—Me refiero a un *sangoma,* un curandero.

Me eché a reír. Carla no se reía.

—Lo digo en serio.

—Carla, Mark y yo somos ateos. No creemos en lo espiritual ni lo más mínimo.

—Sí, ya lo sé, pero ¿qué daño puede hacer? A lo mejor todo son imaginaciones. Pero a lo mejor cogisteis malas energías en París y las trajisteis aquí con vosotros. Lo pasasteis muy mal en esta casa. ¿Por qué no mantener una actitud abierta hacia esas cosas?

Volví a pensar en lo que Mireille había dicho justo antes de matarse, que ahora parecían menos tonterías sin sentido y más una advertencia: «Pensaba que desaparecería con las últimas personas... Ahora debo llevármelo conmigo, o si no se quedará con vosotros». Un *sangoma,* quizá. Pero ¿cómo encontrar uno? Los *sangomas* que yo conocía eran charlatanes, tíos que anunciaban su comercio en unas octavillas en la estación de Ciudad del Cabo, ofreciendo curación para todo lo habido y por haber, desde la tuberculosis hasta la disfunción eréctil.

—Yo conozco a una. Vino de Holanda hace diez años, cuando notó la llamada.

—Espera… ¿es blanca?

Ella negó con tristeza.

—No todos los holandeses son blancos, Steph. —Pero hasta Carla era capaz de ver que yo no estaba de humor para su condescendencia, de modo que cambió de tono—. Pero sí, resulta que es blanca. ¿Y qué?

—¿Y has recurrido a ella alguna vez? —«Y si es así, ¿para qué?»

—No, pero la conocí en la presentación del libro de un amigo, y congeniamos.

«Bueno, entonces de acuerdo.» Quería reírme en su cara. Pensé en preguntarle cómo es posible que alguien de Ámsterdam recibiera «la llamada», pero no quería meterme en una discusión sobre apropiación cultural. Por el contrario, me limité a decir:

—Claro, ¿por qué no? —Pensando que a continuación podríamos probar con un cura, un rabino y, finalmente, si fallaba todo lo demás, un abogado de divorcios.

Pero Carla estaba ya escribiendo un mensaje en su móvil. La respuesta sonó de inmediato, casi como si todo hubiera estado preparado.

—Puede venir pasado mañana.

Estaba a punto de responder cuando oí que Hayden me llamaba.

—Tardaré un minuto nada más.

Carla me despidió con la mano y cogió la botella para servirse otra copa.

Hayden estaba incorporada en la cama, con el pelo revuelto y la lamparita de su mesilla de noche en forma de princesa arrojando sombras en la pared.

—¿Qué pasa, monito?

—Mami. Está ahí abajo. Lo he oído.

—¿Debajo, dónde?

—De la cama, mami —susurraba. No parecía asustada, sino simplemente cansada.

—¿Quién? ¿La señora otra vez?

—No lo sé, mami…

—No hay nada aquí, Hayden, pero mami va a mirar, ¿vale?

—Vale, mami.

Me puse a cuatro patas y miré en la oscuridad bajo la cama. Y por un instante, una cosa oscura y resbaladiza, plana y con el rostro vacuo y con muchos miembros, saltó hacia mí como una araña saltadora que se lanza hacia una mosca. Di un respingo y me golpeé la cabeza con el borde de la cama, parpadeé y volví a mirar. No había nada excepto el solitario calcetín que había visto antes.

19

Mark

—Así que lo que está retratando Poe en realidad es el deseo somatizado, la expresión fisiológica y psicológica de anhelos ilícitos que no tienen ninguna otra forma de liberación. Sus *doppelgängers* les permiten representar deseos que la sociedad civilizada jamás les permitiría. Es lo mismo en *Jekyll y Hyde*, por supuesto. Y sabemos por Stephenson, Stoker y Gilman que el constructo de la sociedad civilizada no es sino una capa finísima que cubre un pozo negro de abusos y corrupción.

Me da miedo levantar la vista hacia los alumnos. No sé por qué motivo esta clase fluye de repente desde un interés genuino; hoy parece menos forzada, menos impostada y formal que hace años. Algo se ha despertado en mí, y me noto implicado en el tema de mi clase como si fuera la primera vez que lo explicara. Pero si levanto la vista, sé que me encontraré con el mismo muro deprimente de veintitrés caras indiferentes y aburridas. Supongo que puedo comprender que los alumnos de primero se sientan atrapados en un módulo que odian. Esperando un crédito fácil y repetitivo, se han encontrado con que han hecho una mala elección. Pero la apatía y el desinterés de los alumnos de tercero, que han tomado una decisión informada para cursar este módulo (que trata de sexo, muerte, sueños y sangre), me asombra. ¿Por qué se han molestado? ¿Por qué están aquí?

Consulto mis notas y me froto las sienes. Me he llegado a acostumbrar a estar exhausto constantemente, pero eso no me quita el deseo de poder dormir. La maldita alarma volvió a dispararse anoche (o más bien esta mañana). Steph se puso como loca, y Hayden se descontroló. Por supuesto, la niña reacciona así cuando ve a su madre presa del pánico. Por mi parte, me sentí sorprendentemente tranquilo mientras buscaba la causa del fallo. Es otro síntoma de mi mejora, supongo. Soy capaz de distanciarme de una situación: empiezo a confiar en que lo peor ha pasado y que nos va a ir bien. Que ellos no van a volver. Los monstruos se ensañaron con nosotros en París, pero salimos con vida de allí. Lo superaremos.

Me encuentro bien, bien de verdad. La sesión de terapia fue divertida como ejercicio intelectual. Ya entiendo cómo funcionan los temas psicodinámicos en los relatos que enseño este semestre, pero la que debería buscar ayuda de verdad es Steph. Siempre sola en casa, con Hayden... Le iría bien hablar con alguien y, después de lo de anoche, empiezo a preguntarme si no sufrirá una especie de Síndrome de Münchhausen, si Steph no alimentará el miedo de Hayden, aterrorizándola de tal manera que ella pueda luego acudir a rescatarla. Si se trata de eso, no puedo pasarlo por alto.

Cuando oigo una risita delante de mí, me doy cuenta de que he hecho una pausa demasiado larga.

—Lo siento, ¿dónde estaba?

«Son solo chavales —me recuerda Lindi cada vez que, de pie en la cocina del despacho, me quejo de la apatía de los alumnos—. Están cansados. Hacen turnos de noche para poderse pagar la matrícula o las drogas, tienen ataques de pánico o pesadillas, se vienen abajo. Sus vidas son dramáticas y agotadoras. No te lo tomes como algo personal.»

De modo que sigo, bajando la cabeza.

—Nunca podemos estar seguros de si las situaciones que Poe presenta en sus cuentos son simplemente síntomas de la imaginación histérica de sus narradores o si ocurrieron de verdad. Verán...

—Perdón.

Casi no la oigo y pronuncio unas pocas palabras más,

antes de que un movimiento y unos crujidos me obliguen a detenerme, y finalmente levanto los ojos de la audiencia invisible de acólitos embelesados, dibujados en mi escritorio, y veo a los jóvenes reales que están frente a mí y que ahora levantan la vista y miran hacia atrás, al fondo de la clase, para ver quién ha hablado. Al principio no la veo, a mis ojos les cuesta un poco enfocar más allá de un par de palmos. La luz del sol entra deslumbrante entre las persianas de la amplia ventana que está a un lado de la clase, y los rostros de los chicos están cortados en dos mitades, sol y sombra.

Dirijo mi mirada miope hacia el origen de la voz y ella sigue preguntándome con un acento sonoro, exótico:

—¿Qué quiere decir con eso de que «ocurrieron de verdad»? ¿Es ficción, *n'est-ce pas*?

Está al fondo de la clase, completamente oculta detrás de un trío de alumnos de la fila anterior que han movido sus sillas y las han unido. No reconozco su voz, como ocurre con algunas de sus compañeras de clase. Estamos al principio del semestre y quizá haya venido de otro grupo. Pero al mismo tiempo hay algo familiar, algo cálido y resonante en ella.

—Bueno, sí, es ficción, pero dependiendo de la estructura del relato, hay varios niveles de realidad entre el autor, el narrador, el protagonista y el lector —digo refugiándome tras un muro de argumentos teóricos—. En este caso, hablo de realidad a nivel narrativo; la separación entre lo que el narrador describe y lo que…

Entonces uno de los chicos de la fila anterior a la de ella se vuelve en su asiento y deja ver a la alumna a la luz resplandeciente que penetra entre los listones, y me callo de repente. Conozco a esa chica; la sitúo de inmediato. Está en mis pensamientos todos los días; he pensado en ella todas las noches, cuando intentaba dormir. Es la chica del museo. Es Zoë, dorada y brillante a la luz del sol, Zoë viva, con catorce años. Aparto los ojos de ella y los bajo.

No sé cómo consigo acabar lo que queda de la clase, pero veinte minutos después las sillas rozan el suelo y los pupitres se cierran. Apenas me he arriesgado a levantar la mirada alguna otra vez en todo ese tiempo, y, cuando los alumnos salen, sospecho que me lo he imaginado todo, ya que ningún ángel rubio parecido a Odette sale con ellos.

Cuando se retiran, la última pareja de chicos se vuelve.

—*Oh, là, là* —murmura uno, y el otro se ríe. Han mirado por encima de mi hombro.

Me vuelvo y la veo de pie, en silencio, detrás de mí, retorciendo un mechón de su largo pelo entre los dedos y rascando la moqueta gris con la punta de sus zapatillas deportivas de Scooby-Doo, igual que las que compramos a Zoë su último invierno.

—*Viens, papa. Regarde* —dice.

Me vuelvo, examino el aula, en parte para asegurarme de que se ha quedado vacía, aparte de nosotros, y en parte esperando que la chica haya desaparecido también cuando vuelva la cabeza. Pero no se ha ido, de modo que me guardo la cartera y las llaves y la sigo fuera, al pasillo, y luego por la puerta que da a la escalera. Sin palabras, sin mirar atrás, ella me conduce hasta el sexto piso del edificio. Yo me esfuerzo por mantener el ritmo de su joven cuerpo, y al fin llegamos al último tramo de escaleras que conduce a la puerta del terrado. Cuando empujo la pesada puerta de emergencia, que los fumadores siempre sujetan con un bote de pintura abollado para que no se cierre, adapto mis ojos al resplandor plateado, e intento recuperar el aliento, y la veo sentada en la cornisa, balanceando lánguidamente las piernas.

Al final se vuelve a mirarme cuando me acerco. A la luz del sol, la veo perfectamente por fin. No es Zoë... es una buena imitación, pero su rostro es una máscara. A pesar de su sonrisa fácil, en sus ojos se lee el esfuerzo, como si se estuviera concentrando muchísimo para representar un papel. Al menos eso es lo que me digo a mí mismo, porque Zoë está muerta.

—Ven a ver —dice de nuevo, y una vez más capto cierto acento extraño en su voz profunda.

Me levanto un poco para sentarme junto a ella y el revestimiento plateado y pegajoso me quema las manos cuando lo toco. La cornisa domina un tejado más bajo que da a un estrecho callejón donde una bandada de palomas bastante mugrientas va cabeceando y disputándose los restos de un pastel, vigiladas sin que se den cuenta por un polvoriento gato gris escondido a la sombra de un montón de cajas de embalaje. El monte Table se alza por encima del grupo de edificios cuadrados esparcidos a su sombra, y la brisa que nos da en el rostro transmite una mezcla de potentes olores a restaurante, a basura y a tubos de escape. Esa brisa le mete unos mechones de pelo a la chica en los ojos, y ella se los aparta y luego coge un mechón y se lo retuerce en torno a un dedo, como hacía en el aula.

Cuando deja de retorcerse el pelo, varios mechones se sueltan de sus dedos y me caen en la camisa y en la cara. Me muevo para quitármelos, pero ella mira en la otra dirección, con una vaga sonrisa en la cara, y casi sin pensar recojo los mechones, los enrollo y me los meto en el bolsillo.

—¿Qué quieres que vea? —le digo.

Ella frunce el ceño, como si se sintiera decepcionada al ver que yo sigo manteniendo la excusa que nos ha hecho subir hasta aquí.

El gato gris nos ha estado mirando con sus ojos amarillos, moviendo el rabo, molesto por nuestra presencia. Ahora se vuelve para acechar a los pájaros, meneando el culo.

—Mira eso —dice.

—¿El qué?

—Eso tan asqueroso.

—¿El qué?

—El «gato», papá. Odio los gatos —dice, y algo frío raspa en su voz—. Hacen que me atragante.

El corazón me da un vuelco.

—¿Quién eres tú?—le digo—. ¿Por qué estás aquí?

Como única respuesta, ella se encoge de hombros.

—¿Y qué has hecho con ella?

Ahora se vuelve.

—¿Con quién?

—Con mi hija. Con Zoë. Era pequeña.

—Ha crecido. —Sus ojos verdes se clavan en los míos y temo que quiera acercarse a mí, besarme, morderme como hizo en el museo. Me arden los muslos en la cornisa caliente y me levanto en el momento en que oigo un estruendo y un impacto ruidoso en el tejado de enfrente. El gato se ha lanzado hacia las palomas y estas han saltado, llenas de pánico, volando directamente hacia nosotros. Instintivamente levanto los brazos para protegerme la cara y la cabeza, y juro que noto las alas de las aves y las garras que me arañan, mientras giran y se enderezan y luego se alejan.

Cuando me he calmado un poco, veo a la chica en la cornisa del terrado, pasando las piernas por encima. Corro hacia ella cuando se sienta, levanta las dos manos, se recoge el pelo apartándolo de la cara y lo retuerce detrás en un nudo suelto.

—¡Alto! —digo—. ¡Ten cuidado!

Ella se vuelve hacia mí.

—*Pourquoi, Papa?*

—Porque yo…

—Siempre estaré aquí. —Se inclina hacia delante y se deja caer desde la cornisa.

Por supuesto, cuando llego corriendo y miro hacia abajo, en el suelo no hay nadie.

Todavía estoy conmocionado cuando entro en mi despacho. Afortunadamente, la puerta de Lindi está cerrada, así que consigo evitar sus bienintencionadas preguntas. Aunque es la hora de mi tutoría, cierro mi propia puerta y me siento ante el escritorio. Solo ha sido mi imaginación, me digo, pero mi mente está a una distancia increíble de mis vísceras. Lo que acaba de ocurrir, o al menos parte de ello, era real, pero no puedo decir dónde o cuándo la realidad ha pasado a ser imaginación. Estoy intentando recordar el orden de los acontecimientos, pero hay un punto negro encima de ellos que elude mi comprensión.

No puedo explicarme bien, así que cojo el teléfono y llamo a Carla. Acabo contándole que vi a Zoë en el museo de cera y que, no sé cómo, ha conseguido seguirme hasta aquí.

—Es comprensible, Mark, cariño. Tienes una imaginación tan fértil... tu mente intenta ayudarte a salir del trauma y te lleva a un mundo donde no han ocurrido las cosas malas, a un mundo donde Zoë ha sobrevivido. Por supuesto, hay muchos niveles de culpabilidad asociados a esa idea... Te culpas a ti mismo, aunque Dios sabe que te hemos dicho mil veces que no es culpa tuya. Bueno, al menos tus amigos lo hemos hecho... y tendremos que seguir repitiéndolo hasta que acabe todo.

—Pero no está solo en mi imaginación, Carla. Nunca he experimentado nada como esto antes. No suelo ir por ahí siendo presa de alucinaciones vívidas.

Carla no responde, y en su silencio noto como si me estuviera juzgando. Necesito probar (ante ella, ante mí mismo) que no me he inventado todo esto. Entonces me acuerdo: me meto la mano en el bolsillo del pantalón, y ahí está. Saco el ovillo de pelo rubio que he recogido. Es un ovillo bastante grande, más de lo que recuerdo haberme sacudido de la ropa, pero ahí está... esto prueba que ha ocurrido algo, que no me he imaginado totalmente una conversación a pleno viento con una chica de pelo largo.

—De todos modos, es el momento de llamar a Marlies.

—¿Marlies?

—Te lo he dicho cien veces, Mark. Mi amiga holandesa. La *sangoma*. Ahora se hace llamar Gogo Thembi.

Sí, ahora me acuerdo. Desde lo del robo, Carla ha amenazado con traernos a alguien a casa para limpiar los malos espíritus. Yo pensaba que se refería a un espiritista u ocultista cualquiera, pero no, es Marlies la holandesa, doctora en brujería.

—¿Y qué va a hacer? ¿Eliminar los traumas con huesos de pollo y gofres con sirope?

—Deberías abrir un poquito la mente. —Su voz suena fría; mi observación jocosa parece que la ha ofendido—. Es el problema que tenéis aquí. El ochenta por ciento de este país usa *sangomas* para todo tipo de problemas. No tienes por qué sentirte tan superior, joder. Es una forma de terapia legítima. Ella puede limpiar vuestro hogar. Limpiaros a vosotros.

La ofensiva grandilocuente que ha emprendido me provoca.

—¿Desde cuándo eres defensora de la medicina tradicional africana? Lo último que te oí decir antes de esto era que una dieta alta en grasas y baja en carbohidratos iba a salvarte la vida y a hacerte una persona mejor.

—Venga ya, joder, Mark. Estoy intentando ayudarte. Tienes algo oscuro en tu interior… es normal que lo tengas, ya lo sé, pero ¿no sería un alivio? Desde el atraco, todo ha empeorado para ti… y para tu familia. ¿No quieres probar «algo» para aliviar tu situación?

—Por Dios bendito, Carla. No necesitamos una puta limpieza. Lo que necesito es dormir.

—Nunca pides ayuda. Ese es otro problema que tienes, ya que hablamos del tema. —Se echa a reír—. Pero hay mucha gente y muchas estructuras por ahí que pueden ayudarnos, cuando lo necesitamos. La familia humana es vasta. Y eso es bueno, Mark. ¿No puedes creer al menos eso?

No digo nada.

—Y de todos modos, a pesar de lo que puedas pensar, la curación africana no es mágica, no es brujería. Es una filosofía, tan válida como cualquier otra religión o filosofía secular. Igual que ellas, es todo un sistema terapéutico que ofrece soluciones cuando llegan los tiempos difíciles. Nadie cree en fantasmas reales, pero igual que tus sacerdotes o terapeutas o tus filósofos ateos y seculares europeos, los *sangomas* pueden ayudarte a encontrar y comprender tus sueños, te dan consejos vitales y te ayudan a exorcizar tus fantasmas psíquicos.

Su argumento es convincente, lo único que pasa es que lo relativiza todo convirtiéndolo en una papilla de inofensiva comida basura espiritual.

—¿Ahora eres una experta en este asunto, cómo es eso?

—Vi un documental la otra noche.

Suelto una carcajada.

—Aunque estuviera de acuerdo, no podemos permitírnoslo. —Es mi lema—. Me he quedado sin blanca para poder pagar el maldito sistema de alarma de Jan. Y de todos modos, Steph nunca aceptaría que se hiciera algo semejante en nuestra casa.

—No te preocupes, ya la convenceré. Soy muy persuasiva, ya lo sabes. Especialmente cuando se trata de lo mejor para ti, amigo mío.

Cuando llego a casa más tarde, encuentro a Carla en mi sala, bebiéndose el Meerlust que me regaló Geoff en mi despedida de la UCT y mirando mi televisor.

Ella me observa de arriba abajo, como si fuera un intruso inesperado.

—Pero ¿qué te ha pasado? —dice.

—¿Dónde está Steph?

Mira lo que llevo en la mano.

—¿Por qué no tiras eso y te limpias un poco?

Voy a la cocina, pongo al fuego la tetera y guardo mi paquete en la caja de la despensa, y luego voy a lavarme las manos y los brazos al baño. En nuestro dormitorio, echo la camisa en la cesta de la ropa sucia, me pongo una camiseta limpia y voy a reunirme con Carla en el salón. Pero cuando salgo al pasillo, veo a Steph saliendo con mucho sigilo de la habitación de Hayden. Se vuelve y se sobresalta cuando me ve. Cogida de improviso, durante un momento se queda con la cara pálida y los ojos muy abiertos, y luego se rehace, frunce el ceño y me hace señas de que entre en la cocina.

Cruza los brazos, se queda a tres metros de distancia de donde yo estoy, lo más lejos posible, en esta habitación.

—¿Dónde has estado? —me dice.

—¿Quién la ha invitado a venir? —susurro.

—Se ha invitado ella misma, claro. —No se preocupa de bajar la voz—. ¿Dónde has estado?

—En terapia. Había un atasco.

Veo que aprieta la mandíbula, haciendo un esfuerzo para no responder, para no acusarme de nada, para no empezar nada mientras Carla esté aquí, pero no puede evitar mirar el reloj de la pared. Son más de las nueve.

—¿Está bien Hayden? —le pregunto, intentando disimular.

—Dios mío, Mark. No, no está bien. Está muy inquieta. No puede dormir profundamente, y creo que se está volviendo a poner enferma.

No es la primera vez hoy que me preocupa que Steph pueda estar poniendo enferma a Hayden, o que al menos su ansiedad esté teniendo un mal efecto sobre la niña.

—Escucha, Steph… —le digo, y entonces Carla viene desde el salón y se queda de pie en la puerta de la cocina—. Quizá hayas estado demasiado tiempo sola en esta casa. Podemos llevar a Hayden a la guardería. Quizá es hora de que empieces a pensar en buscar un trabajo.

Cuando Marlies, la *sangoma,* llega tintineando a nuestra casa justo antes del mediodía, dos días más tarde, no estoy de humor. Tintinea mucho: lleva pulseras de cuentas, collares que cuelgan y hasta el bolso de tela que lleva colgado al hombro golpea contra su tambor mientras cierra con llave el Kia en la calle y cruza, ignorando los gritos de un par de vagabundos drogados que están apoyados en la pared del vecino.

La veo a través de la ventana delantera, veo que abre la cancela y se para. Baja el tambor y el bolso y mira la casa, ceñuda. Lleva una cinta del pelo con cuentas y una falda larga, y parece ser más o menos de mi edad, cuarenta y muchos quizá, con el cuerpo achaparrado y el pelo descuidado y descolorido chafado por la parte posterior del tocado. Parece olisquear el aire un minuto, oscilando ligeramente como si estuviera a merced de una suave marea, y luego recoge el tambor y el bolso y se vuelve a ir, dirigiéndose hacia la cancela, donde se detiene de nuevo, indecisa.

La ayudo a decidir. Ahora que está aquí no tiene sentido que se vaya, ¿no? Abro la puerta y la llamo:

—¡Hola! ¿Marlies? —No puedo llamarla «Gogo Thembi».

Ella me mira y me examina con la misma indecisión en la mirada que ha empleado en la casa.

—¿Va todo bien? —Salgo al porche y voy hacia ella—. ¿Puedo echarle una mano?

—No —dice ella.

—¿Va a entrar?

Ella coge aire con fuerza y me sigue, murmurando algo para sí, no sé si en holandés, en xhosa o en élfico, no sabría decirlo. La dejo entrar por la puerta principal y ella cierra después de entrar, como si fuera la que está más avergonzada por esta transacción. Deja sus cosas en el vestíbulo, se lleva las manos a las caderas y pasea los ojos a su alrededor.

—Su mujer y su hija no están, ¿verdad?

—No —digo. Una de las pocas cosas en las que Steph y yo hemos estado de acuerdo últimamente es en que Hayden no tiene por qué estar implicada en esto, desde luego.

—Bien —dice—. Es mejor que la pequeña no esté aquí. —Durante un momento noto una cierta sensación de normalidad. Vi el documental que me recomendó Carla en YouTube, y, aparte de algunos comentarios sensatos de un profesor de antropología, de donde Carla sacó sus semi-convincentes argumentos sobre filosofías y sistemas terapéuticos, nada en los *sangomas* de ciudad en sí mismos me inspiró confianza. Todo aquello me parecía una pantomima ridícula, cosas de hippies viejos dejándose llevar por su necesidad de dramas y aullidos, salpicando su discurso, con una dicción de clase media, de explosivos «*Eish!*», «*Wena!*» y «*Aikhona!*», y frases cogidas de los dibujos animados de *Madam and Eve* que habían leído mientras se tomaban una infusión, en las horas libres del trabajo. Y, por supuesto, los ancianos rurales que les habían enseñado lo hacían por el dinero fácil. ¿Por qué no iban a hacerlo? Salía un antiguo cartero de Liverpool que ahora es *sangoma;* sus libras británicas debieron de hacer mucho bien en el pueblo de sus maestros. También había una *sangoma* vegetariana de Sandton en el programa, que hacía que su maestro matara la cabra y los pollos en su lugar.

Hasta el momento, sin embargo, aparte del atuendo, Marlies se está comportando como una persona normal, no parece que esté actuando. Parece convencida de lo que está haciendo, cosa que me ayuda a seguir con esta charada. Que sea una experiencia a la que yo también me pueda abrir. Es como escuchar la historia de otra persona durante un rato, eso es todo.

Ahora ha empezado a deambular y yo la llevo al salón.

—Pero la otra niña —dice, mirando las fotos del estante de los libros y el adorno en torno al techo—. Ella sigue aquí.

De inmediato cambio de humor. Maldita sea Carla. Debe de haberle contado a esta mujer toda la puta historia. ¿Cuándo comprenderá que todo esto no es asunto de nadie?

—No, no hay ninguna otra niña.

Marlies no se preocupa de volverse hacia mí cuando dice:

—Es a ella a quien necesita usted que saque de aquí.

No. No. Siento como un tirón dentro de mí, como un gancho que hurga y que me está desgarrando.

—Espere —empiezo a decir, pero ella ya está abriendo su bolso de tela y murmurando para sí.

—Tenemos que llamar a los antepasados, preguntarles cuál es su plan.

No quiero que Zoë desaparezca. Nunca he querido que se fuera. No es eso lo que quiero. Corro hacia ella, tratando de hacerla volver al pasillo sin tocarla.

—Dejemos esto, ¿sabe? Ya está bien. Simplemente, era algo que quería hacer mi mujer. Puede irse. Ya lo haremos en otro momento. —Lucho para mantener la voz tranquila.

Finalmente ella levanta los ojos hacia mí, solo un momento, y dice:

—Está fuera de sus manos. —Entonces se desplaza hasta

el rincón más alejado de la habitación, susurrando suavemente muy bajo como si intentara seducir a las sombras.

Mi cuerpo se tensa y mi mente empieza a concentrarse en el instinto animal. Ella se ha convertido en una amenaza para mi hija. El gancho se clava otra vez, me desgarra un poco más. Pero, aun así, no sé por qué, no puedo tocarla, luchar contra ella, echarla de la casa. Tengo la sensación de que está protegida.

De modo que me quedo en la puerta y hablo, que es la puta solución que siempre tengo para todo. Intento alzar la voz, que mi tono suene autoritario.

—Escuche —digo—, esta es nuestra casa y usted tiene que irse.

Pero Marlies no me escucha. Está agachada y está quemando algo, su voz ha empezado a alzarse en un parloteo ininteligible.

—¿Me ha oído? Tiene que irse. —Me acerco a ella, pero el humo que está haciendo es espeso y acre, huele a mierda, y, no sé por qué, no puedo atravesarlo.

Al mismo tiempo, la bruja está de pie y agita las hojas ardiendo bajo mi cara, ahora chilla algo, pone los ojos en blanco y la vibración de sus labios y su barbilla repercute en todo su cuerpo. El sonido de su pecho es demasiado bajo, demasiado profundo, y tengo que retroceder. Jadeo, aspirando un poco de humo, y vuelvo a jadear de nuevo. Tengo que expulsarlo, pero mi pecho está encogido por un espasmo, y el humo ha irrumpido en mi cuerpo. Lo noto invadiendo cada una de mis células.

Y ahora no sé qué me pasa en los ojos, porque veo relámpagos ante una niebla gris y formas que se van perfilando entre la niebla. Está la silueta encorvada de un jorobado, un hombre con ropa antigua que se lleva las manos a una herida de puñal que tiene en el pecho. Un rostro de metal se abalanza hacia mí y se abre, revelando detrás solo una calavera. La piel cerúlea de un soldado nazi se acerca demasiado a mi cara, arrastrando tras él un olor a podrido al pasar. Un hombre quebrado blande un hacha ante una figura pequeña y agazapada. Tres hombres altos con pasamontañas gritan órdenes mientras recorren estruendosamente el pasillo de madera.

«Todo esto no es real. Ya lo he visto antes. Son solo recuerdos.»

Y, como si hubiera despejado el aire con mi afirmación, la niebla se aclara y revela mi salón casi tal y como estaba antes, pero ahora oscuro, aunque el sol matutino acaba de empezar a brillar. Cuando se aclaran los últimos jirones de niebla, una silueta sigue erguida allí. Una niña pequeña. Me mira, inclinando la cabeza.

No puede ser, pero es.

Mira detrás de donde yo estoy. La doctora bruja ha desaparecido, pero sigo oyendo sus sollozos. El humo sigue en el aire, pero ahora huele dulce, como a incienso.

Zoë me mira furiosa, con ojeras moradas en torno a los ojos y con la barbilla manchada de vómito. Y entonces se inclina y se echa a llorar, como si algo que quisiera mucho hubiera sido aplastado delante de ella. Los ganchos me desgarran otra vez y sé que ella está sintiendo lo mismo.

Voy hacia ella.

—No pasa nada, cariño. No dejaré que te aparten de mí.

Pero ella mira a través de mí, hacia el lugar donde estaba yo antes, hablando como si no pudiera oírme.

—Tengo que enseñarte una cosa —dice, con una voz que no es la suya, cuyo sonido raspa a través de unos dientes apretados por el dolor. Oigo un golpeteo que viene de detrás de mi oído.

La sigo y ella me guía atravesando la cocina, empuja la puerta combada de la despensa.

Abre la caja de cartón que he estado usando, la que he metido detrás de las bombonas de gas para el invierno.

—¿Qué has hecho, Mark? —me dice.

Yo bajo la vista hacia la caja.

—Quería hacer que estuvieras mejor. Quería recuperarte, cariño.

—No —dice ella—, tiene que estar vivo.

20

Steph

—Mami, huele mal. —Hayden arrugó la nariz en el momento en que entramos por la puerta principal. Mark y yo decidimos que era mejor que ella no estuviera presente mientras la *sangoma* de Carla cumplía su cometido, y, como el coche ya estaba arreglado, la llevé a la playa y luego a Pick and Pay a pasar la tarde. Habría querido estar más rato fuera, pero se había puesto muy cabezota en el supermercado porque el calor que hacía la ponía irritable. Y tenía razón: toda la casa apestaba a salvia silvestre quemada o cualquier mierda de esas que hubiera usado la *sangoma* para «limpiarla».

Mark salió de la cocina, murmuró un saludo y me ayudó diligentemente con las bolsas de plástico del supermercado. Parecía furtivo, como si le hubiera cogido mirando porno.

—¿Y qué? —dije colocándome a Hayden en una posición más cómoda en la cadera—. ¿Cómo ha ido?

Él negó con la cabeza.

—Exactamente como se podía esperar. No tengo ni idea de por qué acepté esto.

—Lo aceptamos los dos.

—Sí.

—La casa huele fatal. ¿Qué ha usado esa mujer? —¿Y por qué la has dejado?

Él se desentendió.

—No lo sé.

Metí a Hayden en su silla, le prometí hacerle pasta con queso, y empecé a guardar los comestibles. Tiré de la puerta del frigorífico pero no se abría, a veces le pasaba eso. Di un tirón muy fuerte que casi hace que me caiga, y esa vez la puerta se abrió y exhaló un hedor espantoso a vinagre y a carne pasada. El origen del olor a carne podrida parecía ser un paquete de beicon a medio terminar que no tenía por qué haberse podrido tan rápidamente, y el olor a vinagre estaba claro que procedía de un recipiente abierto de arenques en conserva que yo no recordaba haber comprado. Y eso era todo. Un bote de salsa de tomate había desparramado su contenido en el cajón de las verduras, y ya estaba seco, formando una horrible costra.

—¿Has hecho tú esto, Mark?

—¿Eh? —Estaba a kilómetros de distancia, congelado de repente mientras guardaba los paquetes de espaguetis en el armario.

—¿Has cambiado las cosas de sitio en la nevera?

—No. Claro que no. —Parecía irritable, molesto por haberle sacado de sus pensamientos—. ¿Por qué iba a hacer tal cosa?

—Bueno, pues alguien lo ha hecho. —Me aparté a un lado para que pudiera mirar el desastre. Maldita Carla. Tenía que haber sido ella. Era muy propio de ella aparecer cuando la *sangoma* estaba haciendo su trabajo. No era de las que se pierden las cosas.

Él no demostró sorpresa alguna ante aquel desaguisado.

—Yo lo limpiaré.

—¿Y cómo ha sido todo? ¿Carla ha…?

—No, ahora no, Steph. —Miró con intención a Hayden.

—Mark…

—Alguien habrá tocado la nevera durante la… —y meneó una mano por encima de su cabeza— la limpieza.

—A mí me parece que está hecho a propósito.

Él no respondió, y se limitó a sacar la lejía y unos trapos de debajo del fregadero.

Mientras yo preparaba la comida de Hayden, él se encargó obstinadamente de la nevera, sacó las bandejas y las aclaró bajo el grifo. Me parecía que evitaba mirarme deliberadamente. Tuve que preguntarle dos veces si quería comer algo, y él murmuró que ya había comido. El olor a humo me había quitado el apetito.

Hayden comió un poco de pasta de mala gana y bostezó.

—Noto la tripa rara, mami.

Mark tiró el trapo que estaba usando en el fregadero y se acercó a ella.

—¿Quieres ver una película con papá?

No sabía si realmente él quería pasar tiempo con ella o estaba buscando una excusa para apartarse de mí. Ella asintió, volvió a bostezar y estiró los brazos hacia él. Conseguí evitar quitársela de los brazos y lo que hice fue apoyarme en la encimera de la cocina y escuchar la música inicial de la *La Lego película*. No podía enfrentarme a la limpieza. Quería convencerme a mí misma de que los amuletos de la *sangoma*, o lo que fuera, habían funcionado, y que la casa ahora estaba libre de su contaminación, pero la suciedad de la nevera me había dejado algo agitada. Tenía que haber sido Carla, pero no podía creer que ella lo hubiese hecho. El olor a humo no menguaba. Más bien al contrario, se volvía más fuerte. Y no me veía capaz de abrir una ventana.

Atisbé en el salón para ver a Mark y a Hayden, y estaban los dos mirando la pantalla con cara inexpresiva, sin notar que los espiaba, así que volví a la cocina y abrí mi portátil, esperando que la web de intercambio de casas hubiera respondido finalmente a mi furioso *mail* sobre la conducta de los Petit. No había sido así. Y la agente de mi libro tampoco me había vuelto a decir nada, aunque era comprensible, ya que solo hacía una semana que tenía el manuscrito completo. Soñé despierta, ociosamente, con presentaciones de libros, y me imaginé (para mi vergüenza ahora) con Carla, mirándome celosa desde la parte de atrás de una librería atestada. Pensé que quizá debía aprovechar el tiempo que tenía para intentar apuntarme en una agencia de trabajo temporal. Mark había mencionado algo de que volviera al trabajo delante de Carla, hacía dos días. Al menos habría podido esperar a que ella no lo oyera. Inquieta, me preparé una taza de té, luego estuve tonteando en Internet un rato, diciéndome que ya buscaría trabajo por la mañana. El agente de la propiedad con el que habíamos hablado en París, espectacularmente guapo, había dicho que su jefe no podría ayudarnos en nuestra investigación sobre los Petit hasta al cabo de una semana por lo menos, pero no veía que hiciera ningún daño enviarle un mensaje ya mismo. Busqué en mi bolso su tarjeta y le envié un mensaje explicándole quién era yo, que buscaba la historia del edificio de los Petit y que tenía curiosidad por saber por qué estaba vacío.

Entré en Facebook, notando un brote de felicidad culpable al ver que Karim me había enviado una petición de amistad. Segundos después de aceptarla, un mensaje suyo parpadeó en la pantalla.

«Hola. He estado pensando en tu historia. ¿Has mirado en otras webs?»

«Hola. ¿Qué webs?»

«Pues Airbnb, couchsurfer.com, cosas así. Tus propietarios a lo mejor se han anunciado también en esas webs...»

Tenía razón. No podía olvidar que Mireille había mencionado que otras personas se habían alojado también en el apartamento... era perfectamente posible que los Petit hubiesen atraído a otras personas a su casa a través de otros medios. Tendría que haberlo pensado yo misma.

«Gracias.»

«De nada.»

Hice una pausa un segundo y escribí:

«¿Quieres tomar un café mañana?»

No hubo respuesta durante un par de minutos, y luego:

«Vale. ¿A qué hora? Tengo clase hasta la una, y luego trabajo a las cinco.»

Un temblor de anticipación. Mark estaría en el trabajo desde las diez hasta las cuatro.

«¿A las tres?»

«Vale. Nos vemos entonces.»

A continuación tecleé la dirección del edificio y busqué: «Alojamiento de alquiler en París». Bingo: no podía estar segura de ello, pero parecía que había estado colgado en otra web de intercambio de casas, aunque cuando hacia clic en el vínculo no aparecía nada. Fui mirando un vínculo tras otro hasta que llegué a Parisdreaming.com, que ofrecía sus servicios a viajeros americanos que buscaban alojamiento barato. Debajo de la misma foto del baño que los Petit habían puesto en nuestra web de intercambio de casas había una sola reseña: «No se alojen ahí. Huele mal y no tiene aire acondicionado. No se dejen engañar pensando que es un chollo, porque no vale la pena. Nos fuimos a los dos días». La reseña la habían enviado el mes de julio anterior, pero no había ningún lugar donde yo pudiera dejar un comentario, y, cuando busqué los detalles de contacto de la web, di con un muro: «Página no encontrada». Frustrada, apreté la tecla de volver atrás, pero al cabo de media hora de búsqueda inútil, no pude volver a aquella página. Estaba a punto de rendirme cuando di con un vínculo de un foro de alojamiento para británicos en el extranjero. Un tal Mrbaker9981 había iniciado un hilo en septiembre del año anterior, titulado: «NO SE ALOJEN AQUÍ». El reseñista había escrito la dirección de los Petit en mayúsculas, seguido por un «No se les ocurra ir a ese agujero infernal en la web de alojamientos baratos, que ahora precisamente ya no está activa. El peor sitio en el que me he alojado nunca. Caluroso, olía mal y los propietarios no aparecieron y se negaron a devolvernos parte del dinero, aunque nos fuimos antes. Estaba embrujado, y no en el buen sentido. QUEDAN ADVERTIDOS».

Dos reseñadores más habían respondido con mensajes en el sentido de «gracias por la advertencia», y «¿puede estar embrujada una casa en un sentido bueno?», pero Mrbaker9981 no les había respondido.

Con el corazón latiéndome más fuerte aún, me inscribí en la página y dejé un mensaje diciendo que me había alojado en el mismo «agujero del infierno» y rogaba desvergonzadamente a Mrbaker9981 que contactara conmigo. Incluía mi dirección de correo... no me importaba que me mandaran montones de spam.

Se me antojó de pronto googlear el nombre de usuario, por si había acudido a otros foros bajo el mismo alias. Y acerté. Parecía estar activo en otras dos páginas: Comentar es gratis del *Guardian* y loveulots.co.uk, una página de contactos «discreta» para gente casada. Sin dudarlo, me uní a la página de citas (tenía que pagar doscientos rands para hacerlo y rellenar un cuestionario) y fui a su perfil. Fui directamente al botón «dejar un mensaje», y le dejé un ruego algo más desesperado, preguntándole si era el mismo que había participado en el foro de alojamientos, y rogándole que se pusiera en contacto conmigo para compartir información. Las normas de la página establecían que no podía dejar mi dirección de correo a menos que él me devolviera el mensaje.

Estaba tan absorta en mi trabajo detectivesco que no había notado que la casa estaba silenciosa, y que la película había terminado. En el salón, Mark y Hayden estaban dormidos en el sofá. Ella descansaba encima del pecho de él, con uno de sus brazos rodeándole. Se supone que aquí tendría que decir que me sentí abrumada por un sentimiento de amor, pero la verdad es que sentía la misma inquietud, como si aquel gesto fuera posesivo, en lugar de cariñoso. Le quité el brazo a él y no se despertó. Tenía la piel cubierta de sudor. Recogí a Hayden, ella protestó, adormilada, y luego me echó los brazos al cuello y me pasó las piernas en torno a la cintura, como los monos.

Como de costumbre, encendí la luz de su mesilla de noche y la dejé a continuación a ella en la cama. La sensación de que no estábamos solas en la habitación no se fue insinuando poco a poco esta vez, sino que me atravesó como un relámpago. Volví la cabeza a un lado y vi algo oscuro agazapado en el rincón de la habitación, junto a la cómoda con cajones. Un grito se ahogó en mi garganta al ver aquella cosa de rostro vacío revolviéndose con sus múltiples miembros. Parpadeé y había desaparecido. Helada de terror, no me moví durante al menos un minuto. Gradualmente me incorporé, luego corrí llena de pánico a encender la luz principal. La habitación parecía vacía otra vez. No hacía falta ser Einstein para comprender lo que estaba tratando de conjurar mi mente: una monstruosa amalgama de los hombres que habían irrumpido en la casa y nos habían aterrorizado. Y una vez más, cuando miré debajo de la cama, no había nada salvo el solitario calcetín de Hayden. Después de siglos de intentar reunir el valor suficiente, como si esperase que me mordiera, me agaché y lo recogí. Había algo más, a un metro de distancia. El cepillo del pelo de Zoë. Aquel que había caído detrás de la cajonera. O a lo mejor no era de Zoë. No importaba: ¿qué demonios estaba haciendo aquí? Lo envolví en el calcetín, dispuesta a tirarlo a la basura.

No podía dejar sola a Hayden, pero tampoco podía dormir. Con la luz encendida, fui repasando el estante que tenía lleno de libros de dibujos, decidida a permanecer despierta hasta que llegase la luz de la mañana. Supongo que debí de dormitar un poco a medida que pasaban las horas, porque lo siguiente que recuerdo es el sonido de la ducha. Hayden todavía estaba en el país de los sueños, con los puños en el pecho y el pelo pegado a la frente. Con cuidado de no despertarla, me levanté y fui de puntillas al baño. Podía oír el murmullo de la voz de Mark a través de la puerta medio abierta. ¿Estaría al teléfono? Era ridículo, estaba en la ducha. Suavemente empujé la puerta y escuché. No podía distinguir ninguna palabra individual con la salpicadura del agua, pero luego oí: «Lo he hecho por ti. Te digo que lo he hecho por ti». Su voz se elevaba con cada palabra.

Abrí la cortina de la ducha y él respingó y se volvió hacia mí.

—¿Por qué hablas solo, Mark?

—No estaba... Eh, ¿no se puede tener un poco de intimidad aquí? —intentó reír, pero más bien parecía un estertor mortal. Aquel no era el hombre con el que me casé, por el cual había sentido tanto deseo. Fueran cuales fuesen las batallas mentales que estaba librando, su cuerpo estaba pagando el peaje. Había perdido peso; se le notaban todas las costillas. Su cuerpo delgado estaba blando; a pesar del vapor y el agua caliente, tenía carne de gallina, y en los brazos un mapa de arañazos y pinchazos. En la piel de las pantorrillas sobresalía una red de un azul intenso de venas varicosas. «Viejo —pensé—. Eres viejo.» Él cerró el agua y se inclinó a coger una toalla.

—¿Se ha levantado Hayden?

—No, Mark. ¿Se puede saber qué te pasa?

—No sé a qué te refieres.

—Te has distanciado de mí y de Hayden desde que volvimos de París. —Eso no era cierto. Empezó antes. Mucho antes. Empezó la noche que aquellos hombres entraron en casa.

Él se secó a toda prisa. Había perdido demasiado peso. Intenté recordar el cuerpo firme que tanto había deseado, pero lo único que veía eran aquellos brazos nervudos, aquel pecho hundido. Las mejillas le colgaban.

—Estoy recibiendo ayuda, Steph. Es lo que tú querías que hiciera, ¿no? Voy a ver a una terapeuta, como tú me pediste.

—Mark, por favor, háblame.

—Ve a hacer un café y hablaremos.

—¿De verdad?

Él sonrió.

—De verdad.

¿Acababa de ver quizá una chispa del antiguo Mark? Pero aunque yo estaba desesperada por impedir que las cosas se escaparan a mi control todavía más, sabía que no eran más que buenas intenciones por mi parte.

Entré en la habitación de Hayden de camino a la cocina. Cosa rara en ella, seguía profundamente dormida.

Dudé y luego miré debajo de su cama. Nada. Por supuesto que no había nada. Dejé el cepillo del pelo en la papelera, diciéndome a mí misma que lo tiraría más tarde.

En la cocina todavía quedaba un rastro de aquel asqueroso olor a quemado, había que vaciar el lavaplatos, el fogón estaba manchado de grasa y la puerta del microondas llena de queso fundido por la cena de Hayden. Busqué en los armarios alguna taza limpia. Casi se nos había acabado el café bueno. Sabiendo que Karim iba a venir más tarde, puse la mezcla de emergencia en la cafetera. No me importaba que Mark se diera cuenta.

Cuando se reunió conmigo unos minutos más tarde, llevaba traje... el que había llevado en nuestra boda y en el funeral de su padre. Leyó mi mirada indecisa.

—Toda la ropa que tengo está sucia menos esto.

Busqué en su rostro una señal de que estuviera enfadado conmigo por no haberme preocupado de hacer la colada. Casi habría sido un alivio encontrar en él una emoción tan normal.

—He estado muy ocupada.

—¿Haciendo qué exactamente?

Desde que nació Hayden ambos habíamos evitado discutir por asuntos domésticos. Él me dijo que con Odette ya había acabado harto de esas cosas; era demasiado fácil permitir que pasaran a las peleas y el resentimiento: «¿Cómo que no hay leche? ¿No has pasado todo el puto día en casa mientras yo estaba trabajando? Lo mínimo que podías haber hecho es vaciar el lavaplatos antes de salir de casa, bla bla...». Sabía que tenía que pasar por alto aquel ataque, pero, por el contrario, salté:

—Cuidando de tu hija, joder.

—Mi hija está... mi hija está...

—¿Tu hija está qué, Mark? —Pasaron segundos antes de que él respondiera. La cafetera pitaba y siseaba—. ¿Mark? ¿Qué le pasa a Hayden?

—Está durmiendo, ¿no, Steph? —Su voz sonaba aguda y gimoteante, como si me estuviera suplicando.

«Ay, Dios mío.»

—Sí. —Me aclaré la garganta—. ¿Quieres un café?

—No. Tengo que irme.

—Pensaba que íbamos a hablar...

—Y hablaremos. Pero no ahora.

Eran las siete menos cinco. Sus clases no empezaban hasta las diez, la mayor parte de los días. Con un pequeño gesto, se volvió y se fue hacia el vestíbulo, donde cogió las llaves del coche de la mesita de la entrada. Dudó, volvió a la cocina, pasó a mi lado y entró en la despensa. No le pregunté qué estaba haciendo, ni tampoco le pregunté qué había en la destrozada caja de zapatos que llevaba ahora bajo el brazo. Sin hacerme caso, salió de casa y cerró la puerta tras él.

Negándome a preocuparme, fui a despertar a Hayden. Estaba muy amodorrada y se quejaba de dolor de garganta. Tenía la frente algo caliente, pero no me preocupé demasiado, porque cogía resfriados a menudo. La instalé en el sofá y la dejé jugar con el iPad. Ocupé el tiempo tomando una ducha y limpiando la cocina con desinfectante. Su olor intenso me hizo pensar en enfermedades y hospitales, pero al menos así se borraría el rancio hedor a humo. A continuación, recogí toda nuestra ropa sucia y la lavé con un programa caliente. No quería pensar en Mark. Desde que volvimos de París se había cruzado ya más de una línea. Todo estaba descontrolado. Por el contrario, pensaba en Karim. Pensaba en su piel, su pelo, el pequeño tatuaje negro que salía de la manga de su camiseta (no sabía lo que era... sigo sin saberlo aún). Él era todo lo que Mark no era. Lo admito, había estado pensando en él mucho más de lo que habría debido. No se me ocurrió entonces que quizá él estuviera pensando en mí también.

A las dos y media subí las escaleras corriendo para cambiarme, y a toda prisa me puse un poco de base de maquillaje, que no duraría demasiado con aquel calor. Me temblaban los dedos cuando intenté pintarme una raya en los ojos. Me la quité y empecé de nuevo.

Llamaron a la puerta exactamente a las tres. Karim olía a jabón y a espuma de afeitar, como si se acabara de duchar hacía unos minutos solamente. En cuanto Hayden le vio, le tendió los brazos para que la abrazara, y él se vio obligado a ponerse de rodillas junto al sofá para saludarla. Le puse *Frozen* para que la viera, cosa que sabía que la distraería durante al menos una hora, y Karim vino conmigo a la cocina. Yo estaba sudorosa y nerviosa. Ninguno de los dos habló mientras preparaba las tazas de café. Impulsivamente, le dije:

—Hace demasiado calor para tomar café. ¿Te apetece una cerveza?

—¿En serio?

—Sí. ¿Por qué no? —dije, lamentando ya la sugerencia. ¿Y si pensaba que yo era una alcohólica?

Entonces él sonrió.

—Sí. ¿Por qué no? Una no nos hará daño.

Esta vez la puerta de la nevera se portó bien. Saqué un par de botellas que quedaban de la noche que Carla y su amigo vinieron a cenar, y le tendí una a Karim. Entrechocamos la botellas, mirándonos a los ojos, y yo dije:

—¿Puedo hacerte una pregunta? Te va a parecer una tontería…

—Adelante.

—¿Crees en fantasmas?

—¿Por qué?

—Es que… —Y le conté lo de la cosa debajo de la cama de Hayden. Salió todo: la sensación que tuve en el apartamento de París de que no estábamos solos, la sensación de que Mireille se me había aparecido al volver al apartamento, después de pasar la noche en la comisaría.

Él me escuchó atentamente, como la última vez. Esperaba que dijese algo sobre los traumas y la imaginación, ya que después de todo era estudiante de psicología, pero, por el contrario, dijo:

—Hay muchos motivos racionales por los cuales la gente ve fantasmas. Ya sabes, cosas como infrasonidos, envenenamiento por monóxido de carbono… Incluso hay un moho que la gente cree que puede ser causante de alucinaciones.

—¿Un moho? —Miré mi cerveza. Estaba vacía. No recordaba habérmela bebido, pero no me sentía borracha, en lo más mínimo.

—Mira esto. —Sacó su móvil y tecleó algo. Me lo pasó. Había descargado un artículo sobre un grupo de científicos que habían descubierto un nexo entre las alucinaciones y las esporas tóxicas de un moho encontrado en edificios antiguos. No había pruebas concretas de esa teoría, y no se me escapó que el artículo se había publicado en un tabloide británico no demasiado conocido por contrastar sus noticias.

Le devolví el teléfono.

—Interesante…

¿Podríamos habernos traído algo de París? Me dio un escalofrío al pensar en esporas de moho creciendo en mi cerebro, infectando los caminos neuronales o como quiera que se llamen. Quizá eso explicase la extraña conducta de Mark también. Y en su reseña, Mrbaker9981 había mencionado algo de que el edificio estaba embrujado. La teoría era algo descabellada y no se había probado aún, pero era mejor que la otra alternativa: que Mark y yo, básicamente, nos habíamos vuelto locos.

—¿Había moho en aquel apartamento donde os alojasteis?

—Pues en realidad sí. Y olía muy mal. ¿Qué es esa otra cosa que has mencionado? ¿Ultrasonidos?

—Sí. Causan una vibración que hace que algunas personas se pongan inquietas, o algo por el estilo. —Me sonrió de nuevo y cogió su móvil—. Deja que te lo busque…

Me acerqué tanto a él que podía leer lo que estaba buscando en la pantalla. Mi hombro rozó su brazo. No sé quién empezó (y lo digo con total sinceridad), pero de repente estaba entre sus brazos, besándole. Noté el sabor de la cerveza en su lengua y el sólido peso de su espalda musculada bajo la camisa, tan distinta a la de Mark. Sus manos se introdujeron bajo mi camisa, y entonces oí que Hayden me llamaba. Salté y me aparté de él.

—Mierda. Deberías irte…

—Sí. —Se metió el teléfono en el bolsillo y me siguió hasta la puerta principal. Cada uno evitaba los ojos del otro, y hubo un momento de suprema incomodidad cuando abrí la cancela y le dejé salir de Alcatraz. Me ardía la cara, no de arrepentimiento exactamente, sino de vergüenza por la idea de que Hayden hubiera podido venir y vernos. Corrí al salón.

—Mami. Me duele…

Todavía estaba caliente pero no demasiado, y le di un poco de Calpol, por si acaso. La recosté en el sofá, donde podía mantenerla vigilada, y volví a la cocina. Tiré las pruebas de la cerveza al cubo de reciclaje, y, mientras Hayden echaba la siesta, volví al ordenador, dispuesta a googlear el artículo sobre el moho que inducía a ver fantasmas para distraerme de la culpabilidad por lo que acababa de ocurrir con Karim. No podía echarle la culpa al alcohol.

Mi carpeta de entrada estaba repleta de mensajes de la página de contactos. Yo había escrito un perfil muy esquemático, y ni siquiera había cargado una foto, pero eso no había disuadido a los miembros de la web. Estaba a punto de borrar los mensajes sin leer cuando me di cuenta de que uno de ellos era de Mrbaker9981:

> Querida Stephanie:
>
> Me llamo Ellie Baker. Usted ha dejado un mensaje en esta página para mi padre. Me avergüenza que mi padre estuviera inscrito en esta página pero la verdad es que tuvo un montón de problemas en su vida, debido a una niñez llena de malos tratos y otras cosas en las que no entraré, de modo que sé que buscaba soluciones y no era culpa suya. Sigo mirando sus mensajes de correo y no me he acordado de cancelar la cuenta de suscripción, y por eso he recibido su mensaje. Normalmente lo habría ignorado pero parece usted una señora muy amable, así que he pensado contestarle. Tengo que decirle que

no puedo ayudarla con su investigación sobre el apartamento donde él estuvo con mi madre el año pasado en agosto, en Francia. Mi madre y él murieron en octubre en un accidente.

Saludos,

Ellie

Detrás del mensaje venía un vínculo a un artículo. No tuve que hacer clic para que apareciera el titular: «Dos personas mueren en accidente de coche, posible asesinato o suicidio».

21

Mark

El viento sopla entre los pinos del cementerio de Plumstead, y las tumbas de los niños me están haciendo llorar otra vez. Las muñecas con la cara agrietada y las flores muertas, el celofán amarillento envolviendo las pelotas desinfladas hacen que esta parte parezca una fiesta de cumpleaños abandonada debido a una súbita tragedia. Conozco el dolor de estas familias que han dejado a sus ángeles descansando aquí. Nada hará que se sientan mejor; nunca volverán a estar enteros. Busco el ampuloso mausoleo de los Barney y me recuerda el dolor excesivo; me despierta la timidez, detiene mis lágrimas. Puedes pintar la Tierra de morado, puedes arrancar todo lo que existe, en tu desesperación, pero nada te la devolverá.

No sabría explicar a Steph qué he estado haciendo aquí. Por qué ahora, por qué después de todo este tiempo. Ella entendería solamente que tendría que haberlo superado, y que solo debería preocuparme por Hayden. Ya no soporta más mi dolor.

No puedo explicármelo yo mismo tampoco. Está claro que Zoë siempre ha estado conmigo, de una manera o de otra, pero desde París está mucho más visceralmente. No puedo explicarle todo esto a Steph, ni por qué estoy haciendo esta colección para Zoë… ella pensará que estoy loco. Siempre piensa eso.

Un grupo de gallinas de Guinea pasa andando entre la hilera de tumbas, absurdas y precisas con sus trajes de topos.

Pienso en ellas brevemente pero no, las plumas no servirán.

¿Por qué la muerte debería provocar una respuesta normal? ¿Por qué debería yo ser cuerdo y mesurado, frío, como reacción a mi pérdida? Por eso Zoë me está acosando: porque he intentado apartarla de una manera desesperada, seguir con mi vida, como si alguna vez pudiera volver a ser normal. No debo permitir que mis cicatrices se curen; no debo permitir que Steph me presione para que la olvide. Mi vida se define por mis cicatrices, y negarlo es negar que alguna vez amé a Zoë. He estado privando a Zoë de su voz, de su efecto sobre mí; me he estado privando a mí mismo de mis cicatrices. Más que nada, la invasión de mi casa volvió a hacer presente esto: no soy nada sin mi dolor, no soy nada sin mi rabia y mi miedo.

Me agacho junto a su tumba, metida con calzador en la parcela familiar de Odette, entre su abuela y un tío.

ZOË SEBASTIAN

dice la lápida, y los siete años, tres meses y un día que vivió entre nosotros.

LLORADA POR MARK Y ODETTE
SIEMPRE TE ECHAREMOS DE MENOS

Esas palabras no bastan para honrarla, ahora lo sé, y lo que escribimos allí Odette y yo es la promesa de no olvidar nunca.

Yo no planeaba hacerlo así, pero aquella tarde, cuando salí de mi primera sesión con Santé, vi algo oscuro a un lado de la carretera polvorienta, anudado entre la hierba del *veld* y la basura amontonada a lo largo de la alcantarilla. Sabía que era un animal, y detuve el coche por si lo habían atropellado y todavía estaba vivo. Quizá pudiera hacer algo. Salí, me acerqué despacio, con cuidado para no asustarlo. Era bastante grande, mayor que una rata y más pequeño que un perro. Quizá un hurón o algo similar, un animal salvaje. No sé por qué, pero «parecía» salvaje... tuve una percepción clara de su fuerza vital y su desesperación por vivir.

Pero cuando llegué allí vi que no era más que un gato doméstico y estaba muerto y destripado. Lo debió de atropellar un coche que iba muy rápido. Debió de morir instantáneamente. Fascinado por aquel cadáver, me agaché a examinarlo más de cerca. La piel de un lado de la herida estaba levantada y se veía el músculo, igual que había visto en un programa de cocina cuando despellejaban a los conejos.

Volví a pensar en aquellos cubos llenos de pelo del piso de los Petit y de repente lo comprendí. Noté una sensación tan clara de intencionalidad como no la había sentido desde que podía recordar. El pelo es el símbolo arquetípico de la vitalidad, del vigor sexual, de la fuerza vital. Pensemos en Sansón y Dalila, en Rapunzel, en Ofelia, en los vergonzosos rituales de rapado del cabello practicados en el mundo entero. Eso es lo que ellos habían estado haciendo. No era algo asqueroso, una señal de su degradación perversa: los Petit (o quienquiera que fuese) estaban coleccionando vida, destilando vitalidad, un talismán contra el semblante frío de aquel edificio que absorbía la vitalidad. Me sentí guiado, finalmente entreví un objetivo imperioso en mi vida a la deriva. Zoë sabía la respuesta desde siempre. Su cosecha de pelo tuvo éxito: curó a Odette, después de todo. Quizá fuese demasiado tarde, pero Zoë me estaba pidiendo que lo intentase. Cuando decidí lo que debía hacer, el agujero en carne viva en forma de Zoë que tenía en mi interior se suavizó un poco, el gancho dejó de clavarse en mi corazón un momento, y supe que ella lo aprobaba.

Ya sé que no es normal quitarle el pellejo a un gato muerto y conservarlo, a menos que seas biólogo o taxidermista, pero eso fue lo que hice. Para mí en aquel momento tenía todo el sentido del mundo. El pelo era la fuerza vital destilada, incluso después de la muerte... nunca se pudre con el cuerpo. Una pequeña colección de pelo sería mi talismán contra la muerte que me rodeaba. Incluso me ayudaría a empezar a vivir de nuevo.

Ahora estoy de pie ante la tumba de mi hija y vuelvo las manos y me paso el dedo por los cortes, mordiscos y pinchazos de los últimos días. Me escuecen, aunque los he desinfectado. Debo de haberme rozado las manos con las hierbas, o quizá hubiera algún alambre de espinos oculto entre el césped.

Esto solo era un memorial para ella; no esperaba que Zoë se implicara. Pero cuando vino a verme a clase al día siguiente y me dio un poco de su propio pelo, supe que lo que había hecho estaba bien. Después de mi sesión con Santé, a la tarde siguiente, encontré más animales muertos. Pensaba que estaba haciendo lo correcto, pero ahora no estoy seguro del todo. Ayer, cuando vino la *sangoma*, Zoë me dijo que tenían que estar vivos para que funcionara.

Por la carretera de circunvalación viene un cortejo fúnebre. Me dispongo a irme si viene hacia aquí, pero los coches se van hacia el rincón más alejado del cementerio, donde se encuentran las parcelas nuevas. Un grupo disperso de gente va andando detrás de los coches con ramos y chillonas fotos enmarcadas de los muertos, algunos me miran al pasar y yo me veo como soy: un hombre triste y encogido vestido con traje, agachado ante una tumba desgastada por la intemperie, con una caja de zapatos vieja.

¿Qué demonios me pasa? Tendría que haber traído flores para la tumba de Zoë, no una caja llena de pelo.

Me siento al borde de la tumba y levanto la tapa de la caja. Está el ovillo de pelo rubio a un lado. He intentado mantenerlo separado de los pellejos, que ya empiezan a oler.

«Tiene que estar vivo», me dijo ella.

Sé que era solo un mensaje procedente de mi propia mente. También sé, igual que Steph, que Zoë no existe en un sentido físico, está muerta. Todo lo que estoy experimentando es un conjunto especialmente vívido de imágenes simbólicas que por fin me están ayudando a procesar la muerte de Zoë. Todo lo ha provocado la psicoterapia, estoy seguro, removiendo los modelos simbólicos de mis pensamientos y haciéndolos concretos. Pero eso no significa que deba dejar de tener en cuenta lo que me está diciendo mi subconsciente.

Las ardillas suben y bajan a toda prisa por los pinos y corren entre las losas. Zoë las llamaba *andillas*. Odette y yo no nos veíamos con fuerzas para corregirla, porque era muy gracioso. Saco la bolsa de cacahuetes, la abro y arrojo uno al camino, a pocos metros por delante de mí. Antes de que pase mucho rato se acerca una ardilla, coge el cacahuete y se pone de pie mirándome, oscilando un poco sobre sus patas traseras y olisqueando a ver si hay más. Obviamente están acostumbradas a que les den de comer aquí, y están casi tan amaestradas como las familias de ardillas atrevidas de los jardines de la ciudad.

Tiro otro cacahuete, a mitad de camino entre ella y yo. La ardilla se acerca más. Luego otro, a solo un palmo de distancia. Miro a mi alrededor para comprobar que no me vea nadie, me pongo un cacahuete en la palma y espero.

La ardilla duda en acercarse al alcance de mi brazo; está algo nerviosa, echa miradas rápidas hacia atrás, a sus compañeras. Pero no puede resistirse. Va a coger el cacahuete y yo cierro mi mano izquierda por encima de sus hombros. Se retuerce, me araña e intenta morderme, pero yo la tengo bien sujeta, apretándole las patas contra el cuerpo.

El corazón del animalito late tan rápido que parece que va a estallar. Su pellejo está caliente y suave; un segundo antes confiaba en mí.

—Lo siento, *andilla* —digo, y la suelto, arrojando un puñado de cacahuetes por el camino para que los recoja. La auténtica Zoë, mi hija viva, que murió irreparablemente hace siete años, jamás querría que yo matara a un animal para ella. Miro de nuevo la caja, la sangre ya marrón y los diminutos trocitos de carne brillante que florecen húmedos en el cartón. Ella no querría esto tampoco. Recojo la madejita de pelo rubio de la caja y me la guardo en el bolsillo. De camino a casa, encuentro un cubo de basura y tiro la apestosa caja. Es demasiado tarde para salvarla, me doy cuenta por fin. No podía salvarla.

Mientras me alejo en coche hacia el sur, no hacia casa,

pienso en esa lápida, el único lugar en el mundo donde están grabados nuestros nombres en piedra, juntos: Zoë, Odette, yo. Aparco junto a un pequeño centro comercial en Bergvliet, a mitad de camino hacia el mar, y marco un número.

—Hola, Odette.

Silencio, afirmación, unión, en toda la distancia que va desde Bristol a Ciudad del Cabo.

—Mark, hola.

—¿Te molesto?

—No, en realidad no. Igual que siempre. —Se oyen niños de fondo. Creo que tiene dos. No se volvió a casar. Lo último que supe de ella es que estaba viviendo con otro hombre, no el padre de los niños—. Es sábado por la mañana, ya sabes. Fútbol, compras... ¿Cómo estás?

—Bien. ¿Y tú?

—Bien, gracias. —Entonces me doy cuenta de que no he llamado a Odette para intercambiar mentiras agradables—. He estado siguiendo una terapia.

—¿Ah, sí? —Cautelosa al momento.

—Sí. Y me está volviendo a traer un montón de... —¿fantasmas?— recuerdos.

—Claro. Supongo que sí. —Oigo el esfuerzo que está haciendo para resultar educada.

—No quería molestarte. Solo estaba intentando recordar. Es horrible cómo se van borrando las cosas. Es una pregunta absurda, supongo, pero ¿a Zoë le gustaban los gatos o los perros?

—¿Me has llamado para preguntarme eso?

—No sé. Se me ha ocurrido algo. Odiaba los gatos, ¿verdad?

—¿Que si odiaba los gatos? No. Le encantaban. Acuérdate de que incluso le compraste unas zapatillas de Hello Kitty cuando cumplió siete años.

—¿Hello Kitty? Creo que no.

—Sí, se las compraste tú, Mark.

—No. Yo le compré unas botas pequeñas negras de Scooby-Doo.

—Qué va. ¿Para qué iba a quererlas? Odiaba esos dibujos. Le daban miedo. Se asustaba muy fácilmente. ¿De verdad no te acuerdas?

Su tono se está agriando. Sigue enfadada conmigo. Nunca me perdonará, y no veo motivo alguno por el que tenga que hacerlo.

—Vale, gracias. Siento molestarte.

Notando mi incomodidad, ella cede y murmura unas palabras de consuelo.

—Sí, decididamente eran de Hello Kitty. Recuerdo que me extrañó que tú le compraras algo con el género tan marcado. De hecho, tengo la foto en mi ordenador, estoy segura. Si quieres la busco y te la mando por correo. —Siempre era así de amable. Nos queríamos mucho.

—Gracias. —Cuelgo y observo el cartel de un pequeño pub en el centro, uno de esos carteles de acero baratos patrocinados por Castle Lager, Walter's Barrel. ¿Por qué no? Steph no me espera hasta las cuatro.

Al cerrar el coche se me ocurre que mi traje parecerá algo raro en un sitio como ese. Pero no tengo elección; llevo la camisa manchada de sangre. Me miro en el espejo lateral, me abrocho bien la chaqueta y entro. Es mediodía solamente, pero el bar está bastante lleno y huele todavía al sudor, el humo y la grasa del día anterior, y la cerveza de hoy. El ventanal delantero está completamente pintado con un anuncio, de modo que apenas puedo distinguir nada en la oscuridad, aparte de algunos grupos de hombres, quizá un par de mujeres, que miran unas pantallas de televisión en las que están retransmitiendo un partido de rugby.

Me siento en la barra y el hombre que está detrás del mostrador me mira como si estuviera apropiándome de un asiento que no es el mío. Normalmente, eso bastaría para hacerme salir de allí y volver a casa, a mi café habitual, familiar y seguro, pero hoy no. Me siento bien erguido y pido una cerveza de barril. El barman me la sirve sin decir una sola palabra.

—¿Se va a casar? —Un hombre, a dos asientos de distancia, se ha vuelto hacia mí con una sonrisa amistosa y desdentada. Me mira el traje. Él lleva unos pantalones de chándal y una camiseta manchada—. ¿Su última copa como hombre libre?

—No. Una reunión —digo—. Un cliente de esos.

—Claro —dice, volviendo a mirar la pantalla que está encima de la barra.

—¿Quién juega? —digo.

—Stormers y Force.

—Es un poco temprano para el rugby, ¿no?

—Es en Perth —dice—. Australia. —Mueve el cuerpo apartándose de mí y vuelve la cara hacia la pantalla—. Ya sabe. Súper Rugby y tal.

No puedo evitar sentir que le he decepcionado. Casi deseo haberme inventado una historia más interesante, que estoy escaqueándome del altar o que busco prostitutas para una última noche, algo que le hubiera ayudado a evadirse durante un momento.

Doy un largo trago a mi insípida cerveza y miro a mi alrededor. Ahora que mis ojos se han acostumbrado a la oscuridad, veo los muebles desparejados, manchados y llenos de arañazos, de madera oscura, los bebedores tranquilos que miran las pantallas como si fueran portales que les pudieran sacar de sus vidas y que se acaban de cerrar para siempre. No es una hora del día apta para beber alegremente, y es demasiado temprano en la estación para que la gente se alborote mucho por el deporte. Un escalón conduce a una sala elevada con unas cuantas mesas de billar donde suena música de una falsa juke-box, un frontal de plástico moldeado que esconde una radio por satélite emitiendo música pop desde un altavoz que tiene dentro. Un par de chicas jóvenes se mueven lánguidamente con la música. No sé si están borrachas, drogadas o solo cansadas, pero no está bien ver a la gente moverse de esa manera a mediodía.

Levanto la vista hacia el televisor y parece que solo ha pasado un momento cuando suena mi teléfono, pero cuando miro hacia delante tengo el vaso vacío, la primera mitad del partido ha terminado y hay un anuncio de coches. El teléfono suena en el bolsillo de mi chaqueta. El barman saca la barbilla señalando mi vaso de cerveza, yo asiento y compruebo el mensaje de mi teléfono.

> Ha sido bonito saber de ti, aunque un poco extraño. Tu voz sonaba rara. Espero que todo te vaya bien…
>
> Aquí tienes la foto:
>
> X

Me aparto de la barra, vagamente consciente de que los clientes me miran cuando voy tambaleándome por el gastado suelo de madera, siguiendo mis instintos, hacia el baño, entre las mesas de billar, a través del pasillo con arcos hacia el olor a pis y a ambientador rosa en pastillas, y finalmente cierro una puerta detrás de mí y jadeo, conmocionado por mi dolor.

Cuando me rehago, me echo un poco de agua fría en la cara, intentando ignorar la suciedad del lavabo que se ve claramente a la luz del día que entra por las ventanas altas. Miro el teléfono de nuevo intentando inmunizarme. Ya había visto antes esa foto. Yo mismo tenía una copia, pero estaba en mi ordenador viejo, hice una copia de todas esas fotos en un lápiz de memoria y nunca las volví a mirar. Zoë con las zapatillas de su cumpleaños. Y esa sonrisa que me destroza por dentro, otra vez.

Pasa un rato hasta que oigo que llaman.

Alguien me dice algo. Una voz de mujer, amable.

Me levanto, intento recomponerme, me mojo la cara otra vez. En el espejo veo la sangre en mi camisa.

Llaman otra vez. La voz. No entiendo lo que me dicen.

Se abre la puerta.

—*Qu'est-ce qu'il y a, papa?*

Es ella, la chica. Hoy lleva una estrella en la camiseta rosa y unos vaqueros verdes. En sus pies estampados los grandes daneses aturdidos.

—No eres ella, ¿verdad? —digo.

—¿Quién?

—Mi hija. Está muerta.

Ella se acerca mucho hasta que solo está a unos centímetros de mí. Noto la electricidad que recorre su cuerpo, cargando cada folículo de mi piel. Una sombra cubre la luz que entra por las ventanas, pero ella resplandece como un aura de Kirlian, chisporroteando en morado y negro luminosos. Noto la energía que me alcanza y brota de mi interior, quemándome mientras me invade. Ella abre los labios y me dice:

—Soy tuya. Soy tu cualquier cosa. Soy lo que tú quieras.

Su aliento es dulce y putrefacto, como una fruta demasiado madura. Me chupa la boca con la lengua, luego me muerde el labio.

—¿Qué quieres de mí? —digo.

—Quiero que me mantengas viva. —Y entonces me toca la cara, me pasa los dedos por el escaso pelo de mis sienes y me quedo cegado por una imagen que parece niebla, pero alargo las manos y lo toco: es pelo. Lo separo, me introduzco entre él, más aún, estoy rodeado por él. Suave, huele a champú de manzana y perfume afrutado. Es la vida.

Yo solía sujetar a Zoë contra mi pecho y aspirar su perfume; su dulzura, su suciedad, sus aceites naturales, el champú de manzana. Aquello era amor; la quería demasiado, y ella no podía respirar. La tengo dentro de mí, sus moléculas todavía están en mis pulmones.

Un golpe, la puerta se cierra, la chica se ha ido y me corre la sangre por la barbilla.

—¡Eh! ¡Eh! ¿Qué cojones crees que estás haciendo con Dierdra?

El primer golpe del hombre es lento y me puedo agachar por debajo, y detrás de él, en el pasillo, hay una mujer que me mira con una mezcla de temor y curiosidad, como si fuera un animal exhibido ante el público. Tiene treinta y tantos años, es fea y tiene el pelo oscuro; lleva unos vaqueros verdes y una camiseta rosa con una estrella.

Me vuelvo y recibo el segundo puñetazo del hombre en la base del cráneo. Me caigo al suelo, limpiando la orina con mi traje, y noto un peso muy pesado encima, y unos golpes sofocados en la espalda, hasta que desaparece el peso y me arrastran fuera del bar y me empujan hacia mi coche. El barman me tiende las llaves y la cartera.

—Gracias por la propina, amigo. Espero que no le importe pero me he servido yo mismo.

Es tarde cuando vuelvo a casa. He estado pensando. He pensado que tengo miedo de Hayden, de quererla tanto que le quite toda la vida con mis ansias. Yo maté a Zoë, y, aunque sé que no hay forma alguna de volverla a traer a la vida, sí que puedo mantener vivo su espíritu.

Steph está dormida en el sofá cuando llego y tiene una botella de vino vacía en la mesita de centro. Hayden duerme en el sillón. Cuando voy a la cocina encuentro botellas de cerveza tiradas en el cubo de reciclar, y las tazas de café buenas, las que guardamos para los invitados, en el fregadero.

Dejo a un lado mis celos. Steph tiene derecho a tener invitados, después de todo, y tengo que empezar ya. Ella podría despertarse en cualquier momento, aunque el hecho de que Steph esté borracha me ayudará. Tiro mi apestosa chaqueta en el suelo del baño, cojo las tijeras del cajón y me acerco a Hayden. Está dormida profundamente, como solo podría estarlo una niña tan pequeña. Me siento a su lado y aparto el pelo de su cara.

Cuando empiezo, solo quiero coger un poquito.

22

Steph

Chac, chac.

Con el cerebro embotado por el vino que me bebí después de que Karim se fuera de casa, me incorporé con el cuello muy tieso por haberme quedado dormida en mala postura en el sofá.

Chac.

La única luz procedía del televisor, que estaba sintonizado silenciosamente en un canal de compras desde casa. Una figura estaba agachada encima del sillón donde dormía Hayden. No hice ningún ruido. No podía. No podía ni respirar. Durante una fracción de segundo estuve segura de que se trataba del monstruo de muchos miembros («la cosa que vivía debajo de la cama») y luego cambió de postura y me di cuenta de que era Mark. Claro que era Mark.

Chac.

Mi voz salió como un susurro:

—¿Qué estás haciendo?

Él se quedó inmóvil, luego me miró por encima del hombro. Estaba demasiado oscuro para verle los ojos, pero llevaba algo metálico en la mano derecha... la luz del televisor se reflejaba en aquel objeto. «Ay, mierda, tiene un cuchillo.» No me hizo caso y se volvió hacia Hayden.

Chac.

Un rizo oscuro cayó al suelo de madera. El pelo de Hayden. «Le está cortando el pelo mientras duerme.»

—Apártate de ella, Mark. Apártate de ella ahora mismo.

Hablé con frialdad y calma. No podía permitirme el pánico: si me arrojaba hacia él o Hayden se despertaba de golpe, podía acabar gravemente herida. La versión más serena de mí misma, la persona que había tomado la batuta momentos después de que saltara Mireille, había vuelto cuando más la necesitaba.

Mark movió la cabeza en mi dirección y luego se apartó del sofá. Murmurando un vacuo «lo siento», dejó las tijeras en la mesa de centro y salió de la habitación.

Corrí hacia Hayden, que afortunadamente todavía estaba dormida, y aparté los rizos cortados de su cara. La habitación estaba demasiado oscura para poder apreciar los daños, pero un mechón de pelo se soltó al pasar los dedos por él. Ella se agitó.

—Mami. Hadie está cansada...

—Ya lo sé, monito.

Deseando que la calma glacial siguiera conmigo unos minutos más, apreté a Hayden, caliente y dormida, hacia mí, y corrí escaleras arriba. Sujetándola con una sola mano en la cadera mientras ella protestaba, adormilada, saqué una bolsa, metí un puñado de ropa mía en ella, de calle e interior, luego la llevé a la habitación de Hayden y cogí unas cuantas camisetas, pantalones cortos y juguetes al azar. En el último momento fui al baño a buscar un neceser.

Entonces, como había ocurrido en París, la calma desapareció y me sentí frenéticamente aterrada. «Sal de aquí, sal de aquí.»

Los músculos de la espalda me dolían por el peso conjunto de Hayden y la bolsa. Bajé con precaución las escaleras, casi esperando que Mark apareciera de repente en la oscuridad, o que la cosa con muchos miembros se deslizara de entre las sombras hacia nosotras (esta vez llevando la cara de Mark, llevaría su cara), pero estábamos solas. Busqué torpemente en mi bolso las llaves del coche, salí por la puerta de seguridad y corrí hacia el coche. Hayden estaba ya despierta del todo y lloraba con hipidos mocosos, pero no me arriesgué a perder tiempo consolándola. La metí a la fuerza en la sillita del coche, intentando ignorar sus sollozos, y la até a toda prisa. Salí a toda pastilla del aparcamiento.

Es un milagro que no me estrellara con el coche aquella noche. La ira que sentía hacia Mark latía en mi interior, tan caliente y tan cruda que era lo único en lo que podía concentrarme. Pensándolo ahora, salir corriendo de casa con Hayden de aquella manera no solo fue estúpido, sino también peligroso. Después de las cervezas que había compartido con Karim y de meterme media botella de vino en el estómago vacío, estaba mucho más allá del límite. En algún lugar en torno a Worcester volvió la sensatez, levanté un poco el pie del acelerador y me metí en el carril lento. Por primera vez desde que la había atado a la sillita del coche, miré por el retrovisor para ver qué hacía la niña. Se había dormido y le colgaba la cabeza. El pelo del lado izquierdo de su cabeza estaba todo tieso, era un revoltijo de mechones desgreñados.

Solo cuando salí de la autopista y me metí en solitarias carreteras rurales empecé a lamentar mi decisión de salir huyendo e ir a casa de mis padres. Pensé en volver y encontrar un hotel, pero necesitaba tener a mi alrededor personas que estuvieran de mi lado. No podía dejarles que vieran a Hayden de aquella manera, con el cuero cabelludo asomando a través del pelo cortado. Tras comprobar que no hubiera ningún tipo raro por allí, me detuve en el exterior de un puesto de productos agrícolas vacío, junto a Ashbury, y desperté a Hayden. Con las tijeras de las uñas que me había metido en el bolso, le arreglé el pelo lo mejor que pude. Hayden apenas protestó. A lo mejor era consciente de mi desesperación. Tras un cansado: «¿Qué haces, mami?», dejó de retorcerse en el asiento y se sometió al improvisado corte de pelo. La indiferencia con la que aceptaba la situación hizo que la ira volviese a apoderarse de mí de nuevo. Pensé en recoger aquel pelo y llevármelo conmigo, porque por algún extraño motivo me parecía equivocado y peligroso tirarlo por ahí, pero lo enterré debajo de una roca y seguí conduciendo.

Era más de la una de la mañana cuando el coche llegó a la entrada de la casa de mis padres. El Bed and Breakfast estaba oscuro y silencioso, y dudé antes de llamar al timbre de la verja. Tenía que explicar bien mi historia, pero ¿qué podía decir? Era imposible contarles la verdad. Les pondría en contra de Mark para siempre.

—¿Sí? —tronó la voz de mi padre por el interfono.

—Soy yo. ¿Puedo entrar?

—¿Stephanie? ¿Eres tú, cariño?

Oía la voz de mi madre detrás de él.

—Por favor, papá, déjame entrar.

—Espera, cariño, ya voy.

Entonces llegaron los sollozos, y no podía calmarme, restregándome los ojos sin parar. Tenía que aparentar calma. La puerta se abrió un poco. Entré y apagué el motor, el coche se detuvo y yo salí de él y caí en brazos de mi padre. Mi madre revoloteaba a mi alrededor.

—¿Puedes coger a Hayden, mamá? —conseguí decir.

—Claro. Pero Stephanie, ¿qué ha pasado? ¿Ha pasado algo? ¿Por qué no has llamado? ¿Has venido en coche desde Ciudad del Cabo, a estas horas? ¿Dónde está Mark?

—No pasa nada. Es que nos hemos peleado, mamá. No os preocupéis, no es nada grave. Es que tenía que salir de casa. —Intenté esbozar una sonrisa compungida—. He exagerado. Los dos hemos pasado mucho estrés últimamente.

No se lo creyeron, y sorprendí a mi padre dirigiéndole a mi madre una mirada, pidiéndole en silencio que no siguiera insistiendo en aquel momento. Le quise mucho por eso.

Ella se limitó a soltar un exasperado:

—Pero Steffie... Papá habría ido a recogerte...

Hayden respiraba mucho mejor ahora que mi madre la llevaba arriba, a una de las habitaciones de huéspedes. Se quedó dormida en cuanto mamá la arropó. Yo me quité los zapatos y, sin quitarme el resto de la ropa, me acurruqué junto a ella, tranquilizando a mi madre y diciéndole que lo único que necesitaba era dormir bien una noche. Mis padres al final se fueron a su habitación, dejándome en la oscuridad.

Dormí casi hasta las dos de la tarde del día siguiente, y me desperté desorientada y sin Hayden a mi lado. Pegué un salto, sintiendo un pánico irracional a que Mark hubiera venido durante la noche y la hubiera robado, pero luego oí unas risas que venían del jardín. Miré por la ventana. Hayden estaba ayudando a mi madre a quitar las malas hierbas de los parterres de flores que rodeaban el césped del Bed and Breakfast. Ahora que el miedo había desaparecido, la ira volvía a mi interior. Que le dieran por saco a Mark. Que se fuera a la mierda.

Me lavé los dientes con demasiada fuerza, tanto que me sangraron las encías, me puse una camiseta limpia y bajé al jardín para enfrentarme con las consecuencias. Hayden me saludó distraída y siguió cavando. Tenía mucho mejor aspecto, y parecía que ya no sorbía tanto por la nariz.

Mamá vino corriendo hacia mí.

—¿Has dormido bien?

—Sí, gracias —dije automáticamente, pero me di cuenta entonces de que había dormido bien por primera vez en casi una semana. Mucho más incluso. Tenía un poco de resaca todavía, pero aparte de eso notaba el cerebro muy agudo, como si lo hubiera rociado con agua helada.

—¿Qué le ha pasado a Hayden en el pelo?

«Ya estamos.»

—Se le pegó un chicle. He intentado cortárselo yo, pero no me ha quedado muy bien.

Mi madre me miró.

—¿Ah, sí? ¿Y de dónde sacó el chicle?

Le dediqué mi sonrisa más radiante.

—No estoy segura.

Hayden se echó a reír y levantó un puñado de hierbas y flores. Mamá le tendió una maceta vacía y luego volvió hacia mí, bajando la voz.

—Tu padre dice que no debería preguntarte esto, pero ¿me vas a decir por qué viniste a casa anoche? Estoy preocupada por ti, cariño. ¿Ha ocurrido algo con Mark? ¿Acaso Mark ha…?

—Ahora no, mamá. —Ella hizo una mueca y yo suavicé la voz—. ¿Te parece que me prepare algo para comer?

Ella se sacudió la tierra de las manos.

—Ya te preparo yo algo.

—No hace falta, mamá. Quédate con Hayden.

—Sabes que puedes quedarte aquí todo el tiempo que quieras. No tenemos nada reservado hasta la semana que viene, e incluso entonces habrá mucho sitio. Esta es tu casa.

«¿Ah, sí?», pensé. Se suponía que mi casa estaba en Ciudad del Cabo, con Mark. Se suponía que mi vida no iba a ser así: salir corriendo con mamá y papá cada vez que tuviera un problema. Pero la verdad es que había tenido algo mucho más grave que un problema. Era algo más que una simple pelea matrimonial. Salió a la superficie un recuerdo de la ira de la noche anterior.

La besé en la mejilla y volví a la familiar cocina atestada, con sus baldosas marrones anticuadas, cortinas de flores y la colección de baratijas de mamá. Era muy reconfortante estar allí. Era un lugar seguro, y no me sentía segura desde hacía muchísimo tiempo. Cogí el beicon de la nevera y mecánicamente coloqué las lonchas en la sartén.

Sabía que tenía que pensar en mi próximo movimiento. ¿Había terminado mi matrimonio? La autocompasión me invadió. No tenía trabajo, ni dinero propio. La grasa del beicon siseaba y chisporroteaba, y me quemó el dorso de la mano. Apenas lo noté. Metí las lonchas entre dos rebanadas gruesas de pan blanco y las apreté, formando un bocadillo improvisado. Ya no tenía hambre, pero me esforcé por comerme aquello, de pie junto al fregadero, mirando sin ver a través de la ventana.

El peso de una mano en mi hombro me sobresaltó. Era mi padre.

—No comas demasiado deprisa, cariño. —Se acercó a

mi lado junto a la ventana—. A tu madre le encanta tener aquí a Hayden. —Se aclaró la garganta—. Le he dicho que no te atosigue, pero yo tengo que saberlo. ¿Os ha hecho algo Mark a ti o a Hayden? —La cara de mi padre no tenía expresión alguna pero en sus ojos había dureza.

—No, papá. Sencillamente, teníamos que pasar un tiempo separados. Hayden y yo nos iremos en cuanto podamos.

—Cariño, esta es tu casa.

«No, esta no es mi casa.»

—Ya sé que a ti no te gustaba Mark, papá. —Usé el pasado conscientemente, como si nuestra relación realmente se hubiera terminado.

—Eso es verdad. No lo voy a negar, cariño, pero es tu marido. Tú lo elegiste. Decidas lo que decidas, nosotros siempre estaremos contigo.

No sé por qué motivo, pensé en el día de mi boda, tan poco llamativo. Nos casamos en el Registro Civil de Ciudad del Cabo, y a continuación celebramos una comida discreta, con mis padres, Carla y unos cuantos amigos íntimos de Mark en el restaurante Five Flies. La comida era buena, pero la atmósfera era forzada y los invitados se dividieron en dos bandos: mis padres muy tiesos en un extremo de la mesa, Carla y los demás en el otro. Alguien, posiblemente Carla, sugirió maliciosamente que mi padre pronunciara un discurso. Para él resultó muy violento, porque odia ser el centro de atención, pero consiguió salir airoso, buscando algo positivo que decir de mi flamante marido («La universidad de Ciudad del Cabo donde trabaja Mark tiene muy buena reputación, o eso me han dicho»).

—Gracias, papá.

Estuvo remoloneando por allí un rato y luego salió de la cocina para volver a dedicarse al proyecto de manualidades que tenía en marcha en ese momento.

Como Hayden seguía todavía felizmente ocupada, yo me dediqué a limpiar la cocina, y luego volví con un gran esfuerzo al piso de arriba a mi portátil, mi refugio. Ignorando los mensajes de correo, me puse a buscar trabajos *online* en un brote de febril actividad, y me apunté en tres empresas de trabajo temporal. Esa conducta eminentemente práctica, hacer algo que tendría que haber hecho meses antes, me ayudó mucho. El camino a seguir ya no me parecía tan turbio. «Y piensa —me dije a mí misma sardónicamente—, que estás a punto de convertirte en autora publicada.» Decidí que al día siguiente, cuando suponía que la rabia ya se me habría pasado, me pondría en contacto con Mark y le diría que ingresara en una clínica del estado o algo así, para que le dieran la ayuda que necesitaba. Insistiría en que se fuera de casa hasta que se encontrase bien… la noche anterior no se me había ocurrido que tenía que ser él quien se fuera. Solo que… ¿quería yo realmente volver a aquella casa? Me di cuenta entonces de que la cosa oscura que se movía no nos había visitado la noche anterior. Miré la habitación donde estaba, las cortinas llenas de volantes y las paredes color pastel decoradas con acuarelas afables que mi madre había comprado al por mayor en un almacén de muebles. Fuera lo que fuese, no nos había seguido hasta allí.

No llamé a Mark aquel día, y él tampoco me llamó a mí. Comprobaba mi teléfono regularmente, pero los únicos mensaje que recibía eran de spam.

Mi madre intentó sonsacarme más detalles aquella noche pero yo no le hice caso, y le conté algunas bobadas, que Mark estaba estresado en el trabajo, que necesitaba pasar un tiempo solo… Miré el rugby en silencio con mi padre mientras mi madre bañaba y daba de cenar a Hayden, ocultando mi irritación cuando le preparó el típico plato nada saludable de palitos de pescado fritos y una salsa industrial con mucho azúcar. Me fui a dormir temprano.

Una vez más me desperté tarde, tras una noche sin sueños. Notaba el cuerpo suelto y relajado, como si me hubiera dado un largo baño caliente. Uno de mis padres había puesto una taza pequeña de café y un plato con una tostada junto a mi cama. La tostada estaba fría y el café tibio, pero aun así se podía beber. Me desperecé y fui hasta la ventana. Abajo, Hayden ayudaba a mi madre a tender la colada, riendo y persiguiendo los pajarillos que picoteaban las migas del desayuno, repartidas por el césped moteado por el sol. Me volví a meter entre las sábanas con mi portátil.

El corazón dio un vuelco cuando vi que tenía un mensaje de la agente literaria canadiense. Esperando un rechazo, tuve que leerlo dos veces hasta que me hice cargo por fin: se estaba ofreciendo a representarme. Mi primer instinto fue llamar a Mark para contarle la buena noticia. Quería compartirla con él, ver el orgullo en su rostro, oírlo en su voz.

«No puedes. Le has dejado. Le dejaste en casa y saliste corriendo.»

Tenía derecho a estar enfadada después de lo que le había hecho a Hayden, por supuesto, pero él no estaba bien. Sabía que estaba en plena crisis nerviosa. Y en lugar de intentar ayudarle, había huido.

Le había dejado solo en aquella casa.

Sonrojada por la vergüenza, fui a coger el teléfono, tirando casi el café, y marqué el número de su móvil. Saltó directo el buzón de voz. Le envié un texto, pidiéndole que me llamara.

Más por pura agitación que por hambre, me comí la tostada, que estaba fláccida y gomosa, y leí de nuevo el mensaje de la agente literaria. Conseguí formular una respuesta, aceptando su oferta, que esperaba que no sonase demasiado ansiosa y aduladora.

Se la reenvié a Mark y comprobé el resto del buzón. Karim me había enviado un mensaje por Facebook que no ayudaba demasiado a rebajar mi creciente vergüenza. Lo borré sin leerlo. También había un mensaje de un tal Olivier. Me costó un momento situar a aquel nombre y de repente recordé: era el agente de la propiedad inmobiliaria francés, que respondía a mis preguntas sobre el edificio de los Petit. No sentí emoción alguna al abrirlo, ya que estaba demasiado conmocionada por las noticias de mi agente y por mis sentimientos contradictorios hacia Mark.

Mme Sebastian:

Le escribo para darle la información que me pidió, pero, por favor, debe comprender que después de esto no puedo ayudarle más, y le pido respetuosamente que no vuelva a contactar más conmigo.

Me encontré con el edificio en cuestión hace veinte años, cuando vino a verme el señor Philippe Guérin para que actuase como agente suyo. Después de muchos años, durante los cuales el edificio había permanecido vacío, el señor Guérin lo había comprado y había renovado los apartamentos, y yo tenía instrucciones de anunciarlo para conseguir inquilinos.

Al principio pensé que sería fácil. Mucha gente se interesaba, porque la zona era muy deseable y los apartamentos eran espaciosos. Pero una y otra vez la gente veía los apartamentos y no quería vivir allí. Algunas de las personas decían que habían experimentado *une mauvaise ambiance*, pero la mayoría no sabían describir exactamente por qué se sentían tan incómodos en ese edificio. Yo mismo tampoco lo comprendía, porque no experimentaba nada parecido. Bajamos el alquiler cada vez más, de modo que, por supuesto, acabamos atrayendo algunos inquilinos, pero los que se mudaban allí no permanecían mucho tiempo, ni renovaban el alquiler, y el edificio nunca llegó a estar ocupado más que a medias. Y eso no bastaba. Esto pasó durante muchos años. Al final, el señor Guérin, que tenía mala salud, quiso vender el edificio, pero no pudo, ya que lo había capitalizado en exceso, e incluso habría perdido dinero. Además, en aquel momento en Francia había recesión.

Me sentí muy frustrado por no poder conseguir más inquilinos, y supe que más tarde el señor Guérin contrató a otros muchos agentes, con la esperanza de que tuvieran más suerte. Por lo que yo sé, no fue así. Se hizo una inspección estructural, pero no se encontró nada que pudiera crear tan mala atmósfera. Confuso y también fascinado por el hecho de que tanta gente pudiera encontrar odioso aquel lugar, decidí explorar la historia del edificio.

Debo decir ahora que yo no creía en *les fantômes*. Y sigo sin creer. Debo decir también que yo mismo nunca he experimentado nada malo ni ninguna sensación negativa allí en los años que he actuado como representante del señor Guérin.

El edificio había cambiado de manos muchas veces a lo largo de los años, de modo que me costó obtener información fiable. Decidí hablar con los propietarios de comercios de la vecindad, y oí un rumor de que había ocurrido algo horrible en el edificio en los años setenta. Nadie conocía los detalles, pero se me sugirió que hablase con el propietario de un *tabac* cercano que llevaba muchos, muchos años en la zona. También me advirtieron de que no le gustaba hablar de aquello. Yo empecé a ir por las noches a tomar algo a aquel *tabac*, y pronto el propietario (que ahora ya ha muerto) empezó a confiar en mí. Tengo la suerte de poder ser encantador cuando quiero, y una noche usé ese encanto y una botella de buen pastís para que el hombre soltara la lengua, como dicen ustedes.

Me contó que en los años setenta el edificio se había ido deteriorando, pero que seguían viviendo allí muchas familias. Una de ellas era la familia del portero del edificio, que vivía en un apartamento (no sé cuál) con su mujer y dos hijas. El propietario del *tabac* no conocía bien a aquel hombre, pero decía que era un veterano de la *guerre d'Algérie*, y que había quedado herido y muy traumatizado allí, por las atrocidades que había presenciado. Volvió a Francia con su esposa, una argelina, y encontró trabajo como portero. Al cabo de unos años tuvieron familia, dos hijas. El hombre decía que el portero era un hombre muy tranquilo, que dependía muchísimo de su mujer para que le diera fuerzas, y que la familia era pobre pero parecían muy felices. Entonces la mujer del portero se puso muy enferma. Fue una enfermedad larga. Durante muchos meses estuvo entre la vida y la muerte. Y al final murió.

El portero empezó a beber para consolarse, y empezó a descuidar su trabajo y a sus hijas. El dueño del edificio le advirtió muchas veces, pero él no cambió su proceder. El propietario del *tabac* me dijo que era como si aquel hombre hubiera cambiado. Su mujer y él compartían una gran pasión. Tenía el espíritu roto. El corazón roto. Acumuló muchas deudas y le dijeron que tenía que irse. No tenía adónde ir.

Su hija mayor, cuando volvió del colegio, descubrió su cuerpo caído en el patio del edificio. Se cree que se tiró por una de las ventanas más altas.

El café se me volvió bilis en la garganta. «Mireille», pensé. Seguí leyendo:

Y esa no fue la parte más trágica de la situación. La hija mayor encontró el cuerpo de su hermana menor en la bodega del edificio. El padre le había hecho a la niña cosas terribles antes de que muriera. Mutilaciones.

El propietario no sabía qué fue lo que le ocurrió a la hija superviviente después de descubrir aquello.

¿Mireille? ¿Era Mireille la hija que faltaba? Calculé: era posible que hubiese nacido en los años sesenta. Y después de leer eso, ¿cómo no pensar en la habitación del ático de Mireille y en sus cuadros de niños con los ojos tristes? Y luego estaba el trocito de papel que yo había encontrado en el cajón de la cocina, en el apartamento de los Petit. La niña que lo había escrito (¿la hermana menor de Mireille, quizá?) parecía querer decir que su padre le echaba la culpa a ella de la enfermedad de su madre. ¿Podría ser ese un motivo para que el portero asesinara a su hija pequeña?

Al final de aquel correo, el agente de la propiedad inmobiliaria había escrito:

Como he dicho antes, no puedo ayudarle más. Es posible que usted pueda verificar esta trágica historia comprobando los registros en los periódicos de París. Tampoco sé si el edificio pertenece todavía al señor Guérin, ni tengo información alguna sobre la familia Petit.

Y firmaba:

Este es el último número de teléfono que tengo del señor Guérin. Quizá le ayude.

El número cerraba el mensaje. Googleé el código con el prefijo 02. Cubría una zona de las afueras de París. La señal de wifi que tenía el Bed and Breakfast no era lo bastante fuerte para que pudiera usar el Skype, así que bajé al piso de abajo, fui a la cocina, cogí el teléfono inalámbrico de la casa y volví a mi habitación. Sin planear lo que iba a decir, marqué el número. Sonó y sonó y lo dejé sonar, sin estar segura de si quería realmente que me contestaran o no. Notaba la mano sudorosa cogiendo el auricular. Conté hasta veinte timbrazos, veinticinco, luego oí un clic, el sonido de alguien que se aclaraba la garganta y:

—*Oui?*

Di un salto, aturullada.

—Ah, hola… *parlez-vous anglais?*

Una larga pausa.

—*Oui*. Un poco. —Una tos—. ¿Quién es usted?

Era una voz de hombre, de hombre anciano, intercalada con un sonido sibilante como si hablara a través de una máscara de oxígeno.

«Darth Vader. Estás hablando con Darth Vader.»

Tuve que contenerme para no soltar una risita sin humor.

—Me llamo Stephanie. Stephanie Sebastian. ¿Está *monsieur* Guérin?

—*Oui* —Pausa, silbido—. *C'est moi.*

—*Monsieur,* siento molestarle pero ¿podría decirme si todavía posee un edificio en París? —Y le di la dirección.

—*Oui. Pourquoi?*

—Yo me alojé en uno de los apartamentos de su edificio recientemente y esperaba que usted pudiera…

—No, *madame*. No es posible.

—¿Perdón?

—El edificio está vacío. No hay nadie viviendo allí. —Silbido, pausa, y luego—: Ah… *un moment.* —otra pausa, esta vez más larga, seguida por un revuelo de voces en sordina al fondo. Entendí las palabras «*papa?*» y «*anglais*», y luego un crujido y unos ruidos torpes. En la línea apareció otra voz masculina más joven.

—*Allô? Qui est-ce*? ¿Quién es?

Repetí mi nombre.

—Mi padre no conoce a nadie en Inglaterra. Tiene usted un número equivocado.

—¡Espere! No soy de Inglaterra. Soy de Sudáfrica. *Afrique du Sud.*

—Este número de teléfono... ¿cómo lo ha conseguido usted? —La voz se había vuelto cautelosa, menos irritable.

—Me lo ha dado *monsieur* le Croix. El que antes era... —busqué la palabra— *immobilier* de *monsieur* Guérin. Esperaba poder hablar con *monsieur* Guérin de...

—No, no es posible. Mi padre está muy enfermo.

—Lo entiendo, pero... *Monsieur*, por favor, es importante. ¿No podría ayudarme usted?

—¿Ayudarla? *Non.* No puedo ayudarla, y ahora tengo que dejarla...

Yo salté, rogando que no hubiera colgado aún.

—Por favor. Por favor. Solo cinco minutos, es todo lo que le pido. Necesito respuestas.

Oí un suspiro al otro lado de la línea. Lo tomé como un asentimiento.

—Uno de los apartamentos del edificio de su padre, junto a Pigalle, lo anunciaba en una página una pareja que se hacía llamar Petit. Mi marido y yo nos alojamos en su apartamento, y se suponía que ellos iban a venir a Sudáfrica, e iban a alojarse en mi casa, pero nunca aparecieron.

Silencio. Ahora le oía respirar.

—¿Hola? ¿*Monsieur*? ¿Hola?

—Aquí estoy.

—Parece que los Petit no existen. Ya sé que la policía probablemente se ha puesto en contacto con usted o con su padre, pero mientras estábamos allí alojados, murió una señora, Mireille. Se mató. *Monsieur* Petit, yo...

Respiró hondo. No pretendía llamarle así, se me escapó.

—No puedo hablar con usted, *madame*. No puedo ayudarla.

—¡Por favor!

—Lo siento.

—Ya conozco la historia del edificio. Sé que allí ocurrió algo terrible. Sé... —Sé que después de alojarnos en su edificio, mi marido, que ya estaba tocado, se ha vuelto completamente loco, y que en mi casa acecha algo malvado, peligroso—. ¿Fue usted quien se puso en contacto con nosotros? ¿Es usted *monsieur* Petit?

—No me llamo así.

La voz era fría, pero aún no me había colgado.

—¿Por qué quería usted que nos alojásemos en ese apartamento? Por favor, *monsieur* Petit... *Monsieur* Guérin, dígame por qué. Ayúdeme. Usted no lo comprende, mi marido está... está... —Loco. Se ha vuelto loco. Nos hemos traído algo a casa, nos hemos traído algo de su edificio.

—Lo siento. —Ahora susurraba.

—¿Qué es lo que siente, *monsieur* Petit?

Otra larga pausa.

—Siento que tuvieran que ser ustedes. *Merci*, y adiós.

Un clic, silencio total. Volví a marcar el número pero no daba señal.

Merci. ¿Por qué me daba las gracias?

Je suis désolée.

¿Por qué lo sentía Mireille?

«Mark. Tengo que hablar con Mark.»

Una vez más, en su teléfono saltaba directamente el buzón de voz. Probé de nuevo. Y otra vez más. Seguía sin haber respuesta. Le envié otro mensaje de texto. Luego, desesperada ya, llamé a Carla. Tampoco me respondió. Quizá estuviera con él. Por una vez la idea de que estuvieran juntos no me ponía ansiosa; esta vez era tranquilizadora. Le dejé un mensaje diciendo que estaba preocupada por Mark, ya que no contestaba al teléfono, y preguntándole si le importaba comprobar que Mark estuviera bien y contarme luego cómo estaba. No le contaba exactamente por qué estaba preocupada por él («será mejor que escondas las tijeras, si vas por allí»), aunque ahora me pregunto si la cosas habrían ido de otra manera si lo hubiera hecho.

¿Debería culparme por eso? Aún no lo sé.

Lo único que podía hacer era esperar y pensar en lo que había pasado antes.

23

Mark

Los faros de un coche recorren el salón, pasan por encima de mis libros, del televisor, a través del cristal de las fotos de los estantes, por encima de las máscaras y las esculturas de alambre que trajo Steph. Me doy cuenta de que llevo varias horas sentado en la oscuridad. El pastor alemán de la puerta de al lado empieza a ladrar, pero no tengo miedo cuando Steph y Hayden no están aquí.

El ruido de pasos de hombres, sus voces que rezuman agresividad. No temía por mí, en lo único que pensaba era en Steph y en Hayden. Dirigí toda mi energía psíquica a protegerlas. Parece estúpido, lo sé, pero cuando los hombres se fueron y resultó que Steph y Hayden no habían sufrido ningún daño, sentí que había cumplido mi misión. Eso era lo único que importaba; todavía sigue siendo lo único que importa.

Pero ahora se trata de mí. No he puesto la alarma. Pueden entrar; no me queda nada que puedan llevarse.

Otra noche como esta quizá tendría una bebida a mi lado, pero esta noche no. No puedo tragar porque la oscuridad pesa tanto que me oprime la garganta. Pienso ociosamente en matarme, pero no tengo la fuerza moral suficiente. Ni siquiera soy capaz de levantarme, no sabría por dónde empezar. Quizá si me quedo aquí sentado el tiempo suficiente, la oscuridad acabe por apagarme. Huelo el hedor acre del humo. Me evaporo como el humo.

Los estudiantes que viven al lado se ríen en la acera, tras

volver de su salida nocturna del sábado. Más tarde, la puerta de la verja de la casa de enfrente chirría cuando la enfermera se va a trabajar en el turno de antes de amanecer. Los pájaros cotorrean entre sí. Al final, me siento lo suficientemente provocado por este recordatorio del tiempo pasado y me levanto. Orino, evitando mirarme la cara en el espejo del baño, y luego me dirijo a la despensa. En la cocina, aunque mis ojos se han acostumbrado a la oscuridad, me golpeo la cadera en la esquina de la mesa auxiliar, como si esta se hubiera desplazado deliberadamente hacia mi camino.

Cuando tenía cinco años, me aterrorizaba entrar en la despensa de casa. Había un alma en pena que vivía allí y, según me dijo mi primo James, de ocho años, esos espíritus te chupan el alma cuando chillan. Oía el alma en pena algunas noches, echado en la cama, un zumbido bajo e interminable. Se lo dije a mi madre una vez y me dijo que allí no había ningún espíritu; mi padre se echó a reír. «Si quieres coger un bote de fruta de la despensa, Markie, tendrás que ser valiente y enfrentarte al fantasma.»

James y sus padres vinieron a comer un domingo. Él me encerró en la despensa y no volvió. Me pareció que estuve allí horas, intentando no moverme por si despertaba al espíritu. Procuré no llorar, sabiendo que a las almas en pena les encanta el miedo y la tristeza más que ninguna otra cosa. «Pueden oler tu miedo», me había dicho James. Olía el pollo asado que procedía de la cocina, mamá y tía Petra charlando, James fuera, jugando con el perro. Se habían olvidado de mí y el espíritu se despertaría si me movía. Al final, a punto de estornudar, a punto de mearme encima, con las piernas acalambradas, tuve que escapar. Viendo la ventanita que estaba encima del estante superior, me subí al primer estante sin mirar atrás porque, si no miras atrás, lo que respira en tu nuca no existe ni puede hacerte daño. Yo no respiraba siquiera, intentando mantener todo el ruido dentro de mi cuerpo.

«No pienses en el miedo, cierra los ojos, trepa.»

Levanté mi corto bracito hacia arriba, para alcanzar el

siguiente estante. Una bolsa de arroz se volcó y cayó encima de dos botellas de naranjada, una pequeña intrusión de sonido, silenciado tan pronto como empezó. Finalmente algo rodó, y luego lo oí. Era el espíritu, con aquel zumbido más fuerte que nunca.

«Se ha despertado.»

«Está justo detrás de mí.»

Tapándome los oídos con las manos caí enroscado en posición fetal.

Probablemente chillé. Probablemente lloré. Recuerdo que papá entró y me dijo:

—¿Quieres calmarte? Es solo un maldito juguete.

El espíritu era un teclado de plástico a pilas que se había atascado en la E. El espíritu no existía. No recuerdo haber comido el pollo asado con James y tía Petra y tío Leon.

Ahora cierro la puerta detrás de mí y quiero que emerja del vacío que me envuelve.

Esperando, me paso la lengua por el labio partido. Me aprieto el corte con la uña, quito la costra con el pulgar, concentrándome en el escozor intermitente. Pero ella no viene.

Más tarde entra el sol, brillante, de modo que cierro las cortinas. Pero en la habitación de Hayden las princesas Disney siguen brillando demasiado, así que las tiro al suelo.

Me agacho en la alfombra del salón, recogiendo el pelo de donde lo habíamos dejado.

Esta cama es de Odette. Fue la primera que la poseyó. Cuando éramos jóvenes y estábamos enamorados y todavía podíamos expresar deseo sin pena o culpa y antes de que naciera Zoë, ella la hizo suya de incontables maneras. Steph insistió en que comprásemos un colchón y sábanas nuevas, pero esta cama sigue siendo de Odette.

Me siento en el borde, en el lado de Steph, y abro el cajón de su mesilla de noche, como un intruso, con cuidado de no mover nada. Un best seller olvidado, de esos que ella prefiere para ocultarse de mí, una libretita con apuntes sobre la trama de su libro infantil, una maraña de collares y pulseras que no se ha molestado en desenredar después de que Hayden jugara con ellos, pañuelos de papel hechos una bola, un pintalabios agrietado sin tapa. Busco pistas de ella que no existen.

Cierro el cajón y miro alrededor, intentando sentir algo distinto. En esta habitación han ocurrido muchas cosas, pero ahora está todo cubierto de polvo. Estoy aquí, yo solo, todo me ha conducido a esta situación. Ni el amor, ni la alegría o el sufrimiento o las acaloradas peleas en las que he malgastado mi vida pueden oponerse al hecho de que estoy aquí, solo. Parecía todo tan importante en la vida.

Me quedo sentado un rato, deseando que ella vuelva, y por un momento pienso que lo ha hecho, porque veo que algo se mueve por debajo del tocador. Pero no es ella. Voy hacia la sombra y me agacho, y debajo no hay nada más que polvo.

Entonces se oye un estrépito de cristales que me espabila. Quiero que ellos entren, que acaben el trabajo, que acaben con la nada. Como no lo hacen, me incorporo y atravieso el salón cojeando, y me duelen las manos, la piel de mis rodillas está rozada, tengo un moretón en la frente. Otra vez está oscuro, y lo único que ha ocurrido es que las fotos ya no están en el estante de los libros, otra vez.

Me siento, descalzo, sangrando por el cristal.

El perro ladra, noto que me duele el estómago. La puerta al otro lado de la calle gira en sus goznes. Los pájaros chillan. Alguien suelta un taco. Hay luz. Me levanto y me acerco a la cortina. No viene nadie. Algo oscuro me mira con muchos ojos rojos desde el estante vacío. Me enrosco en torno al dolor.

Y

Bang, bang, bang. Tap, tap. Tap, tap, tap. Ese molesto ruido de un anillo grande golpeando la ventana. La va a romper.

—¡Abre la maldita puerta, Mark! Sé que estás ahí.

Hago un esfuerzo por sentarme, la espalda me cruje. Por un momento no sé dónde estoy; las cortinas corridas por encima de la ventana saliente dejan pasar una luz tenue, y me siento como si estuviera en una cueva.

Carla golpea y llama de nuevo, y entonces me levanto y voy arrastrando los pies hasta la puerta principal.

En cuanto abro una rendija ella se mete.

—Dios mío, apesta a cerrado aquí, cariño —dice; pasa con gran animación y deja unas bolsas en la encimera de la cocina—. Y tú estás hecho un asco. Ve a tomar una ducha.

—¿Qué estás haciendo aquí? —Me paso la mano por el pelo y por la cara, intentando despertarme.

—Me ha llamado tu mujer. Estaba preocupada por ti. Decía que no le contestabas el teléfono desde hacía más de un día. Yo también lo he intentado.

—¿Mi teléfono? —Ni siquiera sé dónde está. Debe de estar sin batería, no sé.

Carla se mete en el salón y abre las cortinas y las ventanas y las agita deliberadamente, como para expulsar el hedor que hay aquí dentro. Al acercarme y oler el aire fresco del anochecer que entra desde fuera, me doy cuenta de que tiene razón: me vendría bien una ducha.

—Vale —digo, cojo un par de vaqueros limpios y una camisa de mi habitación y me dirijo hacia el baño.

El agua mejora mi humor. Se lleva algo más que sudor pegajoso. Me he portado como un demente. No sé qué demonios estaba pensando, intentando cortarle el pelo a Hayden, y Steph tenía razón al reaccionar como lo hizo. Y si ha estado intentando ponerse en contacto conmigo, significa que está dispuesta a arreglarlo. Puedo detener de inmediato toda esta locura y empezar a ser de nuevo su marido y el padre de Hayden.

Llaman brevemente a la puerta y Carla se mete en el baño, recoge mi ropa sucia y sale de nuevo.

Lo más raro de todo es que en realidad no recuerdo lo que me parecía tan urgente hace unos pocos días. Recoger animales muertos, recorrer la ciudad buscando fantasmas. Quizá esta larga y oscura noche del alma fuese justo lo que necesitaba para conseguir de nuevo una cierta perspectiva, para expulsar mis horrores mediante el sudor.

Me enjabono todo y me froto hasta quedar enrojecido y cosquilleante. Hasta quedar casi como nuevo. Me seco y me pongo ropa limpia, y encuentro a Carla limpiando las encimeras de la cocina, con los platos limpios alineados en el escurridor y la lavadora puesta.

—Este desorden no es solo de un fin de semana —me dice Carla, sin volverse hacia mí. Lleva vaqueros y una chaqueta con capucha encima de una blusa de seda informal. Obviamente ha venido a toda prisa, pero aun así, no puedo evitar pensar que está guapa—. Steph no te ha cuidado demasiado bien.

Yo chasqueo la lengua.

—No necesito que nadie me cuide, ese no es su trabajo.

Carla se encoge de hombros como si lo que yo he dicho no supusiera ninguna diferencia.

—No intento meter cizaña, pero tú estás fuera trabajando todo el día, y ella está aquí en casa, ¿y qué hace? Hay una montaña de ropa para lavar y los platos están sucios.

—Por Dios, Carla, no seas anticuada.

—No seas absurdo tú, cariño. Ya sabes que esto no tiene nada que ver con los papeles de género. Se trata de compartir el trabajo. Si ella estuviera fuera trabajando todo el día y tú estuvieras aquí, tendrías los platos limpios.

Supongo que sí, pero de todos modos digo:

—Ha estado muy ocupada con Hayden. Vigilar a un niño es muy cansado, sobre todo a un bebé de dos años. Tienes que andar constantemente detrás de ellos, apartarlos de los posibles peligros…

Dejo de hablar y el aire se congela. No quiero hablar de esto, pero Carla no cede. Finalmente se vuelve hacia mí, con las mejillas rojas.

—Sí, soy muy consciente de que no he tenido el «privilegio» de la maternidad, pero, por lo que veo, cuidar a una niña de dos años sin trabajar para vivir implica dormir mucho. —Da un golpe con el trapo en el fregadero, sobresaltándose ella misma, pienso, porque al momento se rehace, coge un vasito del escurreplatos y va a coger una de las botellas de vino que hay junto a la ventana.

Sé que le duele mucho ser vulnerable, así que voy y cojo un vaso también para mí.

—Ponme un poco también a mí.

Ella saca un taburete de la encimera de la cocina y suspira, y se sienta.

—No es asunto mío, ya lo sé. Pero eres amigo mío, y no me gusta ver cómo ella te va minando.

Me uno a ella en la mesa, reconfortado al tener a alguien de mi parte. No puedo contarle lo que le hice a Hayden para que Steph la cogiera y se la llevara.

—No es así. Le debo mucho. Sabes que Hayden era muy difícil, de pequeña… tenía cólicos, siempre estaba incómoda, apenas dormía… Y yo no ayudé mucho a Steph con ella.

—¿Acaso te ha dejado? —salta Carla—. No, espera, deja que conteste yo a eso. No, ella no te lo permitió. Veo cómo es con ella, tan posesiva que claro, tú no pudiste ni acercarte.

—No es así. Me siento muy culpable…

—Lo que tienes que hacer, Mark —me interrumpe—, es dejar de una vez de sentirte culpable y empezar a hacer valer tu lugar en esta familia. Hayden es hija tuya, y tienes que dejar de vivir aquí, en tu propia maldita casa, como si fueras un inquilino que no es bien recibido. Por el amor de Dios, si eres el único que se gana el pan aquí, eres el hombre de la casa… Empieza a actuar como tal.

Podría sentirme ofendido, inspirado o rabioso, pero simplemente me siento violento. Bebo un poco de vino y apoyo la frente en la mano.

—Actuar como un hombre. Joder, qué tópico.

Carla hace una pausa suficiente para que las cosas se calmen.

—Como ya he dicho antes, no es asunto mío.

—Cuando aquellos hombres entraron en casa, yo me quedé inmóvil. Sencillamente, me quedé ahí sentado, mientras se llevaban a Steph y la apartaban de mí. Ni siquiera podía mirar al tipo que se quedó conmigo, solo me miraba los pies, mientras él iba revolviendo nuestras cosas. Si hubiera tenido un arma, ¿les habría disparado?

—Mark —empieza Carla, e intenta cambiar la conversación, lamentando haber dicho lo que pensaba, supongo. Pero luego se da cuenta de que mi tono es meditativo, no furioso ni defensivo. Realmente estoy preguntándome cosas en voz alta, contándole cosas a mi amiga más antigua, cosas que no puedo compartir con nadie más.

—Pues no, creo que no lo hubiera hecho —continúo. Y miro a Carla a los ojos—. Mi único papel, creo, lo único que puedo hacer ahora, es lamentarme.

Carla pone su mano encima de la mía.

—Echo de menos a Hayden —digo.

—Volverán pronto —dice ella—. Y podréis empezar de nuevo.

Yo sé que no me queda oportunidad alguna de empezar de nuevo, así que no digo nada.

Vamos al sofá y Carla pone en la televisión un programa de cocina muy agradable, una mujer elegante en su casa de ensueño con una sonrisa frágil y seductora y los ojos tristes, y luego dos ancianos curtidos por el tiempo y suavizados por el paso de los años que van recorriendo Italia. En un momento dado, Carla apoya la cabeza en mi hombro y yo la dejo, y aspiro el olor a champú fresco, a sal y a hierba de su pelo. Pongo las manos en su cadera, solo para consolarme. Tengo la sensación de que las cosas van a ir bien. Nada de todo esto es una cuestión de vida o muerte... con la colada saldrá todo.

Apoya la mano en mi pecho, debajo de la camisa, porque

en la habitación empieza a hacer frío, y su pie va a refugiarse bajo mi pantorrilla. Sus labios en los míos, mis dedos en su espalda. Me vuelvo de espaldas y Carla se coloca encima de mí, envuelve mi cara con su pelo, y entonces es cuando veo a Zoë, de pie en un rincón del salón, mirándonos.

Una rendija de luz del pasillo cae en el ángulo donde está ella de pie, cortando su rostro de tal manera que veo su barbilla y su boca, y la mitad de su pelo rubio, con un dedo lánguido enroscándose en torno a un mechón. Los vaqueros y la camiseta que lleva necesitan un lavado, me doy cuenta, y el aire huele a algo rancio. Estoy a punto de decirle algo pero ella me sonríe y se pasa la lengua por los labios, retorciendo aún el mechón de pelo en torno a su dedo.

Carla se aparta.

—¿Qué pasa?

—Nada. Es que…

Pero ahora la sonrisa de la chica se está volviendo demasiado amplia, y sus labios se estiran antinaturalmente por encima de los dientes, y veo que estos están ennegrecidos y rotos. El olor llega hasta mí como un objeto sólido y retrocedo en el sofá, pero el peso de Carla me mantiene atrapado.

—Vale, cariño —dice Carla, respirando con rapidez—. Todo ha pasado ya. Nada puede hacerte daño. Todo irá bien.

La chica retuerce el pelo, una y otra vez, en torno al dedo, hasta que un grueso mechón se suelta de su cuero cabelludo. Da un paso hacia delante y todo su rostro queda iluminado. La piel gris está llena de hematomas, un ojo hinchado y cerrado, el otro rojo y estallante. Se humedece los labios agrietados y su lengua se hace más larga cada vez, se estira y sale de su boca, y deja un manchurrón de saliva sangrienta en su rostro.

Coge otro mechón de pelo, lo tira al suelo. Rasga el cuero cabelludo y la cara, todavía sonriendo, intentando congraciarse. Suplicando.

«Papa? Pourquoi tu ne m'aimes pas?»

La piel se desprende de su rostro, revelando una carne ennegrecida.

«Papa? Pourquoi?»

Intento cerrar los ojos con fuerza, pero ella quiere que mire. Se está disolviendo en un montón de carroña oscura en el suelo, rehaciéndose y convirtiéndose en algo con unas piernas demasiado delgadas y frágiles, algo con los ojos rojos y brillantes como un espectro que camina a lo largo del zócalo.

—¿Mark? ¿Mark?

Carla se acerca, sus manos cálidas y vivas a cada lado de mi cara, su aliento caliente y dulce en mi boca, y finalmente ya no veo nada. Está besando mis lágrimas y yo me agarro a ella como si fuera a mantenerme vivo.

Carla está viva. Ella me bloquea la visión de aquello que no quiero ver. Ella protege mis ojos de mí mismo. Yo me dejo llevar. De mí se desprenden las décadas y vuelvo a la universidad, cuando la vida era ligera, besuqueándome con mi novia como si la alegría nunca pudiera verse teñida por el pecado o la culpa.

Pasamos la noche así, acurrucados, juntos, y todo queda olvidado. Pero cuando el amanecer llega a la habitación, primero huelo y luego noto la sangre pegajosa que cubre toda mi piel. Y después, aunque todos mis instintos me gritan que no lo haga, abro los ojos.

24

Steph

Me siento en el coche, hundida en el asiento del conductor como un detective privado, con un vaso de café asqueroso del McDonald's enfriándose en el salpicadero. Veo claramente la casa desde aquí, pero por el momento no hay señal alguna de vida.

No he vuelto aquí desde hace dos meses, desde que Hayden y yo huimos a Montagu. No me he atrevido a volver, convencida de que estar en la cercanía de la escena del crimen desbloquearía la avalancha tóxica de emociones que mantengo a raya mediante los tranquilizantes que el médico de mis padres, tan generoso con las recetas, me ha estado proporcionando. Los tranquilizantes ya no tendré que esconderlos de Mark. Pero ahora, mirando la puerta nueva de la casa, moderna, incongruente, de madera buena, que mi padre eligió cuando vino a limpiar, no siento nada en realidad. Ni pena, ni pesar, ni lástima, ni la antigua ira, siempre presente.

Sin apartar los ojos de la puerta, doy un sorbo al café, ignorando el movimiento del vaso en mis dedos temblorosos, un efecto secundario de la droga. El primo de Karim y su mujer llevan ya en la casa una semana. «¿Es el tiempo suficiente?» No sé mucho de ellos ni quiero saberlo, solo que han decidido trasladarse a Ciudad del Cabo y necesitaban una casa. Le envié por correo las llaves a Karim y le pedí que se hiciera cargo de los detalles. Al fin y al cabo es su familia. Mi padre se ofreció a recoger todas nuestras pertenencias, y yo alquilé la casa amueblada en parte para ahorrar el gasto de la mudanza, aunque la mayor parte de los muebles del salón no tenían salvación. El alquiler del primer mes y el depósito se los comió la fianza, menos el porcentaje de la agencia inmobiliaria que había que descontar también del total.

Los parientes de Karim estuvieron encantados ante aquella oportunidad, ¿por qué no? Es un buen trato para ellos. Al menos es dos de los grandes más barata que cualquier otra casa del vecindario. Zainab, la agente inmobiliaria, se quedó horrorizada cuando le dije el precio por el que estaba dispuesta a alquilarla. No podía decirle que necesitaba un tipo de inquilino concreto y que la familia de Karim cuadraba con mis necesidades.

Compruebo la hora y la vuelvo a comprobar. Quedan por lo menos tres horas antes de que tenga que ir a recoger a Hayden al grupo de juego. El viaje en coche hasta Montagu son dos horas y media, así que estoy apurando al límite. Abro la portezuela y tiro el café frío al suelo. Juego con la llave de contacto.

No debería estar aquí.

Doy un respingo cuando se abre la puerta y sale un hombre. Es bajo, regordete, con una camiseta de los Lions por fuera del pantalón corto... no se parece en nada a Karim. Tirita un poco y lleva un cigarrillo colgando de la boca. Se queda mirando al frente y va fumando. Estoy en su línea de visión, pero sus ojos pasan por encima de mí.

¿Qué le habrá contado Karim de lo que ocurrió aquí? Después de todo salió en los periódicos nacionales y en todas las páginas web de noticias, IOL.com la primera, con el titular: «La nueva casa de los horrores en Ciudad del Cabo». Carla mereció una pequeña necrológica en el *Mail & Guardian*. Ella lo habría apreciado.

No sé por qué lo hice, pero el caso es que fui a la ceremonia fúnebre que hicieron en su memoria, lo decidí de repente. Tuvo lugar dos semanas después del crimen, en la capilla grande y tenebrosa de la exclusiva Escuela Episcopal Diocesana (uno de sus hermanos estaba en la junta directiva), aunque yo la había oído refunfuñar muchas veces en contra de la red exclusiva que formaban los antiguos alumnos de la Escuela Episcopal. Llegué tarde y encontré un banco vacío atrás. La gente solo ocupaba una cuarta parte de la capilla y los asientos vacíos hacían más raro todavía el asunto. Uno por uno, sus colegas y miembros de la intelectualidad sudafricana intentaron superarse los unos a los otros con sus pomposos elogios y lecturas. Yo dejé de prestarles atención y me quedé mirando la nuca de los asistentes, esperando que nadie me reconociera e imaginando lo que dirían, si lo hacían.

—No mires, pero esa es la mujer. Ya sabes, la de «él».

—¿Crees que sabía que él estaba loco?

—No estaba allí cuando lo hizo, así que, ¿quién sabe?

—¿Y ahora dónde está él?

—¿No lo has oído? Valkenberg. Encerrado en el ala de seguridad. Tratamiento con electrochoques, todo ese rollo. Cuando lo encontraron estaba hecho un guiñapo.

—Sí, eso ya lo sabía.

—Pero la mujer tuvo suerte de no estar en casa cuando pasó. Podría haber sido ella.

—Ah, sí, claro. Y además tienen una hija pequeña, ¿verdad? ¿Por qué haría alguien una cosa así?

—Bueno, he oído decir que no fue él. Que fue una banda que entró.

—¿No prueba el ADN que fue él?

—Estarás de broma... ¿Pruebas de ADN? ¿En este país? ¿Crees que se iban a molestar? El atraso en los laboratorios es tremendo.

—Pero es tan trágico... Él tuvo otra hija antes. Que murió.

—¿La mató él también?

—No. Dicen que fue un accidente.

—Qué horror. Qué cosa más terrible...

—Y lo que le hizo a Carla...

—A trozos. Estaba a trozos...

Hacia el final del servicio, una mujer blanca de mediana

edad, sentada unos cuantos bancos por delante de mí, volvió la cara y me miró fijamente. Iba vestida de negro, con aspecto formal, pero en la muñeca llevaba un brazalete hecho con piel de cabra: la *sangoma*. Le devolví la mirada sin parpadear y formé con los labios la palabra «jódete», sin pronunciarla. Temblando, me levanté y me fui. Esperaba que ella me siguiera, casi quería que lo hiciera. Aún no sé por qué concentré en ella toda mi rabia. Quizá porque, como yo, no había sido capaz de salvar a Mark.

Después de que el crimen de Mark llenara los titulares, algunos antiguos amigos intentaron ponerse en contacto conmigo, pero yo ignoré a la mayoría de ellos, decidiendo cortar con todo y encerrarme con Hayden en Montagu. No sabía a quiénes les importábamos de verdad y quiénes querían sencillamente oír los detalles escabrosos, ansiosos de repetir como un loro la típica frase sudafricana: «Qué suerte tuviste de no estar allí». Karim me mandó un mensaje, hace un mes, para ver cómo me iba. Yo le escribí también. Quizá supiese en parte que podía serme útil. Estuvimos chateando cada día, y luego él mencionó que su primo se trasladaba desde Joburgo y necesitaba una casa donde vivir. Recordé que me contó que la familia había sufrido también una brutal invasión doméstica, y me ofrecí a alquilarles la casa. Claro que sí.

La voz fantasmal de Mireille resonaba en mis oídos: «Pensaba que se había ido con las últimas personas. Sufrieron, pero no suficiente. Ahora está con ustedes».

Me llevo el café a la boca y al dar un sorbo noto un sabor extraño a nada antes de recordar que lo he derramado en el suelo. El primo de Karim da furiosas chupadas a su cigarrillo, con los ojos entrecerrados, como un gánster de película. Tira la colilla a las ramas fantasmales de la glicina de Odette, muerta hace siglos, y luego se enciende otro. Parece que puede valerse por sí mismo. Un personaje fuerte. Más fuerte que Mark, ¿o es que estoy proyectando mis deseos? De nuevo parece mirar justo hacia donde yo estoy. Para él soy solo una chica blanca regordeta sentada en un Mini de segunda mano que pagaré cuando me llegue el anticipo del libro. Cinco mil dólares: no lo suficiente para que Hayden y yo seamos totalmente libres, pero la caída en picado del rand está de mi parte, y conseguiremos mantenernos a flote hasta que encuentre un trabajo de jornada completa.

Nos mantendremos a flote hasta que podamos volver a casa.

«Gran parte del cuerpo de Carla se encontró metido en la despensa.»

No vi el escenario de primera mano, pero mi imaginación puede llenar perfectamente los huecos. La superintendente que vino a Montagu a interrogarme después del incidente fue amable. Me aconsejó que no volviera a la casa hasta que estuviera limpia. Mark no preguntó por mí cuando lo arrestaron, y todavía no lo ha hecho. El abogado barato que contrataron mis padres es categórico: debido a los actos de Mark y a su estado mental, yo no tengo ninguna obligación de pagar su representación legal. Voy a luchar para conservar la casa, y me niego a ceder a las exigencias del banco de que la venda. Es de Hayden. No es del banco. No es de Odette. Tampoco de Zoë. Es de Hayden. Es lo único que tendrá de su padre.

Pero no puedo arriesgarme a llevarla de nuevo allí hasta que...

¿Cuánto tiempo costará? En el apartamento estuvimos solo cinco, seis días... No he vuelto a ponerme en contacto con *monsieur* le Croix, pero no necesito ponerme en contacto con él. He navegado por Internet. Después de dejar París, todos los apartamentos de aquel edificio, incluyendo aquel en el que nos alojamos, fueron alquilados en menos de dos semanas, y el edificio mismo ha salido de nuevo en el mercado. Lo que envenenaba los ladrillos y el cemento, mal de ojo, infrasonidos, niños muertos, moho, lo que fuera, se fue con nosotros. O con Mireille cuando ella se arrojó por la ventana.

O quizá el mercado inmobiliario de París sencillamente haya remontado.

El hombre de la entrada se rasca la barriga. Una mano pequeña sujetando una Barbie aparece entre los barrotes de la verja de seguridad. Agarro el volante y me inclino hacia delante en mi asiento. Una niñita. No mucho mayor que Hayden. Aspiro el aire entre los dientes. ¿Me dijo Karim que su primo tenía hijos?

«Sí. Sabes que lo hizo.»

Me inclino hacia un lado y bajo la ventanilla del asiento del pasajero. La niña le está diciendo algo al hombre, no distingo sus palabras, y él la ignora. Tiene la cara inexpresiva, concentrado en sí mismo.

Igual que Mark justo antes de…

Fuimos a aquel apartamento. Trajimos algo. Ahora tengo que conseguir a alguien que se lo lleve.

«Ahora está con vosotros.»

«No creerás eso de verdad, ¿no?»

Podría cancelar el alquiler y echarlos de la casa antes de que sea demasiado tarde. Podría gritarles y advertirles ahora, en este preciso momento, decirles quién soy, intentar convencerles de que la casa no es segura.

«A lo mejor el daño ya está hecho.»

«O a lo mejor no.»

Subo la ventanilla. El hombre sigue sin interesarse por mí. La manita desaparece entre los barrotes, hacia la oscuridad que hay detrás de la puerta.

«*Merci* —pienso, mientras pongo el coche en marcha y me alejo—. Siento que hayáis tenido que ser vosotros.»

Agradecimientos

S. L. Grey da las gracias a: Lauren Beukes, Rob Bloom, Wayne Brooks, Louise Buckley, Eileen Chetti, Jennifer Custer, Hélène Ferey, Claire Gatzen, Adam Greenberg, Sam Greenberg, Bronwyn Harris, Savannah Lotz, Charlie Martins, Oli Munson, Alex Saunders y Carol Walters.

Este libro utiliza el tipo Aldus, que toma su nombre
del vanguardista impresor del Renacimiento
italiano, Aldus Manutius. Hermann Zapf
diseñó el tipo Aldus para la imprenta
Stempel en 1954, como una réplica
más ligera y elegante del
popular tipo
Palatino

El apartamento olvidado
se acabó de imprimir
un día de verano de 2018,
en los talleres gráficos de Liberdúplex, s.l.u.
Ctra. BV-2249, km 7,4, Pol. Ind. Torrentfondo
Sant Llorenç d'Hortons
(Barcelona)